Gracias por el fuego

Mario Benedetti (Paso de los Toros, Uruguay 1920-2009), narrador, poeta, dramaturgo y crítico literario, fue uno de los autores más populares en lengua española del siglo xx. Su fuerte compromiso político y social, la sensibilidad que mostraba al tratar los temas y la sencillez de su estilo, accesible para todos los públicos, contribuyeron en gran medida a que fuera tan querido. Benedetti se educó en un colegio alemán y, antes de dedicarse por entero a la literatura, se ganó la vida como taquígrafo, vendedor, cajero, contable, funcionario público y periodista. Su prolífica obra, que cuenta con más de ochenta libros, ha sido traducida a veintitrés idiomas. Galardonado con el Premio Reina Sofía de Poesía, el Premio Iberoamericano José Martí o el Premio Internacional Menéndez Pelayo, entre sus títulos más destacados se encuentran las novelas *Quién de nosotros*, *La tregua*, *Gracias por el fuego* y *Primavera con una esquina rota*, los libros de relatos *Montevideanos*, *La muerte y otras sorpresas*, *Con y sin nostalgia*, *Geografías* y *El porvenir de mi pasado*, los distintos *Inventarios* que recogen sus poemas, ensayos como *El desexilio y otras conjeturas* y *Perplejidades de fin de siglo* o la obra de teatro *Pedro y el Capitán*.

MARIO BENEDETTI
Gracias por el fuego

punto de lectura

© 1969, Mario Benedetti
    c/o Guillermo Schavelzon & Asoc., Agencia Literaria
www.schavelzon.com
© De esta edición:
2009, Santillana Ediciones Generales, S.L.
Torrelaguna, 60. 28043 Madrid (España)
Teléfono 91 744 90 60
www.puntodelectura.com

ISBN: 978-84-663-2288-1
Depósito legal: B-28.900-2009
Impreso en España – Printed in Spain

Portada: Jesús Acevedo

Primera edición: abril 2009
Segunda edición: junio 2009

Impreso por Litografía Rosés, S.A.

Así de oscuro, de embebido o muerto.

LIBER FALCO

Yo soy pues de este mundo
y de estas cosas que son y que me llevan.

HUMBERTO MEGGET

Y si soñamos, fue con realidades.

JUAN CUNHA

1

En Broadway, *a la altura de la calle 113, no sólo se habla en un español nasal y contaminado; también podría decirse que se piensa, se camina y se come en español. Letreros y avisos, que algunas cuadras antes todavía anunciaban* Groceries&Delicatessen, *se han transformado aquí en* Groserías y Delicadezas. *Los cines no anuncian, como los de la calle 42, películas de Marlon Brando, Kim Novak y Paul Newman, sino que muestran grandes cartelones con las figuras de Pedro Armendáriz, María Félix, Cantinflas o Carmen Sevilla.*

Ha entrado la noche en un viernes de abril de mil novecientos cincuenta y nueve, de modo que arriba ya no se ve el cielo, y abajo el aire parece menos sucio. En esta esquina de la más larga calle de Manhattan, los luminosos son modestos, pero aun así modifican el color de las mosquitas que se acercan a la luz. Broadway no es tan representativa del Spanish Harlem como puede serlo Madison; por lo menos aquí no vienen los turistas de Idaho y Wyoming a fotografiar puertorriqueños en Kodachrome.

Es la hora en que se vuelve al hogar, si puede llamarse hogar a estas miserables casas de inquilinato. A través de las ventanas abiertas se ven habitaciones con rajaduras y grandes manchas de humedad en las paredes, gente hacinada en cinco

9

o seis camas sin tender, niños descalzos que berrean entre mocos, y algún televisor con la pantalla manchada de grasa o de helado.

La esquina es pobre. La gente es pobre. Las casas tienen los frentes descascarados. Junto a un sonriente rostro de cocacola, alguien escribió con tiza: Viva Albizu Campos. Un ciego avanza con rostro impasible, mientras hace sonar las monedas dentro de un envase de lata. La esquina es pobre. De manera que el gran letrero luminoso que anuncia TEQLA RESTAURANT (porque la U y la I de TEQUILA se han apagado) desentona con su alrededor. No es exactamente un restorán de lujo, pero un examen superficial de la lista de precios, que figura con un marquito negro junto a la puerta, permite asegurar que ningún integrante del Spanish Harlem ha de pertenecer a su clientela. Tampoco es exactamente un restorán puertorriqueño; más bien es vaga y promedialmente latinoamericano. Aunque todavía es temprano, las mesas están prontas, con sus manteles, platos, cubiertos y servilletas. En una mesita junto a la pared de la derecha, hay incluso una pareja que examina, con las cabezas juntas, la lista de platos.

En la sección que da a Broadway, cinco mozos están listos para atender las treinta mesas. En el fondo del salón hay una puerta de doble hoja, que comunica con el Reservado, donde hay tendida una mesa para unas veinte personas. En el fondo del Reservado hay otra puerta, esta de una sola hoja, que conduce a la cocina a través de un angosto corredor. El teléfono está precisamente en el corredor, sobre un estante que además tiene una estatuita: un toro, en el amargo trance de recibir las banderillas.

Cuando suena el teléfono, viene José desde la cocina. José es un español con varios lustros de residencia neoyorquina.

Tanto se ha adaptado, que hasta cuando habla español mecha palabras inglesas.

—Aló. Tequila Restaurant. Speaking. Ah, you speak español. Sí, señora. No, señora. Sí, señora. Todo típico, of course. No, señora. Sí, señora. No, señora. Primera calidad. ¿Y cuántos gringos piensa traer? Sí, señora. No, señora. Sí, señora. Claro, cuando vienen gringos traemos las panderetas. Typical, you know. También las gaitas. ¿Gaitas nicaragüenses? Sí, por supuesto. Nuestras gaitas son para todo servicio. Quédese tranquila, señora, todo saldrá bien. ¿Y para cuándo? Next Friday. Okei, señora, aquí lo anoto. ¿Cómo, cómo? Ah, su comisión. You mean su comisión de usted. Como es natural, deberá llamar más tarde, así habla con el Mánager. Pregunte por míster Peter. Peter González. Él es el que atiende eso de las comisiones. Sí, claro. Bye-bye.

José viene al salón del frente, recorre a los cinco mozos con una amplia mirada inspectiva y retrospectiva, y comienza a aprontar unas servilletas. Sólo puede alinear una media docena. El teléfono vuelve a sonar.

—Aló. Tequila Restaurant. Speaking. Oh, señor Embajador. ¿Cómo está usted? Hace tiempo que no tenemos el gusto de tenerlo por aquí. ¿Y la señora Embajadora? Me alegro, señor Embajador. Sí, señor Embajador. Voy a tomar nota, señor Embajador. Sí, señor Embajador, ¿Next Friday? Pues, usted verá, señor Embajador, esa noche el salón reservado ya está pedido. Pedido y concedido. ¿Quiénes son? No estoy seguro, señor Embajador, pero creo que son cubanos de Miami, alto nivel. Claro, señor Embajador, muy importante, eso es lo que yo digo. Por supuesto. Particularmente si lo de ustedes es simple y sana diversión. Exactamente como usted lo dice, señor Embajador: siempre y en todo, primero los profesionales. Yo sabía que usted iba

11

a entender, señor Embajador. Eso sí. No lo divulgue. Creo que es
una cena secreta. ¿Si vienen los gringos? No estoy seguro, señor
Embajador, pero alguno siempre viene. No, señor Embajador, eso
no puedo decírselo. Secreto profesional. A usted no le gustaría,
señor Embajador, que yo anduviera comunicando por ahí que
en junio de mil novecientos cincuenta y siete usted cenó aquí
tres veces con una hermosura que después apareció como socia
de los barbudos. No, señor Embajador. ¡No, señor Embajador!
Duerma usted tranquilo, sólo se lo ponía como ejemplo. Usted
sabe que soy una tumba. No tema, señor Embajador. Gracias,
señor Embajador. Muchísimas gracias, señor Embajador. Yo
sabía que usted iba a comprender. Entonces le reservo para el
next Saturday. Okei, señor Embajador. Buena suerte, señor
Embajador. Y mis respetos a la señora Embajadora.

Antes de que José vuelva a sus servilletas, el teléfono vuelve
a sonar. El gesto de José no es exactamente de resignación, sino
de pesada responsabilidad.

—*Aló. Tequila Restaurant. Speaking. ¿Peter? Al fin,*
Pedro. No, no ha pasado nada. Simplemente que podías haber
llamado antes. ¿Los uruguayos? No, todavía no vinieron, pero
deben de estar al llegar. Oye, ¿son manirrotos como los argentinos
o pobretones como los paraguayos? ¿Más bien cicateros? Sólo
quería enterarme; siempre conviene saber a qué atenerse. Pierde
cuidado, hombre. Pues claro que hubo llamadas. Mira, llamó
la cotorra vieja anunciando la venida de por lo menos quince
gringos, next Friday, todos rotarios de Duluth. Le dije que sí.
Luego te va a llamar, porque quiere la comisión. Mi modesta
opinión es que hay que dársela. Siempre trae mucha gente. Es
una andaluza, ¿sabes?, horrible pero habilidosa, y les ha tocao a
los gringos el lao folclórico. Después llamó el Embajador. ¿Cómo
que cuál de ellos? El gordito de la marihuana. A ver si ahora

12

vas a exigirme que te revele por teléfono los top secrets. *Quería el Reservado, también para el* next Friday. *Como ya se lo había prometido a la cotorra vieja, y como estoy enterado de que tú no quieres más complicaciones, le dije que lo habíamos reservado para los cubanos de Miami. Sabes, me pareció mejor decirle eso, porque el gordo no se atreve con el* State Department. *¿Hice bien? Okei. Lo trasladé al* next Saturday. *¿Cómo que el* next Saturday *vienen los guatemaltecos? Pero ¿cuáles? ¿Los arbenzones o los ydigoritas? ¡Caracoles! ¿Por qué no me avisaste? Oye, déjalo por mi cuenta, mañana le hablo al Embajador y lo arrincono para el* next Sunday. *Y no hay más novedades.* Bye-bye.

Ahora son cuatro las mesas ocupadas. Con excepción de uno de los mozos, el más alto, que ameniza su obligado ocio metiéndose discretamente el meñique en la nariz, los otros han empezado a moverse. Van a la cocina y regresan con algún plato, pero sin forzar el ritmo, como reservándose para la hora en que seguramente ha de caer la gran avalancha de comensales. Cuando aparecen tres tipos, exageradamente abrigados para la agradable temperatura abrileña, y ocupan una mesa central, el quinto mozo extrae el meñique de la fosa nasal izquierda y se dirige sonriente a los recién llegados.

Un cuarto de hora después, la puerta principal se abre con más ruido que de costumbre, y entran, todas juntas, con risas y exclamaciones, ocho, diez, quince personas.

—Los uruguayos —*murmura José, y se adelanta a recibirlos*—. ¿Los señores son los uruguayos?

—¡Sí! —*responde un coro de por lo menos siete voces.*

Un hombre gordo, lustroso y sesentón, da un paso adelante y dice:

—Mi nombre es Joaquín Ballesteros. Desde la semana pasada tenemos pedida una mesa en salón reservado.

—Naturalmente —dice José—. Sírvanse pasar ustedes por acá.

José y el mozo del meñique sostienen las dos hojas de la puerta para que pasen Ballesteros y los suyos. Son ocho hombres y siete mujeres. Ballesteros toma la iniciativa para la distribución de asientos.

—Un hombre, una mujer, un hombre, una mujer —dice—. Aquí, como en todas partes, ésa es la distribución más entretenida.

Tres de las mujeres sueltan una risita.

—Indique usted, Ballesteros —dice uno de los hombres—. Indique usted, con nombre y apellido, dónde nos sentamos. De paso nos sirve como presentación.

—Tiene razón, Ocampo —contesta Ballesteros—. El hecho de que yo haya decidido juntar alrededor de una misma mesa a quince uruguayos que, por distintos motivos, están en Nueva York, no impide que se cumpla la formalidad de que todos conozcan los nombres de todos. Y aunque ya sé que ustedes mismos han improvisado algunas presentaciones, voy a seguir la idea de Ocampo y los voy a ir distribuyendo con nombre y apellido. Aquí, a mi derecha, Mirta Ventura. Al lado de Mirta: Pascual Berrutti. Al lado de Berrutti: Célica Bustos. Al lado de Célica: Agustín Fernández. Al lado de Fernández: Ruth Amezua. Al lado de Ruth: Ramón Budiño. Al lado de Budiño: Marcela Torres de Solís. Al lado de Marcela: Claudio Ocampo. Al lado de Ocampo: Angélica Franco. Al lado de Angélica: José Reinach. Al lado de Reinach: Gabriela Dupetit. Al lado de Gabriela: Sebastián Aguilar. Al lado de Aguilar: Sofía Melogno. Al lado de Sofía: Alejandro Larralde. Y al lado de Larralde: otra vez un servidor, Joaquín Ballesteros. ¿Estamos?

14

—¿Usted es algo de Edmundo Budiño? —pregunta Ruth Amezua, a la izquierda de Ramón.

—Soy el hijo.

—¿El hijo de Edmundo Budiño, el del diario? —siente Ramón que otra voz, la de Marcela Torres de Solís, pregunta a su derecha.

—Sí, señora, el del diario y el de la fábrica.

—Caramba —dice Fernández, asomándose por detrás de Ruth—. Entonces usted es todo un personaje.

—En todo caso el personaje es mi padre. Yo sólo tengo una agencia de viajes.

No hay que tomarse el trabajo de elegir los platos, ya que el menú ha sido ordenado por Ballesteros: tomates rellenos, ravioles a la genovesa, arroz a la cubana, copa melba.

—Me preocupé de que fueran platos sencillos —aclara Ballesteros en el momento en que llega el fiambre—. Bien sé que los uruguayos padecemos unánimemente del hígado.

—Qué bien que haya dicho hígado —dijo José Reinach—. Me hizo acordar de mis comprimidos.

—¿Qué tal? ¿Han hecho muchas compras? —pregunta en general Sofía Melogno, con una sonrisa que le quita diez años.

—Sólo artículos eléctricos —dice Berrutti, frente a ella.

—¿Dónde? ¿En Chifora?

—Naturalmente.

Célica Bustos se inclina confidencialmente hacia Berrutti y le pregunta en tono vergonzante qué es Chifora.

—¿Cómo? ¿No sabe? Es un escritorio, en un segundo piso de la Quinta Avenida. Hacen unos descuentos fenomenales a los latinoamericanos.

—Ay, déjeme anotar la dirección, por favor.

—Cómo no. 286 Fifth Avenue.

—No crea —dice Ballesteros, más silenciosamente aún, en el oído de Larralde— que Chifora es importante sólo en artículos eléctricos. También trabaja allí un cubanito que consigue unas chicas estupendas.

—¿De veras? Voy a anotar la dirección.

—Sí, le conviene: 286 Fifth Avenue.

—¿Y el empleado?

—Mire, el nombre no lo sé. Pero usted entra y se fija. A la derecha está el mostrador con los tocadiscos y los televisores. A la izquierda, un armatoste con medias stretch. Bueno, el tipo que le digo es un morochito, flaco, con ojitos de víbora, que está detrás del armatoste.

—Yo estoy deslumbrada —dice Mirta Ventura, poniendo su mano sobre el Longines de Berrutti—. Sólo hace una semana que llegué, y ya estoy deslumbrada. El Radio City es espléndido, con esa orquesta que aparece y desaparece, y ese organista sensacional, y las alfombras, ¿usted se fijó qué alfombras? Uno pisa y se hunde.

—¿El Radio City es una sala enorme donde bailan las Rockettes? —pregunta Aguilar desde la otra banda.

—Ese mismo —responde Berrutti—, ¿vio usted qué perfección?

—Eso pensaba yo cuando fui a verlas la otra tarde. Porque está bien que nosotros no tengamos nada, porque Montevideo no es nada. Pero Buenos Aires, que tiene tantas ínfulas, ¿eh? Dígame Berrutti, ¿qué tiene Buenos Aires que se pueda comparar con las Rockettes?

—¿Usted se refiere a las piernas solamente, o también a la disciplina?

—A todo. Piernas y disciplina. Acuérdese del Maipo y le vendrán ganas de llorar.

—Bueno, habría que saber en qué época fue usted al Maipo. Porque yo recuerdo que en el cincuenta y cinco, había dos morochas despampanantes.

—¿Despampanantes por lo robustas?

—Por eso y algo más.

—Se lo preguntaba, porque todo es cuestión de gustos. A mí no me gustan tan frisonas, sino del tipo más estilizado, exactamente como las Rockettes.

—Claro, todo es cuestión de gustos. A mí también me gustan estilizadas, pero siempre que haya dónde agarrarse.

Con cierta escondida satisfacción, como si en el fondo se sintiera aludida, interviene Gabriela Dupetit.

—¿No les parece que ese diálogo es, cómo diré, demasiado para hombres solos?

—Tiene razón —dice Berrutti, y sobreviene un silencio un poco embarazoso. Sólo entonces puede percibirse el ruido de los tenedores y los cuchillos. También el ruido que hace Ocampo al tragar un vaso entero de Chianti. Todos lo miran con alegre sorpresa y el sube y baja de la nuez de Ocampo adquiere cierta notoriedad durante diez segundos.

—Excelente vino —dice Ocampo cuando se entera de que es el centro de las miradas.

Hay tres risitas en el ala izquierda, y Reinach se siente obligado a intervenir.

—Eso es lo que tiene de extraordinario este país. Es bueno hasta en lo que no tiene. Los vinos de California son mediocres, es cierto. Pero usted puede comprar aquí cualquier vino, de cualquier parte del mundo. Ayer mismo, compré una botella de Tokaj, que como ustedes saben es un vino comunista. Eso es amplitud. ¿Ustedes se dan cuenta de lo que significa que Estados Unidos permita que aquí se vendan vinos comunistas?

17

—Yo propondría que nos tuteáramos —le dice Fernández a Ruth Amezua.

—Es una buena idea —contesta ella, y con un gesto descontrolado, como podría haberse mordido el labio o rascado la nariz, mira su relojito, que marca las diez y veinte.

—Yo siempre digo, lo mejor es tutearse de entrada, si no después se hace más difícil —insiste Fernández. Deja el tenedor con las arvejitas y apoya exploratoriamente su mano en el desnudo antebrazo de la muchacha.

—Portate bien —dice ella, en un tono que es a la vez de reproche y de inauguración.

Relativamente conforme, la mano vuelve a su tenedor, pero las arvejitas se han deslizado otra vez hacia el tomate relleno.

—De modo que usted es casada —dice Budiño a la señora Solís.

—¿No tengo cara de casada?

—Bueno, no sé cómo es una cara de casada. Sólo sé que es usted demasiado joven.

—No tanto, Budiño. Tengo veintitrés años.

—Huy, qué vejez.

—Usted se ríe, pero a veces me siento vieja.

—Mire, la comprendo, porque yo también a veces me siento joven.

—Por favor, Budiño, si usted tiene cara de muchacho.

A la izquierda de Budiño, suena la voz nerviosa de Ruth:

—¿Por qué no se tutean, como nosotros?

Ramón y Marcela cruzan una mirada inteligente y cómplice.

—Sucede que todavía no hemos considerado esa posibilidad —dice Budiño—. Pero a lo mejor la consideramos.

—¿Verdad? —dice Marcela, levantando las cejas.

—Siempre y cuando estos pesados casi veinte años de diferencia no la cohíban a usted.

—¿A usted?

—Quiero decir: no te cohíban.

—No, te aseguro que no.

—Yo pregunto —dice en el otro extremo de la mesa Sofía Melogno—, ¿por qué seremos tan contreras, por qué estaremos siempre buscándole defectos a los Estados Unidos, siendo como es un país maravilloso? Además, aquí la gente trabaja de veras, de la mañana a la noche, y no como en Montevideo, que salimos de una huelga para entrar en otra. Es doloroso, pero hay que reconocer que entre nosotros el obrero es la chusma. Aquí no, aquí el obrero es un hombre consciente, que sabe que su salario depende del capital que le da trabajo, y por eso lo defiende. ¿Me quieren decir quién en el Uruguay trabaja de la mañana a la noche?

—Me imagino que usted, señorita —dice imprevistamente Larralde—, por lo menos para difundir sus principios.

—No haga chistes, Larralde. Usted bien sabe que no necesito trabajar.

—Ah, yo pensaba.

—Eso es lo único que falta. Que las muchachas de buena familia nos pongamos de oficinistas. Un modo como cualquier otro de perder la femineidad.

—Todo depende, señorita. A veces la mujer tiene que elegir entre morirse de hambre o perder la femineidad.

—Seré curiosa, Larralde: ¿Usted es comunista?

Berrutti atiende a Mirta Ventura. Fernández flirtea con Ruth. De modo que Célica Bustos se siente aislada, marginada por las espaldas de sus respectivos vecinos. Se decide por Aguilar, que en ese momento la está mirando.

—¿Y usted qué hace en Nueva York?

—En Nueva York me hallo sólo de paso. En realidad, estoy viviendo en Washington.

—Entonces, ¿qué hace en Washington?

—Números.

—Sigo en ayunas. ¿Qué es? ¿Contador? ¿Ingeniero? ¿Oficinista?

—Arquitecto.

—Caramba.

—Trabajo en la OEA.

—¿Y se siente a gusto?

—Sí, bastante a gusto.

—¿Y qué hace allí?

—Planes de urbanización. Por lo general, para países subdesarrollados.

—No me diga que nos van a llenar de esos pueblitos antisépticos, simétricos, pulidos, todos iguales y sin carácter.

—Después de todo, es preferible eso a las favelas, las poblaciones callampa, las villas miseria, los cantegriles. ¿O no?

—Sí, claro. Pero ¿por qué todos iguales?

—Sale más barato. Ahora estamos proyectando varios para el Paraguay. Probablemente el año próximo tenga que ir a Asunción por ocho o diez meses.

—Yo no podría ir a Asunción.

—¿Por qué? ¿Por Stroessner?

—Yo también pensaba eso, allá, en Montevideo. Pero reconozco que somos infantiles. Pensando así, no hacemos nada de nada. Mientras fui estudiante, trabajé mucho en la FEUU; después me aburrí de ser principista y pobre gato. Quizá le parezca un cínico. Pero aquí me pagan estupendamente. Claro que en Montevideo me he quedado sin amigos.

—¿Y está contento? Quiero decir contento consigo mismo.

—Bah, tanto como contento. Llega un momento en que hay que decidirse: o se sigue fiel a los principios o se gana plata.

—Y usted se decidió.

—Sí. Pero no voy a hacer como algunos colegas, que, para acallar sus escrúpulos y taparle la boca a los reproches, quieren hacer creer que esto es estupendo. Le aseguro que no lo es. Y la OEA es más mugre todavía. Pero gano muchos dólares.

—Nada, no producimos nada —le dice Reinach a Gabriela Dupetit—. ¿Cómo quieren que los capitalistas norteamericanos hagan inversiones en nuestro país, si no producimos nada? Para invertir, tiene que existir algo como el milagro alemán; allí trabajan. A mí me hacen gracia esos intelectuales de café, que siempre están reclamando más independencia en política internacional. A mí lo que me importa es el negocio. Y como comerciante, le aseguro que no me afectaría en absoluto que el Uruguay fuera menos independiente de lo que es, y llámele como quiera a esa falta de independencia: estado asociado, área del dólar o, más francamente, colonia. En el negocio, la patria no es tan importante como en el himno, y a veces el comercio funciona mejor en una colonia que en una nación aparentemente independiente.

—Todo depende. Fíjese, Reinach, que si fuéramos colonia de Estados Unidos, o, en último caso, de Inglaterra, bah, no estaría mal. Pero imagine un momento que fuéramos colonia de Rusia. Se me pone la piel de gallina.

—Ni pensé en esa posibilidad. Debo aclararle que para mí hay una sola patria: el concepto de empresa privada. Donde ese concepto no exista, a ese país lo borro del mapa. De mi mapa, al menos.

—¿Sabe cómo me di cuenta de que Ocampo era uruguayo? —pregunta, raviol en vilo, el bien nutrido Ballesteros al silencioso Larralde—. *Entré en un cafecito que está detrás del Carnegie Hall y en una mesa había tres tipos hablando en español. De pronto uno de ellos dijo: «Y decidí jugarle a ese cabayo». Fíjese: no dijo* caballo, *ni* cabalio, *ni* cabaio, *sino* cabayo. *Me acerqué y le dije: «¿De Buenos Aires o de Montevideo?». Y él me contestó: «Del Paso Molino». ¡Qué satisfacción! Yo también soy del Paso Molino, ¿se da cuenta?*

Budiño sirve Chianti en la copa de Marcela; luego, sirve en la propia.

—¿No has estado en el Bowery?

—No. ¿Qué es eso?

—El barrio de los borrachos. Tenés que irte fijando dónde ponés el pie. De lo contrario, podés pisar el cuerpo de algún infeliz, tirado en la vereda o en la calle. Es más bien deprimente.

—También este barrio es deprimente.

—Nunca acabaré de entender el problema de los puertorriqueños. Primero, eso de Estado Asociado suena feo. El precio de la dignidad nacional son tantos y cuántos dólares. Da la impresión de una venta colectiva. Y después, con el anzuelo de la libre entrada a los Estados Unidos, lo que ganan es esto: vivir amontonados en una sola pieza y trabajar como burros para que les paguen menos que a cualquier norteamericano. No, no lo entiendo.

—¿Vos sabés qué me pasa a mí con Estados Unidos? Comprendo todo eso de que se han portado horrible con América Latina. Aquello de México, Nicaragua, Panamá, Guatemala. Bastante me ha aleccionado mi hermano acerca de todo ese pedigree. Lo entiendo y me da rabia. Pero después llego aquí y me fascina. Mirá, he estado también en Europa, pero Nueva York es una de las ciudades en que más disfruto.

—¿Y cómo es que tu marido te deja andar solita por estos mundos de Dios? ¿No sabe que puede ser peligroso? Para él, al menos.

—No. No es que me deje. Es que nos estamos divorciando.

—Ah.

—Mi matrimonio duró apenas seis meses.

—¿No le gustan los dólares? —pregunta Angélica Franco a Claudio Ocampo.

—¿Y a quién no?

—A mí me encantan. Además, me parece fantástico que todos sean del mismo tamaño: el billete de un dólar igualito al de cien. ¿Cómo no van a ser dueños del mundo, si tienen unos billetes tan lindos? ¿Quién puede resistirse? Si a usted lo quisieran comprar, Ocampo, ¿podría resistirse? Pues yo no. A mí me muestran un dólar y todas mis defensas se derrumban. ¿Por qué será eso?

—¿Qué quiere que le diga? En mi opinión puede tratarse de dos cosas: o usted es terriblemente ambiciosa, o usted...

—Dígalo, dígalo.

—O usted tiene pocos prejuicios.

—Le seré franca: no soy ambiciosa.

Agustín Fernández ha hecho grandes progresos. Mientras el arroz a la cubana se enfría un poco, su mano derecha descansa sobre el muslo izquierdo de Ruth.

—Yo no tendría que venir a los Estados Unidos, porque cada vez que vengo me da fiebre. Pensando en el Uruguay, ¿sabes?, pensando en lo limitados que somos. Aquí todo es grande y todo se hace en grande.

La mano asciende lentamente.

—Portate bien —dice Ruth por lo bajo.

—Nosotros tenemos una filosofía de tango —continúa imperturbable el dueño de la mano—. La mina, la vieja, el mate,

23

el fútbol, la caña, el viejo barrio Sur, mucha sentimentalina. Y así no se va a ninguna parte. Somos blandos, ¿entendés? Fijate que hasta nuestros guardias de honor se llaman los Blandengues. Somos eso, blandengues, y en cambio hay que ser duros, como son estos tipos. Al negocio y se acabó. Lo que sirve, sirve, y lo que no sirve, no sirve.

La mano progresa hasta sentir bajo la pollera el bordecito de la bombacha.

—Agustín, nos van a ver —murmura ella con cierta desesperación.

—Sociológicamente —sigue el rostro severo de Fernández— no me gusta cómo somos. Económicamente, tampoco. Humanamente, menos aún. Pensar que aquí, en el Norte, tenemos este ejemplo y nos damos el lujo de ignorarlo. No sabés la mala sangre que me hago cada vez que vengo a Nueva York.

Los cinco dedos se mueven independientemente, cada uno por su lado, y de pronto, como si estuvieran satisfechos de la exploración, aprietan al unísono.

—Aaay —se le escapa a Ruth.

—Yo no pienso regresar al Uruguay —dice en la cabecera Ballesteros, echándole el cálido aliento a Larralde—. Alguna vez, puede ser, para ver a mi madre o a mis sobrinos, pero a radicarme, jamás.

—Yo no sé si podría desarraigarme hasta ese punto.

—Claro que podría. Todo el mundo puede. ¿Sabe qué es lo más indicado para curar la nostalgia? El confort. Yo aquí conseguí el confort y ahora ya ni me acuerdo del Paso Molino. Esta sensación de que usted aprieta un botón y el mundo le responde. ¿No cree usted que aquí la vida es maravillosamente mecánica? El otro día alguien, un mexicano creo, me decía nada más que con el ánimo de arruinarme la digestión: «¿Sí, todo es

24

maravillosamente mecánico, pero ¿no ha pensado usted cuántos miles pasan hambre en el resto de América para que los norte-americanos puedan apretar su botón?». Pero le aseguro que no me arruinó la digestión, porque yo le dije... ¿Sabe lo que le dije? Jajá. Lo miré fijo y le contesté: ¿Y a mí qué me importa?

—Por eso me gusta estar lejos de Montevideo —explica la boca de Angélica Franco a la oreja de Ocampo— *porque entonces pierdo mis inhibiciones. Estoy segura de que usted, por ejemplo, que me cae tan simpático, me hace ahora cualquier proposición, por más escandalosa que pueda parecerme en Montevideo, estoy segura de que usted me dice algo brutalmente comprometedor y no me escandalizo. Y es eso: la distancia. Si usted me hubiera visto en el Uruguay, aquí no me habría reconocido. Es extraño, pero allá soy tan apocada, tan tímida, tan retraída, tan vacilante. Aquí en cambio me libero. Dígame, Ocampo, con toda sinceridad, ¿le parezco tímida?*

—Jamás de los jamases. Más bien me parece tremenda-mente decidida, casi diría arremetedora.

—Aaah qué bueno que me lo diga. No sabe lo bien que me hace sentirme así, libre, decidida. Allá es tan diferente; todo me inhibe. Veo el Palacio Salvo y me retraigo. Alguien se sienta junto a mí en el ómnibus y me retraigo. Si un muchacho me toca, aunque sea sin intención, en seguida me retraigo.

—¿Y aquí no se retrae?

—Haga la prueba, Ocampo, haga la prueba.

—Y entonces —le confía Marcela a Ramón Budiño— *no pude más. Para mí era horrible sentir que inspiraba una atrac-ción exclusivamente sexual. Una mujer aspira a ser querida, además de eso, por otras razones.*

—Me imagino que no debe de ser difícil quererte por esas otras razones. Además de las primeras, por supuesto.

—Vos me escuchás en solfa y me mirás con cierto aire condescendiente. ¿Me tomás por una chiquilina?

—Lo que pasa es que no tenés cara de persona mayor.

—Sin embargo, te aseguro que es horrible haber estado casada y después quedarse sola. De soltera también estaba sola, pero era otra clase de soledad. Era una soledad con esperanza.

—Caramba, qué frase. ¿Pretendés convencerme de que a los veintitrés años has perdido la esperanza?

—No. Pero ahora ya tuve una experiencia matrimonial y sé que puede no funcionar.

—Todo en la vida está pendiente de esa alternativa. Todo puede funcionar o no.

—¿Y vos? ¿Sos feliz en tu matrimonio? ¿Funciona tu vida conyugal?

—¿Sabés qué pasa? Después de tantos años de casado, mi vida conyugal no es un tema interesante. No tiene suspenso, ¿entendés?

—¿Tenés hijos?

—Uno, de quince años. Se llama Gustavo.

—Debe de ser lindo tener un hijo. Si yo lo hubiera tenido, estoy segura de que mi matrimonio se habría salvado.

—A ver, contame más.

—Pero, decime, ¿qué sos? ¿Novelista? ¿Periodista? ¿Detective? Hacés hablar a la gente, pero vos no contás nada.

—Ya te dije por qué: un veterano, casado y con un hijo, siempre es aburrido, pero una muchacha como vos, joven, linda y sin marido, siempre es interesante.

Marcela mastica lentamente un trocito de pan. Luego, cuando interroga, lo hace con una ambigua sonrisa.

—¿Me estás llevando la carga?

La carcajada de Budiño hace dar vuelta las cabezas de Ruth Amezua, Claudio Ocampo y José Reinach. Sólo cuando las tres miradas regresan a sus primeros designios, Budiño mira alegremente a Marcela. Pero no la toca.

—¿Sabés que no se me había ocurrido? Pero es una idea buenísima.

Ahora es ella la que suelta la risa.

—Falluto.

Pero esta vez sólo Ocampo se da vuelta y comenta:

—Parece que los muchachos se divierten.

Mirta Ventura se ha quitado la chaqueta y luce los estratégicos lunares de sus hombros. Berrutti lanza, como al descuido, miradas laterales, pero está un poco incómodo para apreciar en toda su riqueza el panorama de esa espaldita exóticamente bronceada. Mientras tanto, y por las dudas, habla.

—Nuestro error viene de muy lejos. Arranca desde el colegio. Esa falta de religiosidad, esa educación inexorablemente laica. Además, toda esa serenata de que el niño se exprese libremente. Buenos moquetes me daban a mí cuando iba a la Escuela Francia. Ahora, si una maestra le tira de la oreja, nada más que de la oreja, a uno de esos infanto-juveniles que pueblan Primaria, inmediatamente le levantan un sumario.

—Yo me eduqué en las Dominicas.

—Ahí tenés. ¿Cuál es el resultado? Tenés personalidad, no sos una del montón.

—Gracias, Berrutti.

—Pero si no te lo digo como piropo, sino simplemente como confirmación de mi tesis. Eso me gusta de este país: aquí sí está Dios en todo. En la enseñanza, en la Constitución, en la discriminación racial, en las fuerzas armadas. Estados Unidos es un país fundamentalmente religioso. Nosotros en cambio somos

27

*un país fundamentalmente laico. Por eso somos incoherentes.
Dios une; el laicismo separa.*

*El piececito de Mirta se arrima, como por azar, al zapato
número cuarenta y dos de Berrutti. Él no lo retira, y aunque
todavía no tiene la absoluta certeza de que ella no lo está con-
fundiendo con la pata de la mesa, igual prosigue con renovados
bríos.*

—*Yo no pretendo que el ser humano deje de pecar.* Errare
humanum est. *El error, el pecado, está en el ser mismo del
hombre.*

—*¿Vos querés decir el pecado original?*

—*Eso mismo, vos me comprendés. Pero reconocé que es
muy diferente pecar sin sentido de culpa, casi gozosamente,
como lo hace el ateo, y pecar, como podemos hacerlo vos o yo,
sintiéndonos cristianamente culpables ante Dios.*

—*Te diré más; yo creo que el sentido de culpa le agrega
otro sabor al pecado.*

*Berrutti mueve dos centímetros su zapato cuarenta y dos, e,
inmediatamente, el piececito de Mirta recupera el contacto. Sin
dudas ya, seguro de sí mismo, alza la cabeza, con una mano se
acomoda el cabello un poco revuelto, y remata su pensamiento:*

—*Exactamente, otro sabor. ¡Qué cosa aburrida debe ser
el pecar cuando se es ateo! Realizar lo pecaminoso sin que nadie
te pida cuentas.*

—*Horrible. Lo pienso y se me encoge el corazón.*

—*Por eso las grandes obras de arte se han construido
siempre alrededor del pecado.*

—*Lo cual, en el fondo, significa construirlas alrededor
de Dios.*

—*Naturalmente, porque sin Dios el pecado no existe.
Y se han construido alrededor del pecado, porque el pecado*

está prohibido y tiene castigo, y eso es lo estético: el conflicto entre la prohibición y la culpa. Mejor dicho, el arte es la chispa que resulta de frotar la prohibición con el castigo.

—Te salió redondo.

—¿Verdad que sí? Se me ocurrió ahora, mientras te hablaba.

—Sos notable vos —dice Mirta, al tiempo que su pantorrilla con media de nylon percibe la tibieza de otra pantorrilla con pantalón wash&wear.

Larralde se encoge de hombros. En realidad no le interesa mucho la disertación levemente oligárquica de Sofía Melogno. Ni siquiera le atrae físicamente. Pero Sofía se ha propuesto catequizarlo.

—Larralde, no me haga dudar del equilibrio de su juicio. Salvo que me esté tomando el pelo. ¿Me quiere decir dónde hay más libertad que aquí? A ver, a ver, un solo sitio, no le pido más.

—En las selvas del Amazonas, por ejemplo. Y fíjese qué curioso: allí no hay democracia representativa.

—Es lo que digo: usted me está tomando el pelo. Como buen periodista que es. Eso es lo único que ustedes saben hacer: tomar el pelo.

—No crea, señorita, sabemos hacer otras cosas.

—¿No podría dejar de llamarme señorita?

—Perdone, creí que era soltera.

—Naturalmente que lo soy, bobo. Pero me llamo Sofía. Y en casa me dicen Nena.

—Ah.

—¿Y qué va a contar de todo lo que está viendo?

—No todo, por supuesto.

—¿Y por qué no?

—*Porque no se puede, Nena. Periodísticamente hablando, hay que ajustar los Estados Unidos que vemos a los Estados Unidos que llegan a Montevideo en las películas de Hollywood. ¿Para qué escribir sobre Little Rock si se puede escribir sobre Beverly Hills? Si yo cuento que en San Francisco un poeta* beatnik *se tiró de un tercer piso, nada más que porque no toleraba el American Way of Life, y no se mató, así que se quedó con el American Way of Life intacto y las dos piernas quebradas, si cuento eso, allá no les va a gustar, y el Secretario de Redacción me cablegrafiará un severo tirón de orejas con la recomendación de No Darle Pasto A Las Fieras. Así que mejor escribo sobre las ventajas del cerebro electrónico. Eso sí les gusta. El ideal de nuestros Ministros de Hacienda, nuestros entrenadores de fútbol y nuestros jerarcas del contrabando es el cerebro electrónico. Cálculos exactísimos, nada dejado a la improvisación, escaso material humano, y, sobre todo, algo en qué apoyarse. ¿A usted le gusta el cerebro electrónico? En muchos países subdesarrollados, Uruguay entre ellos, usan todavía un sucedáneo desventajoso y primitivo. Me refiero al horóscopo. Pero le puedo asegurar que el cerebro electrónico es más digno de confianza. Precisamente, ésta es la tesis de mi próximo artículo. Agradézcame la primicia.*

—*Usted está un poco borracho, ¿verdad, Larralde? ¿Se puede saber para qué diario escribe?*

—*Para* La Razón. *Pero no busque las iniciales A. L. Generalmente, mis artículos aparecen sin firma, o con el seudónimo Aladino.*

—*Dígame, señor Aladino, ¿usted de qué signo es?*

—*Virgo, para servir a usted.*

—*¿Virgo? Impulsivo, sensible, reservado, activo, inteligencia racional, sentido práctico, devoción, fidelidad. Y también tendencia al* surmenage.

30

—*La gran flauta. Pero usted es una erudita. Por lo menos en lo del* surmenage, *acertó. De todos modos, le advierto que tendré que hacer verificar por el cerebro electrónico esa hermosa y estimulante ficha personal.*

Larralde empuña convincentemente la botella.

—*Y ahora tómese otro vinito. Para bajar el postre, Nena.*

El teléfono suena relativamente apagado y lejano, debido a que en un extremo de la mesa Ballesteros sacude rítmicamente su abdomen como respuesta a una broma de Aguilar; en el centro Gabriela Dupetit dice en voz alta: «Te juro que acá a mí me da vergüenza ser uruguaya», y en el otro extremo Ocampo y Angélica Franco han encontrado un motivo más de coincidencia y cantan a dúo No te engañes corazón. *De modo que hasta que no entra José y pide silencio, nadie interrumpe su actividad.*

—*Señor Ballesteros, lo llaman por teléfono y dicen que es* very urgent.

Ballesteros detiene tan bruscamente sus sacudidas, que su estupor culmina en un eructo, hábilmente prolongado en una tos de emergencia.

—*Dios mío,* very urgent —*dice al levantarse, y al salir se tambalea un poco. Se apoya en el respaldo de la silla de Larralde y luego arranca de nuevo, con pasitos cortos y no demasiado seguros.*

Se ha callado Gabriela. El tango también queda suspendido en no creas que es la envidia o el despecho. *Debajo de la mesa, todas las manos y piernas vuelven a sus bases. Marcela toca por primera vez, pero sobre la mesa, la mano de Ramón.*

—*No sé por qué* —*murmura con voz auténticamente preocupada*— *pero tengo el presentimiento de que se trata de algo malo que nos concierne a todos.*

31

Reinach, los ojos fijos en un cuadro de la pared, que muestra a Ike, mastica y de vez en cuando deja oír el chasquido de su lengua. Sofía Melogno se retuerce las manos. Célica Bustos se suena la nariz. Aguilar enciende un Republicana traído de la patria y acerca la llamita del encendedor al Chesterfield que sostienen las manos, un poco temblorosas, de Fernández. Mirta Ventura, con la solícita colaboración de Berrutti, vuelve a ponerse la chaqueta. Ruth Amezua estornuda, pero nadie le dice salud. Ramón respira profundamente y, con la mano izquierda, ya que con la derecha atiende a Marcela, alza la copa y acaba un restito de vino.

La entrada de Ballesteros es muy distinta a su salida. Evidentemente, algo ha ocurrido que lo ha despejado repentinamente y por completo. Su expresión es de tremendo desconcierto y parece a punto de llorar.

—Algo horrible. Ha pasado algo horrible.

—¿Dónde? —preguntan varios.

—Allá.

—¿En el Uruguay? —concreta Larralde.

—Sí.

—Hable de una vez. ¿Qué pasó?

—Una catástrofe. Una inundación espantosa. Un maremoto. Todavía no se sabe bien. Luego me van a telefonear de nuevo. Todo destruido. El país totalmente en ruinas. El agua arrastra todo por las calles. No hay más puentes. No se sabe cuántas víctimas. Todo destruido. Una catástrofe como nunca. El país borrado del mapa. Campo y ciudad. Arrasado, totalmente arrasado.

Ruth Amezua lanza un grito agudo y cae hacia atrás. Fernández y Budiño la sostienen. Sofía Melogno empieza a llorar con un ruido espantoso. Célica Bustos mira la pared y los

lagrimones caen sobre su segundo helado. Gabriela se muerde
el labio inferior; después se cubre la cara con las manos. Reinach
es, por ahora, el único hombre que llora en forma ostensible.
Larralde pregunta, tenso:

—Pero ¿cómo lo supo?

—Mi vecino, un mexicano, lo oyó en el noticiero de la
televisión. *Sabía que yo estaba aquí y me telefoneó.*

Angélica Franco pone un frasquito con perfume bajo la
nariz de Ruth, y ésta se recupera, abre los ojos y de inmediato
los cierra para llorar. Mirta Ventura reza.

—Y en Jesucristo, su único Hijo, nuestro Señor.

Berruti la contempla sin solidaridad y también pregunta:

—¿Y hay víctimas?

Ballesteros sacude la cabeza.

—No me abrumen, que ya bastante abrumado estoy. Les
dije que no sé. Lo único que informaron es que el país está borrado del mapa. Arrasado, totalmente arrasado. Se acabó todo.

Desde un rincón, José mira el espectáculo. Está un poco
deslumbrado. Sale hacia la cocina, a tiempo para contener al
mozo del meñique:

—Wait a minute. *Todavía no les lleves el* check.

Marcela solloza quedamente, sin perder la cabeza.

—No puede creerse una cosa así —dice Budiño.

—Yo sabía. Te lo dije cuando salió Ballesteros. Yo sabía que
era algo que nos concernía a todos.

—¡Qué horrible!

—Y César está allá.

—¿Tu marido?

—Sí.

—¿Te importa mucho?

—Sí.

33

—Es el castigo de Dios —chilla Gabriela— porque yo dije que aquí me daba vergüenza ser uruguaya. Es el castigo de Dios y lo tengo merecido. Pobre mi mamita. Pobre mi viejita. Y mi hermano. No quiero pensar. ¡No quiero!

—¿Se da cuenta? —dice Aguilar a Célica Bustos—. Yo hace un rato poniéndome cínico y ahora siento un nudo en la garganta.

—Todo arrasado —murmura Reinach— todo, también mi tienda. Mi tienda borrada del mapa. No puede ser. ¿Conocen ustedes mi negocio? En Dieciocho y Gaboto. ¿Verdad que era lindo? Le había cambiado el mes pasado el letrero luminoso. Y tenía una puerta giratoria. Y dos camiones de reparto. Qué horror. Y todo lo que estuve diciendo. ¿Me oyeron? Usted por lo menos me oyó, Gabriela. Que no producíamos nada. Y, no es cierto. Es un lindo país, Gabriela. Se puede trabajar sin miedo. Mi padre es judío, yo soy judío. Nací en Montevideo, pero soy judío. Tengo un tío que escapó de Alemania, porque allí la catástrofe fue espantosa. No fue un maremoto, pero igual fue espantosa, y para mi familia no quedó nada. Y en el Uruguay nadie nos molestó. Es un lindo país. Se puede trabajar. Y borrado del mapa. No es cierto todo eso de que la empresa privada es mi patria. No es cierto. Es un lindo país. Y ahora está borrado del mapa. Es un lindo país.

—Así en la tierra como en el cielo —reza Mirta Ventura—. El pan nuestro de cada día dánosle hoy.

—Callate —dice Berruti, con los ojos saltados.

—¿Qué? —pregunta ella, de estupor en estupor.

—¡Callate! ¿No ves que no existe? ¿No ves que no hay Dios?

—Pero ¿no decías hace un momento?

—Pavadas. No puede haber un Dios que destruya todo porque sí. ¿No te das cuenta? ¿Cómo podés rezar así, tan tranquila? ¿No tenés a nadie allá? ¿Nadie aparte de las monjas?

—Sí —explota Mirta soltando definitivamente el trapo— tengo a mi papá, pobrecito papá, pobrecito papito.

—A ver si Dios te devuelve a tu pobrecito papito.

—No seas malo.

—Yo tengo dos hijos, ¿entendés?, dos hijos, un varón y una nena. Si Dios me los mata, quiero decir, si el maremoto me los mata, te juro por esta cruz que reniego de todo.

—Es como dice aquélla —solloza Sofía con los dientes apretados—, es un castigo. Es un castigo porque nunca he trabajado.

—No sea chiquilina —dice seriamente Larralde.

—Es un castigo porque siempre he despreciado a los pobres, porque siempre les digo La Chusma.

—¿Quiere no ser tan pava? —dice Larralde, que está empezando a perder la paciencia y la sacude de los hombros—. Si fuera un castigo dedicado a usted, solamente a usted, el destino no se habría preocupado de ponerla previamente a salvo; al contrario, la habría colocado en el centro mismo de la catástrofe.

—Pero ¿no entiende que esto es mucho peor? ¿No entiende que esta sensación de no poder hacer nada ni ayudar, ni ver el desastre con los propios ojos, no entiende que esto es lo más espantoso? Además, se lo digo ahora. Tengo la obligación de confesarlo. Todo lo que dije antes era una pose, una mentira. Me gusta aquello. Es un país chiquito, insignificante, pero me gusta. No podría vivir aquí, entre tipos mecanizados, sórdidos, ingenuos hasta la bobera.

Angélica Franco está sacando dólares de su cartera. Los agrupa de a tres billetes y luego los rompe a pedacitos.

—Nada. No me importan nada.

Ocampo le pasa un brazo sobre los hombros y la inmoviliza.

—No seas histérica. Después te vas a arrepentir. ¡Romper un billete de cien dólares! ¿Estás loca? ¿Se puede saber qué arreglás con eso?

—Es un castigo, claro. Por lo que te estuve diciendo. Porque me estuve ofreciendo. No me importan los dólares, ¿entendés?

—Pero, mujer, no te preocupes, si en ningún momento te tomé en serio.

—Y no es cierto que allá sea tímida. Nunca soy tímida.

—Ya lo sé.

—Aquí y allá soy siempre como me viste hoy. Una puta. Nada más que una puta.

Ballesteros ha dejado caer los brazos a los costados de la silla. Con los ojos llorosos y una mueca que parece un puchero frustrado, su cuerpo enorme y desigual tiene ahora el aspecto de un lisiado.

—Ya ves —le explica a Larralde, pero sin mirarlo de frente—. No se puede decir de este agua no beberé. Hace un ratito le juraba que no volvería. Y ahora quisiera estar allá. Daría diez años de vida por estar allá. Parece mentira que uno necesite estos golpes terribles para saber a qué sitio pertenece. ¿Quiere que le diga una cosa? Pienso en el Paso Molino, pienso que todo allá será ahora una desolación, una destrucción total, y ya ve, yo, un pelotudo de sesenta años, me pongo a llorar como un botija. ¿Usted conoce el Paso Molino? ¿Se acuerda de las barreras aquellas, grandotas? A mí me gustaba, mire usted, y ya no era un pibe por cierto, quedarme allá un rato al atardecer, viendo cómo pasaban los ferrocarriles. A veces pasaban tres seguidos y entonces se juntaban como dos cuadras de coches, autobuses y tranvías. Era una estupidez, pero yo disfrutaba viendo, cuando las barreras al final se abrían, cómo arrancaba de golpe aquel corso improvisado.

—Seguramente, César estaba en Salto —dice calmosamente Marcela.

—¿Qué hace allá? —pregunta Ramón.

—Mi suegro tiene una estancia, pero es César el que la atiende, el que más trabaja.

—¿Cómo es tu marido?

—¿Físicamente?

—Sí.

—Alto, delgado, pelo oscuro, ojos verdes, nariz afilada, ancho de hombros.

Marcela se pasa un pañuelo por las sienes.

—No te alarmes todavía —dice Ramón.

Marcela sonríe precariamente y hace un indeciso ademán de disculpa.

—Vos consolándome, dándome fuerzas, y yo, tan idiota, sin acordarme de que allá también está tu gente.

—Todos tenemos allá nuestra gente.

—Tu hijo, tu padre, tu mujer.

—Sí, mi hijo, mi mujer, todos.

—Qué horrible.

Entonces ella se afloja, pierde repentinamente toda serenidad, toda apariencia de serenidad, empieza a llorar con los ojos abiertos, y dice sin arrepentimiento, sin orgullo ni vergüenza, con el menor énfasis posible, como si lo estuviera descubriendo en ese instante:

—Yo lo quiero. Lo necesito. Es insoportable. No puede ser.

Budiño la mira, enciende un cigarrillo y se lo pasa. Después enciende otro para sí.

—Gustavo, Dolly —piensa en voz alta.

Esta vez el teléfono hace que todos queden paralizados, como en ese juego infantil de las estatuas. José entra de nuevo y no necesita decirle nada a Ballesteros. Sólo lo mira. Ballesteros se levanta y esta vez no se tambalea. Casi corriendo, va hacia la puerta. En realidad, todos dejan la mesa y van hacia la puerta.

—¿Qué hay? —dice Ballesteros al tomar el tubo.

Los ojos de los otros están clavados en él. El hueco de la puerta es un montón de ojos. De pronto el gordo se afloja, se afloja. José es el primero que acude a sostenerlo. Budiño recoge el tubo, que ha quedado colgando.

—Soy un amigo de Ballesteros. Se ha desmayado. ¿Qué sucede?

Escucha un momento. Luego suspira. Un suspiro en el que a Budiño le parece estar vaciando íntegramente los pulmones.

—Gracias —lo oyen decir los otros—. No sabe cómo le agradecemos, señor. Sí, Ballesteros ya está bien. Después lo llamará, sin duda.

Ballesteros, que ya ha abierto los ojos, le ordena tartajosamente a Budiño que les diga todo a los otros.

—Era una exageración —dice Budiño. El amigo de Ballesteros escuchó otro informativo y parece que la verdad es muy distinta. Hubo una gran inundación, sí, y algunos pueblos del Interior están bajo agua. Pero nada de maremoto, ni de muertes. Simplemente, una inundación más importante que la de otros años.

Se produce un gran silencio. Luego, de la boca de Reinach sale una especie de ronquido, algo así como una alegría gutural, algo así como la palabra tienda. Ocampo se inclina, recoge varios trozos de dólares y se los da a Angélica Franco.

—Pegalos y cambialos después en algún Banco.

—Gracias —dice ella, y se sienta, desconcertada. Un mechón se le ha separado del peinado impecable y ha quedado adherido a su mejilla, pegajosa de llanto y de sudor.

Agustín y Ruth, en un rincón, se besan en la boca. Berrutti intenta acercarse a Mirta Ventura, pero ella lo contiene con una mirada congelante y un murmullo entre dientes:

—No me toque, ¿entiende?

Célica Bustos se enfrenta a Aguilar, que está recostado en la pared.

—Bueno, aquí no ha pasado nada. Cada uno a su sitio, ¿no? El agua otra vez al río; usted otra vez a la OEA. Hasta que la muerte los separe.

Sofía Melogno se mira en un espejito.

—Estoy horrible. Parece que fui yo la que tuvo el maremoto.

—¿Y? —pregunta Larralde, a su lado.

—Mire, todos dijimos muchas pavadas esta noche, ¿no le parece?

José aprovecha para correr hacia dentro y decirle al mozo del meñique nasal:

—Vamos, ahora sí the check.

Cuando el mozo entrega la cuenta a Ballesteros, en el primer momento éste cree que se trata de una nueva emoción. Pero en seguida comprende que no es para tanto.

—Ah, la adición.

Berrutti y Reinach se acercan para ayudarle a hacer la división y establecer el importe per cápita.

—Entre ocho. Las mujeres no pagan —dice Berrutti.

Los otros dos asienten en silencio.

Budiño sostiene el tapado de Marcela, hasta que ella consigue acomodarlo sobre sus hombros.

—¿Y? ¿Te sirvió de algo el susto?

—Sí —dice ella— ¿y a vos?

Él vacila un poco antes de responder.

39

—*También. Pero no demasiado.*

Algo en el tono de su voz hace que Marcela lo mire con preocupación.

—*Hace un rato dijiste: Gustavo, Dolly. ¿Dolly es el nombre de tu mujer?*

Él no puede menos que sonreír, atrapado.

—*No, no es el nombre de mi mujer.*

José recoge la propina y resopla:

—*Ni siquiera un diez por ciento.*

Lentamente van saliendo. Ahora, en el salón que da a Broadway, todas las mesas están ocupadas. Algunos de los comensales quedan un poco desconcertados cuando Gabriela Dupetit abre los brazos y exclama con estentórea compunción:

—*Convénzanse. Somos una porquería. Las pocas veces en que hay una alarma, siempre termina en falsa alarma. Ya lo vieron. Nunca seremos capaces de tener una catástrofe de primera clase.*

2

La ventana se abre a la calma chicha. Allá abajo, los plátanos. Por lo menos la mitad de las hojas están inmóviles, y el movimiento de las otras es apenas un estremecimiento. Como si alguien les hiciera cosquillas. Traspiro como un condenado. El aire está tenso, pero ya sé que nada va a estallar. ¿Qué puedo decirme? Éste es el momento, estoy seguro. En los días en que estuve alegre, siempre me falseé, siempre creí en lo que no soy, la vida color de rosa, etcétera. En las noches en que me sentí tan mal como para llorar a gritos, no lloré a gritos sino silenciosamente, tapado por la almohada. Pero ahí también uno exagera. No se puede ser lúcido con el pecho hinchado de congoja, o de desesperación. Mejor llamémosle desesperación. Sólo para mí, claro. Que los demás cuelguen sus etiquetas: hipocondría, neurastenia, luna. Yo he llegado a un pacto conmigo mismo y por eso la llamo desesperación. Éste es el momento, estoy seguro, porque no estoy alegre ni desesperado. Estoy, cómo decirlo, simplemente tranquilo. No, ya me falseo. Estoy horriblemente tranquilo. Así está mejor.

Caen las primeras gotas. Bueno, a poner la cara. En esta ventana del noveno piso las recibo antes que los inocentes peatones de la *principal Avenida*.

Por una vez le gano a alguien. ¿Será éste el instante adecuado para cerrar los ojos y decir: *Como todo el mundo, nosotros los Budiño tenemos una historia*? Desde aquella cena con uruguayos en el Tequila Restaurant, estoy por pensarlo todo de nuevo. Nada se pierde con probar. A cerrar los ojos. Como todo el mundo, nosotros los Budiño tenemos una historia. Adelante. A veces mi hijo cree que es, o está destinado a ser, un personaje importante. Por supuesto está en un error, no demasiado grave cuando se tienen diecisiete años. En la familia no hubo, ni hay, ni habrá sitio para otra persona importante que no sea el Viejo. Desplantes principistas, encendida oratoria, figura prócer. Nos ha absorbido a todos. Yo nunca fui Ramón Budiño sino el hijo de Edmundo Budiño. Mi hijo nunca será Gustavo Budiño sino el nieto de Edmundo Budiño. Hasta el abuelo, en los últimos años, fue sólo el padre de Edmundo Budiño. Por algo todos lo tratamos de *usted*. Todos: hijos, nietos, nueras. Un hábito anacrónico que él ha sabido mantener, para dejar bien especificada la distancia. Siempre la distancia. Hacia abajo es desprecio. Hacia arriba, admiración. Por ejemplo: Rubén y Mariano vienen a buscar a Gustavo para estudiar, pero no lo encuentran. En ese momento sale el Viejo; se detiene a saludarlos, y Rubén le pregunta algo, no me acuerdo qué. El Viejo emplea unos diez minutos para desarrollar su opinión y recibir el homenaje. ¡Qué miradas de admiración, de interés, de respeto, casi de devoción! Y es lógico. Al Viejo no le ha importado nunca que su interlocutor esté situado más abajo que él. Para todos tiene el mismo estilo brillante, convincente, esclarecedor. También Gustavo lo admira. Le choca un poco, es cierto, que el abuelo ponga tanto fervor, y a veces tanta grandilocuencia, en la defensa de causas que él cree históricamente perdidas. Pero es indudable que lo admira. ¿Querría yo ser admirado por mi hijo? No. Mejor dicho: no lo sé.

¿Qué hace esa paloma bajo la lluvia? Le pesa caminar. ¿Tan atrás, tan atrás? Debe hacer de esto por lo menos treinta y cinco, treinta y seis años. No: justo treinta y siete. Antes de eso, sólo instantáneas sueltas, algo así como fotografías de álbum, pero no un episodio completo, redondeado. Todavía no era el Viejo. Sólo Papá. Papá dicho y pensado minuciosamente a mis seis años. Ahora no hay jugueterías tan bien surtidas. Los juguetes parecían extenderse hasta el horizonte. Triciclos, pelotas, monopatines, diábolos, royal ludo, manomóviles, soldados de plomo. Elige el juguete que quieras, dijo Papá. Yo había estado mirándome el zapato de charol. Alcé lentamente los ojos. Lentamente, para que el festín visual fuera llegando de poco a poco. Había, hay un hombre detrás del mostrador. No puede aguantar la risa. Se va a empachar, dice. ¿Te decidís?, insiste Papá. A mí me gustaría llevarme el triciclo, más el monopatín, más la pelota, más los soldaditos. Pero hay que elegir. Papá me ha prometido: Si dejás que el doctor te dé la inyección y no lloras, te llevo a lo de Oddone y te doy permiso para que elijas lo que más te guste. ¿Cómo pude acordarme de que el nombre era Oddone? Yo no he llorado y Papá cumple la promesa. Lo que más me gusta es la caja de soldados, pero me da mucha lástima que me guste precisamente eso, lo más barato. Qué problema, eh botija, dice Oddone. No me agrada la cara de Oddone. Hago fuerza para que el triciclo me guste más que ninguna otra cosa. Tengo noción exacta de que el triciclo es el juguete más lindo, el que será más codiciado por los otros chicos de mi calle. Lagunillas. Calle Lagunillas. ¿Y?, vuelve a preguntar Papá, esta vez consultando el reloj. Quiero los soldaditos. Lo digo en mi media lengua. Mucho tiempo después pude comprender que tanto Oddone como Papá, por distintas y comprensibles razones, se habían sentido defraudados. Pensalo bien, nene, me advierte Oddone. ¿No te gustaría más el monopatín? Tiene llantas de goma, freno y campanilla. Claro que el monopatín es estupendo, pero a mí me gustan más los soldados de plomo. Déjelo, interviene Papá, él sabe que puede llevarse lo que quiera. Respiro aliviado, sobre todo porque Oddone, al hacerme propaganda del monopatín, me ha hecho dudar. Y a esta altura yo no quiero dudas; quiero que me sigan gustando los soldados sobre toda otra novedad, por fabulosa que ésta pueda ser. Quiero los soldados, repito con una firmeza que no deja lugar a ninguna esperanza para Oddone. Papá sonríe. Me mira. Esos ojos azules y sin embargo cálidos. Se quita la boquilla antes de decir: Lo que vamos a hacer es llevarnos diez cajas de soldados. Le abrazo una pierna. Después me doy cuenta de que le estoy aplastando la filosa raya del pantalón. Aflojo la presión. ¿Todos diferentes?, pregunto, todavía nervioso, todavía sin creer. Todos diferentes, asegura Papá. Oddone es reumático pero trepa como un mono por la escalera y regresa con un gesto hipócritamente compungido y sólo nueve cajas. No hay más que nueve series distintas, aclara. Antes de que alguien piense en cualquier otra solución sustitutiva, digo apuradamente: Entonces quiero dos cajas de esos azules, a caballo. Oddone suelta la risa. Papá suelta la risa. Me pongo colorado, pero no me rectifico. Simplemente, vuelvo a contemplar la punta de mi zapato de charol. En la calle, siento que todos me miran. No quise que Oddone enviara las cajas con el repartidor. Quién sabe cuándo habrían llegado. Así que las llevo yo, en dos enormes paquetes, uno en cada brazo. Pareces una hormiga, dice Papá, dame por lo menos uno de los paquetes. Pero no quiero. Me duelen mucho los brazos, sobre todo el izquierdo, pero yo quiero cargar con mi propiedad. ¿Por qué parezco una hormiga? pregunto, nada más que para hacer tiempo. Es probable que haya dicho: *¿Poqué paleco una homiga?* Pero a esa altura mi media lengua no es totalmente sincera. La insinceridad obedece, más que nada, a que tengo conciencia de que mi pronunciación sin *eres* provoca una corriente de simpatía. Además, me resulta cómoda. Para decir las *eres* tengo que endurecer el maxilar inferior y hacer una proeza con la lengua. Papá sonríe. No puede evitar que mi pronunciación le cause gracia. Por la carga que llevas, contesta. Todavía seguimos una cuadra más. Vamos, no seas bobo, dice por fin, no te lo voy a comer. Y me quita un paquete. Miro hacia el costado y recorro las polainas, el pantalón, el cinto de hebilla dorada, la corbata azul con el alfiler, el cuello duro, el rancho de paja con la sedosa cinta negra. Es lindo ir caminando con Papá. No hubiera podido decirlo con palabras, pero me sentía protegido, contento. Era estupendo saberse hijo de ese tipo impecable, elegante, siempre afeitado, seguro de sí mismo, que todo lo miraba con calma, que todo lo entendía sin vacilaciones.

Ya no llueve más. Pero no refrescó. A Gustavo, el Viejo lo arrincona todas las veces que quiere. Para eso usa y abusa de su elegante prepotencia. Anoche quiso obligarlo a que fundamentara su actitud política. Luego, de a poco, con sonrisas, con ironías, con chistes, con retruécanos, incluso con algunos argumentos, lo fue desanimando hasta dejarlo mudo y resentido. Sentí de pronto un gran cariño por Gustavo, no el de siempre, no el manso afecto de saberlo mi hijo, sino uno activo, renovado, militante. El Viejo está inseguro, pero despliega una gran seguridad. Gustavo está seguro, pero no sabe explicar su propia seguridad. El Viejo es un veterano, un campeón de la polémica, un experto en sus tretas. En ese sentido, el pobre Gustavo es un lactante. Sin embargo, cómo quisiera apostar por él. En el núcleo de su inexperiencia hay una convicción. Tiene la suerte de haber desembocado en un mundo que está reconociendo sus vergüenzas, que está decidiendo jugar su suerte, que está convirtiendo en algo seguro la antigua y remota probabilidad de su salvación. El mundo en que yo crecí era tan distinto. Veíamos todo con la suficiente claridad como para reconocer que la injusticia del sistema en que estábamos inscritos era insultante para el género humano. Pero nos quedábamos en la maldición doméstica, casi en el soliloquio. Bueno, ¿y esto qué es? Quizá sólo teníamos una fe teórica, y también retórica, en la viabilidad de la transformación que queríamos, pero no una fe profunda, respirada, inevitable. Creíamos saber dónde estaba lo bueno, pero éramos vocacionalmente pesimistas, casi fatalistas, en cuanto a la posibilidad del triunfo, de la definitiva imposición de eso que para nosotros era bueno. El miércoles, Mariano mencionó las declaraciones, más bien ominosas, de un senador de Arkansas. No hay que preocuparse, dijo, son los últimos manotones de ahogado. Ahí está la gran diferencia. Nosotros creíamos que eran invencibles.

Este despacho del Viejo siempre me deprime. Además, son las once y veinte. El Viejo ya no viene. Mejor me voy.

¿Quién golpea? Saben que estoy solo en mi oficina y sin embargo golpean. Hipócritas. Cómo les gusta hacerse las mosquitas muertas.

¿Y a mí qué me importa lo que me está diciendo, secretaria espléndida, secretaria carnosa, secretaria con una libra esterlina entre los senos, secretaria tentación, secretaria con labios demasiado gruesos para mi gusto, secretaria con ojos de carnero, secretaria un poquito imbécil, secretaria se acabó la tentación, a mí qué me importa?, ¿eh? Ya sé que debo darle un vistazo al plan Viajar Con Alegría y a la nómina de cuarenta y cuatro turistas que prefieren veranear en Mar del Plata porque en Punta del Este les cuesta un huevo. A lo que hemos llegado. Que me lo alcance. Hasta aquí, exactamente hasta aquí. Así tiene que inclinarse y veo lo que oculta la libra esterlina. Qué locura. Una vez le dijo a Anzuela que su peso era setenta kilos. Seguro que cincuenta los lleva ahí adelante. La madre universal, la mujer lechera, etcétera. Si sólo fuera menos boba. Mejor que me deje todo. Ya lo veré. No puedo trabajar tranquilo con esa amamantadora vocacional frente a mí. Hasta luego. De atrás no está tan bien. Las caderas muy bajas, considerablemente más bajas que las de Marcela y también que las de Susana. Es la segunda vez que hoy me acuerdo de Marcela. Nunca supe si se arregló con su César.

Además, Susana es inteligente. Demasiado. Ahora se acabó. Dentro de dos semanas el décimo octavo aniversario.

¿Bodas de qué? De papa, de jabón, de cualquier cosa. Me impacienta, no me atrae, pero ignoro la causa. La conozco tanto. Mi mano puede recorrerla a ciegas. Conozco el lunar chico que viene después del lunar grande, la parte áspera alrededor del pezón, la longitud exacta de los vellos, la apertura de todos los ángulos, los falsos labios cerrados de la cicatriz a la altura del apéndice, las zonas en que la carne mantiene su última consistencia joven y las zonas que empiezan a volverse flácidas, sin resorte bajo la presión de mis dedos, la única vértebra que tiene un promontorio mayor que las otras, las gloriosas nalgas donde se compendia su vitalidad, el sexo tibio, las rodillas lustrosas, la cintura que sabe mi compás. La última vez fue el jueves. Pero habrá todavía muchos jueves. Y martes. Y sábados. La rutina se vuelve inevitable. Empieza generalmente así: un contacto casual, todavía desde el sueño, un contacto insistente, persuasivo, progresivamente despierto, hasta que la respuesta llega, primero como un estremecimiento, después como un eco cansado. Quizá el estremecimiento provenga de otra imagen, más incitante, de algún sueño o recuerdo abandonado. El eco cansado viene de reconocer la realidad. El jueves, por ejemplo. Vino, viene lentamente a mis brazos, extrayéndose del sueño con un espeso ronroneo terminado en «ón», algo que puede ser Ramón, pero también puede ser León o Gastón. Cualquier cosa menos sentir celos. Claro que no conozco a nadie con esos nombres. También puede pasar que Susana lo conozca y yo no. Pero dijo Ramón, estoy casi seguro. Ése no es el problema. El problema es el envilecimiento de la rutina. Subir siempre por el mismo lado, sin ninguna sorpresa para el tacto, brindarnos uno al otro externamente, más preocupados por el calambre repentino que por ese turbio, irrepetible éxtasis o permuta o combate o incineración o vislumbre o gemido o desencuentro o catástrofe o gloria, ese algo que por una explicable comodidad hemos convenido en llamar amor. Dios es Amor, estableció Juan el Evangelista, así, sin excepciones, porque se trataba de un rubro infinito, pero ¿aquel Dios tiene algo que ver con este amor entreverado, impuro, sangrante, amnésico, agitado, sublime, estropajoso? En todo caso, Dios es Amor, pero amor no es Dios. La beso, a ella la beso, y no soy hipócrita. La beso como podría morderla, y a veces la muerdo, o comérmela y masticarla y digerirla. Porque hay una desesperada necesidad, casi diría una obligación, de marcar al otro, a la otra, aunque sea con los dientes, y aunque alguno de éstos sea postizo. Dejar una marca propia es cosa de vida o muerte, o de muerte solamente, porque la intención subterránea es traspasar la muerte, es seguir existiendo después del fin. Y a esos efectos tanto sirve la existencia de un hijo como la de una cicatriz. Después de todo, también el hijo es una cicatriz. Buena definición para proponer a la Academia. Hijo: cicatriz del amor.

Así que éste es el plan Viajar Con Alegría. Todo el viaje con música, garantido por lo menos un treinta por ciento de Gardel, el resto a discreción pero siempre popular, no se asusten muchachos, nada de Bach ni Prokofiev ni Bartok. Viajar Con Alegría proporciona un cicerone que sabe doscientos noventa y tres chistes de memoria, incluidos veinticinco bien verdes para la población masculina. Viajar Con Alegría le permite a usted Pagarlo Con Dolor, en incómodas cuotas mensuales que garantizan su hambre por varios semestres. Viajar Con Alegría lo borra a usted como individuo, permite que se integre insensible y costosamente en ese Gran Todo llamado Excursión Colectiva. Viajar Con Alegría, siglas ve-ce-a, piensa por usted, sufre por usted, suda por usted, goza por usted, gana por usted. *¿Por qué si puede viajar, pampún, se va usté a quedar acá? ¿Por qué si puede viajar, pumpún, no viaja por Ve-ce-a?* Este poeta sí que se exprimió el cráneo. Para colocarlo antes y después del informativo. Está bien. Que venga de una vez la secretaria espléndida, carnosa, imbécil, etcétera.

—Ya le puse el vistobueno, señorita. Recomiendo que vaya antes y después del informativo.

Lindo ir por la Rambla. El mejor momento del día. El único en que es un descanso manejar. O sea que me convencí a mí mismo y yo también Viajo Con Alegría. Aquí mismo, frente a la *degollada de la Rambla Wilson,* aquí era donde estaba el muerto la semana pasada. Me acuerdo y todavía me estremezco. Qué cosa horrible aquella cara. Sin embargo, cada vez que paso, el recuerdo es una especie de disfrute. Aquella lengua, espantosa. Ah. ¿Por qué será que me repele y me atrae? El primer muerto que vi no era repugnante. Prefiero aquel primer muerto. Tres veces había entrado corriendo y tres veces me habían ordenado silencio. Sabía que ellos tenían razón, pero me olvidaba. Allá en el fondo de la habitación, en el rincón más alejado de la ventana, estaba, está el primo, con su cara color de sábana y sus manos delgaditas e inmóviles. No hay nada que hacerle, ha dicho tío Esteban con el pañuelo en los ojos, y todas las mujeres han salido al jardín para llorar tranquilas. Víctor cayó, un mes atrás, junto al cantero de los malvones, y todos recuerdan que la hemorragia parecía un rojo débil y lavado junto al color agresivo de aquella otra naturaleza, ofensivamente saludable. Lo alzaron entre grandes aspavientos de las tías, lo acostaron en la cama de matrimonio, y desde entonces vienen médicos y médicos, tipos de guardapolvo que dan inyecciones, parientes que desfilan a preguntar cómo sigue. Yo vivo a la espera. Al *rango* no puedo jugar, porque falta el compañero. Menos aún a la escondida, porque no hay de quién esconderse. Es curioso, pero desde que Víctor está enfermo, ya no me hace gracia jugar solo. Ni siquiera con los soldados. Me las arreglo con la payana, las bolitas, el trompo. Pero a éste no siempre puedo hacerlo bailar, así que me aburro. En la payana, en cambio, he introducido ciertas variantes de solitario. A veces simplemente corro, con voces adjuntas que van desde el silbato de ferrocarril hasta el simple re-lincho, pasando por la bocina del camión lechero y el grito del diariero del barrio. Jugar solo tiene gracia cuando es el resultado de una libre elección, y no cuando es la opción única, casi obligatoria. Menos aún me gusta acercarme a los mayores. Todos están terriblemente ocupados con la enfermedad de Víctor. Yo soy un personaje sin importancia. Nada más que un chico sano, que toma con regularidad su sopa y come su churrasco, previamente trozado por Mamá. Un chico razonablemente sano a quien no hay que alimentar con inyecciones y sueros. A veces deseo que a mí también me venga una hemorragia, pero en seguida pienso que, pese a todo, es mejor correr por el jardín. Tres veces he entrado corriendo, pero ahora no me olvido. Tomo precauciones como quien toma impulso,

51

y entro silenciosamente. Todos se han ido. Todos, menos tía Olga, que, de tanto vigilar la agonía de su hijo, se ha dormido, sentada en el sillón de mimbre, con la nuca rígida, las manos crispadas de desesperación y de cansancio. Está despeinada, un mechón semicanoso le cae sobre la nariz y es movido a veces por la entrecortada, casi sollozante respiración. Por primera vez me doy cuenta de que tía tiene una cara vieja, cruzada de arrugas. En la cama, Víctor está inmóvil, con los ojos bien abiertos, revisando con la mirada las muchas cosas que hay sobre los estantes, sobre la cómoda, sobre la mesita de noche. Ahí están, por ejemplo, los gemelos de carreras, que una vez me prestara tío Esteban para que viera, bien cerquita y bien grande, la cara de Papá, que estaba sin embargo pequeña y lejana en la vereda de enfrente. Ahí están los libros con trajes regionales y el tomo del Diccionario Hispanoamericano que tiene las banderas. Ahí está el Meccano rojo, con una grúa a medio armar. También mi pizarrita con la tiza. Son las cosas que ha reclamado Víctor en la primera semana, cuando todavía podía sentarse, conversar y hasta tener alguna rabieta. Yo sigo inmóvil, mirando, esperando no sé bien qué. Entre las sábanas, la carita vencida de Víctor se mueve débilmente. Muy poco, pero se mueve. Abre los ojos y parece mirar hacia arriba. Mueve lentamente los labios, con alguna palabra, sin sonido. Yo no podría acercarme. Estoy clavado en el piso. Pero además no quiero. Algo está ocurriendo y yo lo sé, aún antes de que la cabeza de Víctor se doble un poco hacia la pared, con los ojos inútilmente abiertos. Tía Olga ronca y se queja. Se mueve en el sillón, pero sigue durmiendo. Yo no quiero estar allí cuando ella despierte, no quiero presenciar la desesperación que va a sobrevenir. Doy un paso, ahora sí, despacito, y alargo la mano hasta los anteojos de carreras. No me doy cuenta y los tomo al revés. Miro a través de ellos hacia la cama y veo la cabeza de Víctor, diminuta, lejana, casi perdida, como si ya estuviera en otro mundo. Pero no me asombro. Dejo los gemelos sobre una repisa y salgo en puntas de pie, casi sin respirar. Así, confundido, como sonámbulo, llego al jardín, y Papá viene, vino a mi encuentro. En seguida se dio cuenta de todo, de lo que había pasado, de lo que yo había visto. Me pasó una mano por entre el pelo y después la depositó en mi hombro. Estuvo un rato callado y luego me tomó el mentón y me levantó la cabeza, tal vez para cerciorarse de que yo había llorado. Mis ojos deben de haber estado estupefactos, pero secos.

Qué curioso, sin embargo ahora lloro. Poco, pero lloro. Voy a bajar el vidrio para que el aire me seque los ojos. No quiero que Susana advierta nada. ¿Será que después de los cuarenta se llora más fácilmente que a los ocho? No sé. ¡Qué animal! Cómo va a pasarme por la derecha. Claro, tenía que ser una mujer.

Siempre me ha gustado estar como ahora estoy. Echado sobre una roca, mirando el mar. ¿Por qué tendré las piernas tan peludas? Esa muchacha. Está bien, sólo que demasiado blanca. Qué quemadura, diosmío. ¿Alguien podría decir que el tipo la acaricia con ternura? Miraré el cielo, mejor. Ni una gaviota. Las sábanas estaban frías. Allá arriba el techo, altísimo, manchado, inalcanzable. La lamparilla pendía, inmóvil, de un largo cordón, cinco moscas. Siete años, che, había dicho tía Olga. ¿Lo van a mandar a algún colegio? Particular, supongo. Papá ha contestado que no hay apuro. Si lo van a mandar a un colegio particular, dice ella, está bien que no tengas apuro, porque ahí enseñan bien y después recuperará el tiempo perdido, mientras que de la escuela pública salen todos hechos unos potros y además no saben nada. Preguntó Papá, como si tal cosa: ¿Vos fuiste a la escuela pública? Mamá se había reído, pero él no. Olga tampoco, por supuesto. Tal vez lo mandemos a un colegio particular, pero no por tus razones, sino para que aprenda un idioma. Ah, tragó tía Olga, ¿al British? No, al Colegio Alemán. ¿Justo ahora? Justo ahora, dijo Papá, me gusta el idioma y quiero que lo aprenda desde chico. Así que aquello se acababa, pensé en la cama. Las sábanas estaban, están frías, pero Mamá me arropa bien. Cumplo siete años. Esto se acaba y no estoy muy seguro de que el cambio me guste. El colegio, un colegio, no importa cuál. ¿Qué quiere decir exactamente *escuela pública*? ¿En qué se diferencia de *colegio particular*? Un colegio significa trabajo, otros chicos, órdenes a cumplir, maestros, deberes. O sea, que estoy a las puertas mismas de la obligación. A veces viene Víctor y jugamos al *rango*, a la escondida, pero más me gusta estar solo, solo con mis juguetes, inventándome un mundo, creándome historias, heroicidades, luchas. Imaginación aventurera, dice Mamá. Más crítica que aventurera, dice Papá. Yo me introduzco en mis propios episodios. Una colina, un avión, un faro. Jamás olvido situarme en una elevación, a fin de dominar bien todo el panorama. Me gustan los soldados de plomo, porque puedo dirigirlos, concentrarlos, distribuirlos, derribarlos, agasajarlos, darlos por perdidos. Todo aquello para lo cual uno se siente autorizado cuando se considera

54

el amo omnipotente de cientos de vidas rígidas, con un ademán eterno y una postura única.

Una gaviota, al fin. Cuando me acostaba, tenía siempre la sensación de estar indefenso, de estar abajo. Abajo era, por ejemplo, mirar hacia aquel techo temible y manchado que podía caerse. Una vez se había caído sobre la cocinera y cuánta sangre. Abajo era mirar aquella bombilla eléctrica, con su garabato de luz y las cinco moscas estáticas en el cordón, a la espera de algo. Me hacía, me hago un cuento. Cuando venga Papá, en la última visita antes de acostarse, y apague la luz, las moscas se llenarán de oscuridad, se inflarán de oscuridad, se convertirán rápidamente en monstruos negros y empezarán a volar sobre mi sueño, rozándolo de vez en cuando con sus patas, que para ese entonces habrán de ser gigantescas y peludas. Sé que este cuento es mentira, pero experimento un disfrute tembloroso al construirme este terror particular, para mi uso exclusivo, y las pocas noches en que he gritado, sacudiendo la espesa, impenetrable oscuridad, con un largo alarido, éste ha sido sincero, espontáneo, tan irracional y tan primitivo como si yo fuera el consciente inventor de mi propio pánico. En esos casos acude Papá, en su pijama a rayas, enciende la luz y, naturalmente, no hay ningún peligro. Yo sé de memoria todo ese proceso. Pero sólo provisoriamente me tranquilizo. En mi cuento me he adelantado a explicarme que, cuando la luz se enciende, los espantosos monstruos vuelven a ser moscas inmóviles en el cordón que pende del techo. En la oscuridad hay otras transformaciones, que, ésas sí, cambian noche a noche. En el rincón hay una percha y allí siempre alguien cuelga un sobretodo, un saco o un guardapolvo. Qué sencillos e inofensivos parecen a la luz del día o de la lamparilla eléctrica. Después, en la sombra, cada prenda adquiere su verdadero perfil. Nunca es el mismo. Una noche, por ejemplo, el guardapolvo es un rinoceronte. Otra, el sobretodo es una jirafa con cabeza de hipopótamo. Esta noche de mi cumpleaños, el saco con la bufanda llega a formar un enorme toro con la cabeza de tía Olga. Nunca hablo de esto. Es un secreto entre los monstruos y yo. ¿Habrá en el colegio una oscuridad tan insoportablemente espesa? ¿O habrá siempre sol, como en el patio? Entonces entra Papá y yo me hago el dormido. Me besa y murmuro algo, como entre sueños. Escucho el ruidito de la llave de la luz. Otra vez la oscuridad. Lo sé a través de los párpados. Papá se va. En la mano derecha sostengo con fuerza varios soldaditos de plomo, esos que no me dejan llevar a la cama, porque puedo lastimarme y además rompo las sábanas. Los sostengo firmemente, pero sé que en ese instante no soy más el dominador, el omnipotente general al mando de todo un ejército, sino un desarmado chiquilín que no se atreve a abrir los ojos, nada más que para conservar todavía la ilusión de que las moscas del cordón no obedecen al conjuro. En cuanto los abra, una pata peluda rozará mi frente, mi mano soltará los soldaditos, y el grito se incrustará lentamente en la pared que me separa de la luz, de Papá, de la seguridad.

Esa muchacha. Ahora también ella se ha calentado. ¿Podría decirse que su mirada es un ejemplo de ternura? Además, aún está por demostrarse que la ternura sea lo principal. ¿Cuáles habrán sido los monstruos secretos de Gustavo? ¿Cuál habrá sido el estilo, la forma de su miedo? Dos o tres veces lo he visto horrorizado, pero eran terrores externos. Por ejemplo: una tormenta en la casa de Punta Gorda, o el bulldog de Magariños cuando él tenía apenas ocho años y andaba en monopatín por la vereda y el perro se abalanzaba contra la reja. Pero ¿qué miedos íntimos? Cosas como cerrar los ojos e imaginarse muerto, muerto, muerto, o soñar que uno está reducido, allá abajo, en el fondo de un gran pozo infinito. A esta altura, ya he renunciado a penetrar en el verdadero mundo de mi hijo, clausurado para mí, ¿abierto para quién? La sensación escalofriante de que mira a alguien por sobre mi hombro, buscando a la vez oposición y protección, enemistad y ayuda. Y ese alguien es siempre el Viejo. ¿Cuándo no? Tampoco creo que establezca esa comunicación con la madre. Pero a Susana le importa menos.

El agua llega a mis pies. Y está fría. Decenas de gaviotas. Cientos de gaviotas. Basta de gaviotas.

3

Debe hacer por lo menos diez años que no veo un carnaval. De chico iba a los tablados, y me gustaban. Ahora no soporto nada de esto. Pero hay que mostrárselo a los yanquis.

—Don't you think it's very beautiful?

—Marvelous, it beats New Orleans.

—Oh no, I've been there.

—Really? When?

—Fifty-nine.

Ella tiene tantas pecas. ¿Cómo alguien puede tener tantas pecas? Él no tiene pecas, pero tiene Kodak. ¿Cómo alguien puede sacar tantas fotos? Cabezudos a la vista. Gran detalle folclórico.

—Look at those heads.

—How wonderful.

—How funny.

Lástima que no haya más Marqués de las Cabriolas. Lo encontrarían aún más folclórico.

—You think we are funny people?

—Of course you are.

—Sorry, we are not.

—Pardon.

—We are very sad people.

—Like the tango?

—Sure, like the tango.

—Oh, I love tango.

—El choclo, for instance?

—Pardon.

—That means Kiss of Fire.

—Oh, yes, I love Kiss of Fire, d'you remember Tom?

—What?

—But, Tom, we used to dance Kiss of Fire at the Havana Hilton.

—I see, Mrs. Ransom, you have been at Havana.

—Every season B. C.

—B. C.?

—Yes, Before Castro.

¿Qué les parecerá este carro, con el simpático Lucifer pinchándole el traste a la gorda? Se ríen, menos mal.

—Look at the Red One.

¿Y si les hiciera un chiste con *The Red Badge of Courage*?

—You know, Mr. Ranson, that is our Red Badge of Courage.

—I beg your pardon.

—Our Red Badge of Courage.

—Sorry, I don't get it.

—You surely know the book, don't you?

—Oh, it's a book. A gaucho's story?

—Of course, Mr. Ransom, it's a gaucho's story.

—Oh, fine.

El tablado en Capurro y Húsares. Y yo abajo, once años, sin amigos, mirando. Mamá me había dado diez pesos. Diez pesos en mil novecientos veintiocho. Una fortuna. Para comprar papelitos, serpentinas, caramelos, cualquier cosa. Vino la *troupe* Oxford y era un mundo de gente. Yo apretado contra un ángulo, trepado al cajoncito. Vino una máscara suelta y la gente aflojó. Vino otra *troupe* con un bailarín niño, más chico que yo. Bailaba jotas, tarantelas, milongas, malambos, bolero de Ravel. Cuando terminó, se arrimó a mi rincón. Tenía unos ojos grandes y unos bracitos flacos. ¿Te gusta?, dijo. Sí, contesté, ¿querés bajar? No puedo, dijo. Tengo diez pesos. Y se los mostré. Abrió los ojos desmesuradamente. Pediré permiso, dijo. Habló con un hombre de negro. Después volvió. Vamos, dijo. Bajó y nos fuimos. ¿Querés ir hasta el Parque? Es muy lejos. No, es cerquita. Caminábamos ligero, casi sin hablar. Tenía, tengo una oscura conciencia de que estoy comprando su compañía por diez pesos. No importa. Por este rato tengo un amigo. El Parque está oscuro, sin nadie. ¿Hace mucho que bailás? Desde el carnaval pasado, y también canto. ¿Qué cantás? *Nena, cuando tú me quieras nena.* Mi mamá también la canta. *A la orilla de un palmar.* No la conozco. *Yo no sé qué me han hecho tus ojos.* Ésa sí. *Mi caballo jerezano.* También. Mentira, no conozco nada. Sabés muchas letras entonces. Unas veinte. Qué bien. También sé luchar, ¿y vos? No mucho. ¿Querés que te enseñe? Bueno. Es más chico, pero tiene más fuerza, sobre todo más maña que yo. Entonces me doy cuenta. Busca introducir su mano en mi bolsillo. Al fin lo hace. Cuando la saca, el billete nuevito me raspa el pantalón. No digo nada. Me suelta. ¿Qué te pareció? Sabés luchar muy bien, ¿quién te enseñó? Mi viejo. ¿Y qué es tu viejo? Changador. Con razón tenés fuerza. Trabaja en el Puerto.

Qué lindo. Bueno, me voy. ¿Ya? Sí, tenemos que ir a otro tablado. Chau, entonces. Chau. Se va corriendo. Me quedo sentado en un escalón bajito, gastado. Estoy rodeado de plantas. Algo me hace cosquillas en la cara. Un alguacil o una mariposa de noche. El bailarín de diez años regresa. Tomá. ¿Por qué? Te los saqué mientras luchábamos, pero no puedo, siempre lo hago pero esta vez no puedo. Tomo el billete nuevito, sólo está un poco más arrugado. ¿Cómo te llamás? Ángel, ¿y vos? Ramón. Yo tengo un tío que se llama Ramón. Mirá, Ángel, tomá los diez pesos. No, son mucha plata. Te los regalo. No quiero. Si no los agarrás, los dejo aquí en la escalera. ¿Te sobra la guita a vos? A mí no, pero a mi Papá sí. ¿Qué hace tu viejo? Tiene una fábrica y ahora va a sacar un diario. ¿Un diario con chistes? Sí, con chistes. Qué lindo. Llevate los diez pesos. Y bueno, si tu viejo tiene tanta guita, dámelos. Tomá. Chau. Chau. Me quedo sin los diez pesos, pero no importa, tuve un amigo de media hora que me los quiso devolver.

—Oh, Tom, I'm tired.

—Would you like to go to the hotel, Mrs. Ransom?

—Oh, yes.

—Not yet, Mary, please. I'm taking some pictures.

—I'me so tired, Tom, be kind.

—Would you like to stay here, Mr. Ransom, enjoying our corso?

—Yes, I prefer to stay. I'm enjoying this Carnival very much.

—Don't worry, Mr. Ransom. Let me take care of Mrs. Ransom.

—Oh, would you take her to the hotel?

—With pleasure.

—That would be very kind of you, Mr. Boudinow. And Mary, why don't you practice your Spanish with our friend?

—I will, Tom.

—Fine.

—Bye-bye, Tom.

—Bye-bye, honey.

—Good night, Mr. Ransom.

—Good night and thank you very much.

Ya me imagino lo que busca esta señora.

—¿Queda lejos el hotel?

—No, está a pocas cuadras.

—Entonces, vamos caminando.

—¿Dónde aprendió tan bien su español, señora Ransom?

—Mi madre es argentina y desde que éramos niños nos habló español.

—Ah, con razón.

—Mi padre es irlandés, pero también habla español. Yo soy de North Carolina, pero tengo un hermano nacido en Tegucigalpa.

—Caramba, qué cóctel.

—¿Verdad que sí? En realidad no estoy cansada.

—¿Quiere volver al corso?

—No, por favor.

—¿Quiere ir a su hotel?

—No, no.

—Estoy a sus órdenes, señora.

—¿Y si fuéramos a su oficina?

—¿A la Agencia? ¿A esas horas? Son las doce.

—Me imagino que usted tendrá llave.

—Y si vuelve su marido, ¿no se sorprenderá de no hallarla en el hotel?

—Mi marido estará como dos horas más sacando fotos, y además si no me encuentra no dirá nada.

—En ese caso.

—El problema es que yo estoy aburrida de mi marido, señor Budiño.

—Quizá esté deprimida esta noche, señora Ransom.

—Llámeme Mary, Ramón.

—¿Cómo sabe que me llamo así?

—Está en el folleto de su Agencia.

—Usted está deprimida esta noche, Mary. Eso le pasa a mucha gente con nuestro triste carnaval. Se deprime.

—No estoy deprimida. Estoy asqueada de mi marido. Nada más, es muy sencillo.

—¿Sólo esta noche, o siempre?

—Más bien siempre, pero especialmente esta noche.

—¿Y por qué no se separa?

—Digamos que por pereza.

—Es un buen motivo.

—¿Verdad que sí? Me ha hecho reír, Ramón, y yo no me río fácilmente.

—Sin embargo, queda muy bien cuando se ríe.

—¿Queda muy lejos su oficina?

—Hemos llegado, señora.

—No sea tímido. Llámeme Mary.

—No soy tímido, Mary, te lo aseguro.

—Bravo por el tuteo.

—¿Dónde tendré la llave?

—No me digas que la perdiste justo ahora.

—No, aquí está.

—¡Qué lindo es esto, qué amplio, qué limpito!

—Una oficina como cualquier otra.

—¿Puedo quitarme los zapatos?

—Puedes quitarte lo que quieras.

—¿Incluso las inhibiciones?

—Eso antes que nada.

—Ramón, ¿por qué los gringos no son así?

—¿Así como qué?

—Como tú, emprendedores.

—Yo no soy emprendedor, lo juro por todos los profetas.

—Sacrílego. ¿Te molestan mis pecas?

—No, me gustan. Me molesta en cambio tu tremendo collar, y también esta llama de plata peruana, y todas estas pulseras que hacen ruido.

—Me las quito.

—Quítate esto también.

—Sí, Ramón.

—Y esto, y esto, y esto.

—No, esto no.

—Sí, esto sí.

—Ramón.

—Mary.

—Dime María, mejor. Hace tanto tiempo que no hago el amor en español. Hace tiempo que nadie me dice cosas lindas en español.

—Cosa linda.

—Así, Ramón.

—Flaca pestosa.

—Así, Ramón, así.

—Putita.

—Así, Ramón, así, dime algo más.

—Agoté el repertorio, María, pero puedo empezar de nuevo: cosa linda, flaca pestosa, putita.

Maldita la gracia que me hace esta huesuda, pero si no lo hago ya sé lo que sucede. Me pasó el año pasado. Quejas al marido, reclamaciones, escenas. Y, en definitiva, descuento importante. No, gracias.

—Vístete, María.

—¿Ahora mismo?

—Sí, ahora mismo.

—¿Vendrás este año a los Estados Unidos?

—No creo.

—¿Y el año próximo?

—Menos que menos.

Al fin. Al fin. Qué suerte que se vayan mañana temprano. Voy a caminar un rato solo, necesito respirar. Y menos mal que hablaba español. ¿Pensará que yo tengo que acostarme con *todas* mis clientas? ¿O será que ella piensa que tiene que acostarse con *todos* sus agentes de viaje? Padre irlandés y madre argentina. Tal vez. Cuando los norteamericanos piensan en América Latina, la imagen debe ser una gran olla de marihuana. Cuando las norteamericanas piensan en América Latina, la imagen ha de ser un gran falo. Hacen que uno se sienta como un padrillo. Ahora en el auto, despacito, por la Rambla, solo, qué suerte. Como un padrillo. Sin embargo, ésta debe ser mi mujer número ¿cuánto? A ver un poco. De soltero: Rosario, María Aurelia, Julia, Alicia, Clara, la húngara, nada más. Siete. Susana, claro. Después de casado: Maruja, Rita Claudia, la mujer de Sánchez, Gladys y ahora Mrs. Ransom. Cinco. O sea siete, más Susana, más cinco: trece en total. Eso se llama morigeración. ¿No me olvidaré de alguna? Creo que no. También están mis dos experiencias frustradas en USA. No me faltaban ganas. Pero. Exactamente nueve semanas de estadía y por lo tanto de continencia. Deberían asesorarlo a uno. Así como existe la notable Agencia de Viajes Ramón Budiño y Cía., debería existir una asesoría de turismo sexual. ¿Cómo iba a saber yo que la frase clave era *would you like to see my etchings*? Eso se llama un eufemismo. La mujer del profesor. Richmond, Virginia. Qué desastre. El pobre tipo mirando con simpatía y yo enseñándole tango a la mujer con el único disco disponible, *Clavel del Aire*, aunque en la etiqueta el título era *I'm Down in the Garden*. Terminaba y otra vez. Apretada contra mí, cada vez más, y el profesor contemplándonos con una sonrisa satisfecha, agradecida. Y a ella yo la sentía toda, centímetro por centímetro, milímetro por milímetro, con nuditos, pelos, broches, granos, botones, lunares, alfileres, ombligo. Y lo quería aprender con cortes y ochos y sillitas, porque una vez había visto bailar a una pareja de porteños. Seguramente ella también sentía mi billetera, mi lapicera fuente, mi esternón, mi pasaporte, mi peine, mis costillas, mi hebilla, mi cinto, etcétera, sobre todo el etcétera. Y el profesor mirando. No puedo olvidar aquella mirada y aquella sonrisa. Se me ocurrió que a lo mejor el hombre era de los que matan sonriendo. Más o menos treinta claveles del aire, todo un ramo. Quedé reventado, por varias razones. Entre otras, no sirvo para representar rijosas seudoensambladuras frente a testigos con autocontrol o con sangre de horchata. Me invitaron para otro *weekend* pero *nevermore*. A la señora le envié una orquídea, en retribución de tantos claveles del aire.

Estuve bien. La segunda frustración fue la rubiecita de Nueva York, una chiquilina, estudiante de Bellas Artes. Me hizo el tren en el restorán y sin embargo no quiso ir a mi hotel. Claro, no hablé de mis *etchings*. Pero me invitó para el viernes de noche, a su apartamento, también para que le enseñara tango, y yo dije ahora sí. Compramos fruta, cocacola, Danish Blue, sopa sintética, pizza, pan negro, torta de coco, Liebfraumilch y marróns glacés, para la gran farra. Total: nueve dólares con noventa centavos. Pero falta un detalle. El apartamento era chiquito, más bien sucio, poca luz. Entonces se levantó una cortina y apareció una yugoslava en camisón, una yugoslava con fiebre, la compañera de apartamento y de Bellas Artes, que estaba enferma, pobre, con llagas y bronquitis, cuánto lo siento. En medio de mi santa indignación, al segundo vaso de Liebfraumilch ya me había resignado y bailé en forma pudorosa y sudorosa, intercaladamente con una y otra, su también único tango, que esta vez era *I got ideas* o sea *Adiós muchachos* en 45 rpm, con paréntesis de tambor, violines en picada y olés hábilmente insertados. Y la yugoslava en camisón, fea como pegarle a Dios, con olor a fiebre y linimento, echándome en la oreja su cálido aliento balcánico con tanto fervor, que después pasé tres días en cama con mis propias llagas y mi personal bronquitis.

La cosa va a ser explicarle ahora a Susana, si es que está despierta, cómo es que una misión turística puede prolongarse hasta las tres de la mañana. Quién la aguanta. Y lo injusto será que esta vez fue en cumplimiento del deber profesional. Puedo decir por ejemplo que fuimos hasta Punta del Este y volvimos tardísimo, pero eso siempre es peligroso porque después, mañana a más tardar, habla con la secretaria espléndida, carnosa, etcétera, y le saca de mentiras verdades, que para eso Susana es una pantera y la carnosa es una imbécil. Hay que ver lo bien que se llevan por teléfono.

—Ah, te despertaste. Qué tal, querida. Seguí durmiendo. No, no es tan tarde. Son las tres y cinco. Seguí durmiendo. Una pareja de norteamericanos. Dos pesados. Mañana te cuento. Voy a pegarme una ducha. Seguí durmiendo.

El pañuelo lo tiré en la Rambla. Pero ¿cómo le quito ahora a la camisa esta mancha de *rouge*? Ni siquiera hay alcohol en esta casa.

4

El té está débil y la manteca no estuvo en la heladera. Está asquerosamente blanda. Nadie imagina lo importante que es para mí el desayuno. Pobre Susana. Gustavo duerme todavía a pierna suelta y ella me tiene sólo a mí. Mejor dicho, sólo la tengo a ella, porque es ella quien considera un deber levantarse temprano para desayunar conmigo antes de que yo salga para la Agencia. Pobre Susana. Sin sus cremas y además con cara de dormida. Dice *¿querés más azúcar?* como podría decir *Feliz Año Nuevo.* No sabe lo que dice. En este instante le tengo lástima, pero no debería tenérsela. Es simplemente terca. Se levanta conmigo para poner cara de mártir. Cuando le digo *Santa Sebastiana* le da mucha rabia. ¿Y si se lo dijese ahora?

—Santa Sebastiana.

Sí, efectivamente le da mucha rabia. ¿Por qué jamás meterá la manteca en la heladera? Prefiero comer la tostada al natural, antes que echarle encima esa porquería. Hoy la tostada tiene gusto a hostia. No comulgo desde mil novecientos veintinueve, en la Iglesia de Punta Carretas. Era lindo el fondito en casa de la abuela. Desde allí se veía el fondo de la iglesia y también el fondo de la carbonería El Buen Trato. Los curas jugando al fútbol, con las sotanas tan arremangadas que parecían bombachudos. Los curas jugando al fútbol y los asaltantes huyendo de la Penitenciaría. El poder y la gloria. Carne y espíritu. Dios y el Diablo. Colorados y Blancos. Le dije al cura que cuando fuera grande iba a ser *colorado* y me envió a rezar veinticinco avemarías de urgencia. Dita tú eres entre todas las mujeres y bendito es el fruto de tu vientre Jesús. Me dijeron: mientras tengas la hostia contra el paladar, podés pedir tres cosas. Yo pedí por la salud de Papá, por la salud de Mamá, y una pelota número cinco. Me sacrifiqué dejando la pelota para lo último, y poniendo adelante las dos solicitudes nobles, pero Jesús nunca me consiguió la pelota. Con la salud cumplió, al menos por un tiempo. En materia de religión, fue mi única época feliz, porque Dios no era todavía la nebulosa en que después iba a convertirse. Una nebulosa cada vez más esparcida. Era un Dios hecho persona, con barba y todo, y uno podía dialogar con Él. Además, la iglesia era una especie de sedante, sobre todo en verano. No tengo ningún pecado, dije en el confesionario. Hijo, no hay que ser tan soberbio, ¿acaso no tienes alguna mirada pecaminosa para las niñas de tu colegio? A partir de ese momento me propuse perder mi soberbia. No me había fijado en las chiquilinas. Pero al día siguiente hice todo lo posible por mirarlas pecaminosamente. Hoy sí tengo un pecado, dije el domingo en el confesionario. Este cura era más viejo y me miró desconfiado. ¿Cuál? Miré pecaminosamente a las chiquilinas de mi colegio. Yo rebosaba satisfacción porque había vencido mi soberbia. No hay que ser soberbio, dijo entonces el cura más viejo, nunca te enorgullezcas de ser pecaminoso. Recé de apuro los treinta padrenuestros y me fui corriendo. Abrí el diccionario en la palabra *pecaminoso*: perteneciente o relativo al pecado o al pecador. Un poco más arriba estaba la palabra *pecado*: hecho, dicho, deseo, pensamiento u omisión contra la ley de Dios y sus preceptos. Sí, claro, yo había mirado a las chiquilinas con omisión. Retiro lo de Santa Sebastiana, pero ella no retira la manteca blanduzca. Oh, qué hermoso es sonreír. Se acabó el desayuno y tengo el estómago gloriosamente revuelto.

—Pasá y sentate.

Nunca he podido acostumbrarme al desorden de este despacho. ¿Por qué será que el Viejo escribe siempre con lápiz carbonilla?

—Termino el editorial y estoy contigo.

¿Cuándo empezó el desencanto? ¿Cuando dejó de ser Papá para convertirse en el Viejo? *Termino el editorial y estoy contigo.* Nunca estará conmigo. Nunca estaré con él. ¿Acaso lo odio? Puede ser, no lo descarto. De estos escritorios y archiveros sale un olor a humedad, a papeles viejos, a cigarrillos aplastados. Esto es un diario. Bah. Pero ¿qué parte de un diario? ¿El cerebro, el estómago, el hígado, el corazón, el recto, la vejiga? Allí está él. Hasta en mangas de camisa es un tipo elegante. Las canas le quedan bien. El caos de papeles le queda bien. Yo mismo le quedo bien. Siempre queda bien que alguien pueda decir: No van a comparar, el Doctor es un hombre de empresa, mientras que los hijos. Ya sé, ya sé. Mientras que los hijos, si son *algo*, sólo se debe a que llevan el nombre Budiño. Pese a sus defectos, ¿quién no los tiene?, el Doctor es un hombre de empresa. ¿Y cuáles son los defectos del

71

Doctor? Ninguno importante: fumar demasiado, dejarse admirar por las mujeres, ser autoritario, demagogo, duro con los huelguistas, menospreciativo, sobrador. ¿Qué más quiere? Son defectos-virtudes. ¿Y sus virtudes-virtudes? Es infatigable, simpático cuando quiere, consciente de que su palabra es ley; oportunamente filántropo, gustador del buen vino, viajero con anécdotas; animado y animador, risa sonora, ojos con brillo; siempre da la impresión de que sabe un poco más de lo que dice, aunque no lo sepa; verdadero talento para usar la cordialidad, aunque ésta sólo sirva para cubrir el desprecio; trajes impecables de casimir inglés; poderosa cuenta bancaria, espléndidas propinas; gran énfasis en los valores morales; salud de roble, campechanía intermitente, *und so weiter*. Y ahora este adulón lamentable.

—Buenos días, Javier. ¿La familia bien?

Lo veo venir, lo veo venir, me contará los achaques de su mujer.

—No tan bien, don Ramoncito, a mi señora le duelen horriblemente los pies. El médico dice que puede ser albúmina pero en los análisis no da albúmina. Entonces, ¿cómo puede ser albúmina? No sólo le duelen los pies sino que también se le hinchan. Se le ponen así. El médico dice que tendría que adelgazar, pero a ella le gustan tanto los dulces. Siempre fue golosa. Yo también, pero no engordo.

—Qué Javier este, cada día más encorvado.

Lo que dice el Viejo es cierto. Debe de ser la adulonería. Tiene diez años menos que el Viejo y parece que tuviera quince más.

—¿Qué pasa?

—Son los jóvenes aquellos, Doctor.

—¿Qué jóvenes?

Claro, no se atreve a hablar porque estoy yo.

—Diga nomás, Javier. Después de todo, Ramón es mi hijo. ¿O va a desconfiar de él?

—Por favor, Doctor, no diga eso.

Después de todo. No puede dejar de lastimarme. Después de todo.

—¿Y qué quieren?

—Creo que vienen a coordinar la acción en San José, Doctor.

—Bueno, que pasen.

Después de todo. Qué aspecto, diosmío. Bandas fascistas, las llama Gustavo. Pero ¿los habrá visto de cerca? A coordinar la acción en San José. Qué vergüenza. Deben de creer que están jugando a los gánsters, a las películas de espionaje, a esa antiséptica guerra de Hollywood en que siempre triunfan los buenos, o sea los norteamericanos y neonazis, y siempre sucumben los malos, o sea los comunistas, cuyos espesos papeles son representados por los mismos rostros patibularios, de irlandesa prosapia, que quince años atrás correspondían a la vieja estirpe de sabuesos germánicos. Los O'Brien que hicieron de vociferantes lugartenientes de Hitler son en realidad primos hermanos, o mejor sobrinos segundos, de los O'Connor que miman hoy la ferocidad implacable de los Verdugos Rojos. Bandas fascistas, qué lujo para ellos. Qué galardón. Justamente, así es como les gusta ser llamados. Pero no son ni siquiera eso. Con qué mirada de pánico asiste el más ñato, el gordito, al reparto de revólveres que efectúa el Viejo, el Viejo impasible.

—Están descargados.

Pero la advertencia no surte en el gordito efecto tranquilizador. Los otros dos deben ser hermanos y parecen disfrutar a la vista del arma. Flacos, caras largas, pelo tirante hacia atrás, las manos delgadas y suaves de los que nunca hicieron nada y siempre se lavaron con jabón importado. Se les nota la clase social en el pulido de las uñas, en el nudito de la corbata, equilibrado, redondeado, simétrico, por lo menos diez minutos de espejo; en la lisa impecabilidad del cuello, en el casimir peinado y compacto, en los pantalones sin bajos, en el zapato en punta. La diferencia quizá esté en que el gordito todavía dice La Gente mientras que los dos flacos dicen La Mersa. Por distintas razones, el Viejo debe despreciar indiscriminadamente a los tres. No obstante los utiliza, claro.

—¿Conocen a mi hijo Ramón?

—No tenemos el gusto.

—Encantado.

—Encantado.

—Encantado.

¿Por qué el crapulita ese no se secará el sudor de la mano? El gordo está nervioso. La nariz le hace ruido. Manotea el pañuelo, pero es inútil, se olvidó, no lo trajo. Esto se pone interesante. ¿Se le caerán los mocos? En el orificio izquierdo ya se ve una gotita. ¿Se limpiará con la manga de casimir importado? Gran suspenso. También en el orificio derecho asoma una gota. Sí, se limpió con la manga. Si lo viera la mamá, que por lo menos debe ser Vicepresidenta del Comité Caritativo del Club del Bosque.

—Bueno, muchachos, ¿y cuáles son sus planes?

Prefiero no oír. Acto socialista, tiros al aire, provocación evidente, represión justificada, hay que actuar con energía, dos profesores que joroban demasiado, a la cárcel con ellos. Prefiero no oír. ¿Cuándo le perdí el cariño? ¿Cuándo empezó el desencanto? Papá y Mamá detrás de la mampara. Me había ido a lo de Costa, a estudiar física de tercero. Pero me olvidé la lapicera fuente y tuve que volver. Tenía puestos los zapatos de básquetbol y además no hice ruido porque creí que dormían. Pero no dormían. Déjate, dijo Papá. Habría tenido que irme, eso hubiera sido lo correcto. Pero quedé paralizado. Déjate. Mamá lloraba. Mamá llora. Lo hacés con todas, con todas, sólo soy una más, no puede ser, no puedo Edmundo. Y la voz inexorable: Déjate. ¿Y los hijos, y los hijos, ni siquiera pensás en los hijos cuando andás con esas locas? La voz de Mamá es como un hipo. Déjate. No puedo Edmundo, no puedo. Entonces suena el golpe de él y el grito de ella. Un golpe seco, humillante. Mamá querida. Mamá. En seguida el silencio. Paralizado. Quedé paralizado. Yo tenía que haber entrado, tenía que haberle dado con una silla en la cabeza. Ahora lo sé. Pero entonces estaba estupefacto. Y además no podía verla a ella desnuda, yo no lo hubiera soportado. Papá se había convertido en el Viejo. Después la agitación, el ruido del elástico, la respiración ronca y con tos, y un gemido entrecortado, lloroso, vencido. Escapé antes del final, sin lapicera fuente, sin nada. Fui corriendo hasta la Rambla, bajé a las rocas, lloré hasta la noche.

—Y ahora déjenme, muchachos. Tengo que hacer.

—Disculpe, Doctor. Mucho gusto, señor.

Preferí no escuchar. Llevan las armas en el portafolio. Adiós.

—Bueno, ¿a qué debo el honor de esta visita filial?

Se burla, como siempre.

—Estás pálido, Ramón.

—Lo que estoy es preocupado. Me parece que usted está llevando el diario por un mal camino.

—¿Viniste nada más que a decirme eso?

—Ya sé que usted no quiere admitirlo. Pero la gente terminará por comprender que a usted, con tal de salirse con la suya, no le importa reventar el país.

—Vamos, Ramón, siempre pensé que eras un poco torpe, pero nunca imaginé que me fueras a salir con eso.

—No me insulte, Viejo, se lo pido como un favor.

—¿Todavía no te enteraste de que yo no tengo nada en común con este país? ¿Todavía no te enteraste de que este país me queda espantosamente chico?

—No me grite, Viejo.

—Te grito si se me antoja. ¿No ves que todos están aquí en la cosa chiquita, en el acomodo liliputiense? ¿Por qué te crees que hice mi plata, tanta plata que me sobra para instalarte a vos una agencia de turismo y para financiarle al atorrante de tu hermano su carrerita en Ciencias Económicas?

—Si me va a reprochar toda la vida la plata que me prestó para la Agencia, entonces.

—¿Entonces qué?

—Nada.

—Si hice plata es porque pienso en grande, porque hago en grande, porque además le muestro a este podrido país mi cara respetable y pundonorosa, que es la única cara que le gusta mirar. Etcétera. Etcétera. ¿Y ustedes son mis hijos? Hugo es un frívolo, un guarango. Vos, un escrupuloso. Mirá qué alhajas. Decime, ¿adónde quieren llegar?

Adónde. Buena pregunta. Quizá el Viejo tenga razón. Pero lo odio aunque la tenga. En todo caso, tiene razón en lo que tiene a la vista, en lo que le rodea, en ese Javier encorvado y aquiescente que ordena los chismes, introduce los pelmas, festeja las bromas, dice oh, se indigna cuando hay que indignarse, se achica cuando hay que achicarse, desaparece como persona, se vuelve eco, enano, huella, molde, migaja, cuzco, piltrafa. Tiene razón en lo que tiene a la vista porque no quiere ver el resto. Pero el país es algo más que el aprovechamiento milimétrico de las bobinas de papel de diario, más que los almuerzos en *El Águila* con los diputados del sector, más que el inconmovible dólar a once, más que los fogonazos de los fotógrafos, más que el arancel de los rompehuelgas, más que la gran vidurria del contrabando, más que las sociedades de padres demócratas, más que el culto del *showman*, más que el sagrado ejercicio del voto, más que el Día de Inocentes. El país es también hospitales sin camas, escuelas que se derrumban, punguistas de siete años, caras de hambre, cantegriles, maricones de Reconquista, techos que volaron, morfina a precio de oro. El país es también gente conmovida, manos abiertas, hombres con sentido de la tierra, tipos con suficiente coraje como para recolectar nuestra inmundicia, curas que por suerte creen en Cristo antes que en la Mónita Secreta, pueblo que por desgracia cree todavía en las palabras, cuerpos reventados que de noche caen como piedras y cualquier día se mueren sin aviso. Éste es el país verdadero. El otro, ese que al Viejo le queda espantosamente chico, es sólo un simulacro.

—Pero Budiño, cuánto tiempo sin verte.

Ya me aplastó la mano sobre el hombro. No puedo recordar cómo se llama. Sé que en el colegio era amigo de Ossi.

—¡Qué increíble, che! Anteayer estuvimos hablando de vos.

—No me digas.

¿Cómo se llama? ¿Cómo se llama?

—Qué increíble, che. Nos acordábamos de aquel bruto trompazo que te dio Herr Hauptmann. ¿Te acordás?

La novedad no consistía, no consiste precisamente en lo maravilloso de ese dolor empinado e inevitable que comienza encima de la oreja y llega en hambrientos tirones hasta el párpado. Uno puede arrastrar eso al reducto de la ficción, hacerlo resbalar hacia otra realidad como una carga fútil. Tampoco consiste, desde luego, en esa forma de incrédulo consuelo que toma a veces la esperanza cuando se reconoce incapaz de salvarnos. La novedad comienza en el dolor, pero sale de éste, inextricable y deshecha, a juntarse con otras sensaciones, de un rato, un día, un año antes. Ni en esta vez, ni en las otras me es posible contemplarme con lástima. La resistencia llega desde lejanos intervalos entre una y otra niñez. Algunas de mis infancias sólo duran días. Desde la época en que Mamá me pegó, o Papá, por lo común tan circunspecto, enrojeció de cólera, o acaso de vergüenza de su cólera; desde entonces no puedo sobreponerme a la sensación de distancia que experimento en los castigos, a una lástima inexplicable y tranquila hacia quien me castiga. Por eso mismo, el golpe no me convence de nada y en realidad siento alguna pena hacia el pobre Herr Hauptmann que, después de todo, ha quedado sudoroso y odiado. Comprendo lo solitario que debe hallarse el desalentado y rotundo alemán ante las miradas furiosas de los muchachos que, como de costumbre, cumplen su más elemental deber solidario maldiciéndolo sólo entre dientes y sólo en español. Comprendo que el otro lucha por parecer un profesor y parece en cambio un tonto desconcertado ante el silencio unánime. Comprendo, en fin, que el profesor espera mi llanto. Pero, acaso porque lo anhelo con demasiada intensidad, no puedo llorar y tan sólo logro parpadear con falso énfasis. A mi derecha oigo silbar la respiración asmática de Carlos, a quien estas violencias desaniman por completo y empeoran aún más su malestar. Con él me encuentro impremeditadamente aliado, porque somos pequeños y latinos, y los otros forzudos y germanos. Ambos experimentamos un indescifrable anhelo de laxitud frente a aquella rigidez sin tregua, frente a aquellos ojos claros sin preguntas. Cuando llegamos de mañana temprano y atravesamos en silenciosa camaradería la puerta gris y recelosa de la calle Soriano, leyendo por milésima vez y sin quererlo el *Deutsche Schule* de la chapa de bronce, sabemos qué mundo nos espera adentro, qué disciplina a veces inhumana, qué pequeños ultrajes, y qué gritos. Y ahora que me llega el conocido susurro, *Ramón Ramón*, perfectamente disimulado en la invariable tonada del asma, sé que Carlos está inquieto, sin duda atormentado por quién sabe qué miedos. Porque Carlos no comprende cabalmente eso de alejarse del sufrimiento, eso de compadecer a Herr Hauptmann, eso de lamentar su soledad. Para Carlos existe sobre todo su propio miedo. Miedo ante su castigo o ante mi castigo, ante la mirada vacía e inquietante de los profesores, ante el famoso látigo del director, visto y probado por muy pocos, aunque los testimonios alcanzan. Miedo ante el impulso deportivo de los otros muchachos. Miedo, también, en clase, frente a la tajante pronunciación, jamás dominada por su lengua en rebeldía. Y miedo al mundo de órdenes y bofetadas, de desprecios y prohibiciones. Una flaqueza de la que no obstante saca fuerzas para apoyarme interrogativamente: *¿te duele mucho?* Ignoro la causa exacta. Sé que Herr Hauptmann estaba dictando en alemán y que nosotros íbamos dando forma a sus palabras en la espinosa caligrafía gótica, donde las *u*, las *i*, las *e*, las *m*, las *n* forman largos serruchos temblorosos. *Droben stehet die Kapelle, schauet still ins Tal hinab. Drunten singt bei Wies' und Quelle, froh und hell der Hirtenknab.* Yo había escuchado el canto del pastor de Uhland, más allá de la voz tonante de Herr Hauptmann, y no había vacilado en decirme que ése no era el tono adecuado para describir la capilla que contempla su valle en silencio. *Traurig tönt das Glöcklein nieder, schauerlich der Leichenchor; stille sind die frohen Lieder, und der Knabe lauscht empor.* Yo, que hasta este momento no había tenido tiempo ni gana de pensar en la muerte, me vi alcanzado por esa campanilla y ese coro fúnebre que borraron el canto del pastor. No había prestado atención a la voz de Herr Hauptmann, aunque ahora sí recuerdo las dos veces que el alemán grandote pasó junto a mi guardapolvo, rozándome apenas con su enorme saco gris, de cuyo bolsillo asomaba un ejemplar encuadernado del *Till Eulenspiegel*. Por detrás del canto del pastor, y las campanas, y el coro fúnebre, había sonreído pensando en el burro al que Till Eulenspiegel enseñaba a leer. Pero por ese entonces, el alemán había llegado al *Hirtenknabe! Hirtenknabe!* y me había sobresaltado tanto con el grito, que todos pudieron enterarse que yo no escribía desde la estrofa anterior. El *Hirtenknabe!* era parte del poema, pero la voz de Herr Hauptmann había tronado además: *Ach du Faulpelz!*, y eso no estaba en el poema y había sido más bien un insulto dirigido a mí, y cuando iba por la F de Faulpelz, sentí que la cara, empezando por la oreja izquierda, se me rompía, como si la pared color aceituna hubiera estado oscilando mientras yo divagaba, y hubiera ahora terminado por derrumbarse encima de mi oreja. La cabeza empezó a zumbarme con un silbido parecido al del asma de Carlos, porque justamente de ese lado tengo una cicatriz, que aun sin bofetada a veces me duele. Como he rehusado llorar, y el dolor, así de intenso, es todavía un milagro físico desconocido para mí, pienso entonces que detrás de mi asiento debe de estar Gudrun, con sus trenzas doradas como para una lámina del *Deutsches Erbe*. Carlos susurra: *¿te duele, te duele mucho?*, pero yo estoy lejos. Alguna vez que encontré a Gudrun en el pasillo, me he quedado un minuto largo mirándola venir. Herr Hauptmann se ha rehecho, saca el *Till Eulenspiegel* de su bolsillo y se abanica con él. Sé que ahora Carlos sentirá miedo, porque él siente invariablemente miedo cuando los alemanes tienen algo en la mano. ¿Estará realmente Gudrun en el otro asiento? Pensando en la bofetada que, cual una medalla, me cuelga de la oreja, casi no puedo evitar una indefinida comezón de orgullo. Es cierto que Carlos me compadece, pero en este momento me importa más la posible admiración de Gudrun que la segura compasión de Carlos. Aquí el deseo de ser admirado es algo más que estricta vanidad, es la posibilidad de despertar un interés, un interés que aún no tiene grados ni nombres como los que se usan en el amor. Herr Hauptmann resuelve concluir el dictado y retoma su grito como quien descuelga el sombrero de la percha: *Hirtenknabe!* Instintivamente me agacho, como si tras el grito debiera venir inexorablemente otra bofetada, como si necesariamente la pared aceituna debiera derrumbarse de nuevo sobre mi oreja izquierda. Pero la voz prosigue: *Dir auch singt man dort einmal.* Del ensueño de capilla y pastor ya nada queda, y ese último, terrible anuncio, ni siquiera roza mis proyectos. Mis proyectos tienden a Gudrun, cercan a Gudrun, aunque a distancia respetuosa y formal. Cuando Herr Hauptmann ordena la salida, me atrevo a mirar hacia atrás, me atrevo a mostrar a Gudrun mi primera bofetada de honor. ¿Y Gudrun? Ella es, en verdad, un poco tonta. En sus actuales ojos de cielo está inscrita, sin embargo, una inexorable y futura mezquindad. Implacables y solas, las trenzas de oro se limitan a pender como cuerdas. Claro que lo ha visto todo. En este momento alza un dedo, con una mancha de tinta violeta sobre el nudillo rosa, y se sacude un poco cuando llama: ¡Werner! ¡Hans! miren a Ramón, miren cómo se ha hinchado, cómo se ha puesto verde, ahora sí tiene cara de sapo. Yo podría contestar, claro que podría. Pero no. Me limito, dentro de mi tristeza, a sentir que la oreja, ahora sí, me molesta; que el dolor es, o era, menos maravilloso y más agudo; que Carlos renovaba a mi lado su pregunta de siempre; que bordeaban mi nariz las lágrimas calientes.

Ah, y este tipo ¿cómo se llama? Algo con *elle*. Collazo, no. Callorda, tampoco. Calleriza, claro.

—¿Así que se acordaron del trompazo? ¡Qué plato! ¿Vos sabés que a veces todavía me duele? Hay que ver que aquél fue un bife como para un décimo *round*.

—Te dejo, Budiño, a ver cuándo nos vemos.

—Claro, a ver cuándo nos vemos.

—Macanudo, viejo.

—¡Chau, Calleriza!

—¡Cómo Calleriza! Yo soy Callorda.

—Caramba, disculpá. Con los años, uno se olvida. De todos modos era con *elle* ¿no?

Soy un egoísta. Eso está claro. No vengo a ver a tía Olga para preguntarle por su salud. Pensar que cuando murió Víctor me parecía vieja y sólo tenía treinta y pico. Me parecía vieja porque tenía un mechón semicanoso y un abaniquito de arrugas junto a los ojos.

—Anímese, tía. Venga a dar una vueltita conmigo. Hoy no hace tanto calor y está lindo para ir por la Rambla.

Soy un egoísta. Sólo vine a preguntarle a tía Olga sobre Mamá. Primero, es lógico, tengo que interesarme por su reumatismo.

—Ay mijo, si no fuera por la cortisona yo no sé qué haría. Pero cada cierto tiempo debo interrumpirla. ¿Te acordás de cuando no podía abrir esta mano? Bueno, ahora puedo, mirá. Me parece mentira. Con decirte que la otra tarde vino Chelita y me llevó al Solís, a la vermut claro, porque de noche yo me duermo, y cuando la actriz esa, yo no sé cómo se llama, hace aquella escena estupenda donde parece verdaderamente loca, no pude aguantar más y aplaudí como tres minutos. ¿Te das cuenta, mijo, yo aplaudiendo? Yo, que hacía por lo menos diez años que no podía abrir las manos. Qué invento la cortisona. ¿Cuándo descubrirán algo para el cáncer? Porque yo tengo el presentimiento, ay qué horrible, de que voy a morir de cáncer, igual que tu mamá pobrecita, Dios la tenga en la gloria.

—A propósito, tía, ¿usted cree que Mamá fue feliz?

No me lo va a decir, ya sé que no me lo va a decir. Siempre me ha tratado como si yo tuviera doce años.

—Pero mijo ¿cómo se te ocurre preguntarme eso? Tu mamá sufrió mucho en ese último mes espantoso, pero durante su vida claro que fue feliz. ¿Puede alguien no ser feliz con un hombre tan maravilloso como tu padre?

Que no ponga los ojos en blanco, porque entonces me va a dar asco.

—¿De veras usted cree, tía, que Papá es un hombre maravilloso?

—Ay, Ramoncito, ¿qué te pasa hoy? Me hacés unas preguntas tan raras. Claro que tu padre es maravilloso. Ahora que estoy vieja y reumática y el pobre Esteban se me fue y ya casi no me acuerdo de cómo era la carita de Víctor mi nene querido...

—No llore, tía, eso ya pasó.

—Tenés razón, dame tu pañuelo. Ahora que estoy vieja puedo confesarte que cuando tu padre empezó a aparecer por casa, todas estábamos locas por él. Él venía al principio por Cecilia. Si vieras qué vieja está ahora la pobre, te juro que mucho más vieja que yo y eso que sólo me lleva un año. Anda con bastón y ha perdido el control de un párpado, así que se le mueve cuando ella no quiere. Al principio tu padre venía por Cecilia, que era la mayor y muy bien formada. En ese tiempo a los hombres les gustaban las mujeres opulentas. Cecilita, decía tu padre, usted debería haber sido pintada por Rubens. Ah, me acuerdo que aquella noche estaba el chico de Martín Salas. En ese tiempo tenía nueve años y cara de imbécil y ahora, mirá vos, es secretario de nuestra Legación en Guatemala y a fin de año me mandó una postal de Chichicastenango, qué nombre más cómico, siempre me hace acordar a la Chichí Castelar, te acordás, aquella que tuvo mellizos sietemesinos, bueno vos eras muy chico, y hasta el *Imparcial* dijo que un caso así sólo se había dado una vez en Calabria. Bueno, aquella noche estaba el chico de Martín Salas y dijo de repente: Pero Rubens pintaba mujeres desnudas. Y la madre le dio un moquete con la mano cerrada, prácticamente una trompada, y le dejó este pómulo hecho una pelota. Sí, tu padre venía al principio por Cecilia. Después, aunque vos lo pongás en duda, me empezó a arrastrar el ala a mí.

—Pero si yo lo creo, tía.

—Ay, sos divino, Ramón. Y yo, boba de mí, lo tomé en serio, cuando él sólo buscaba darle celos a tu madre, que aparentemente no le hacía ningún caso. Aparentemente, digo bien, porque aquélla era bien taimada. Buena como el pan, eso sí, pero bien taimada. Se hacía la distraída, no le prestaba atención, sabés. Todo calculado, porque cuando a mi hermana se le ponía una cosa entre ceja y ceja, cuidado con ella. El pobre Esteban siempre le hacía el chiste: Cuando Inés hace señales, ábranse los tribunales. A Esteban vos lo veías tan serio, y sin embargo era un gran humorista. Tenía esas salidas. Claro que en los últimos tiempos, y más atrás aún, estaba con el ánimo caído, sobre todo desde que perdimos a Victorcito, mi nene querido.

—No llore, tía, eso ya pasó.

—Tenés razón. ¿Me dejás tu pañuelo? Yo te lo lavo y te lo plancho. Y, como te digo, Inés y tu padre fingían ignorarse, pero un día no pudieron más y tuvieron una pelea descomunal, a raíz de la cual quedaron novios. Menos mal que Cecilia y yo no éramos envidiosas, bueno un poco éramos, y aunque los dos primeros días lloramos como Magdalenas, después nos conformamos diciéndonos que por lo menos tu padre entraba en la familia. Y qué buen cuñado ha sido.

—¿Por qué, tía?

—Mirá, cuando perdimos a Victorcito mi nene... No, si no lloro.

—Suénese, tía.

—Gracias, mijo. Cuando perdimos a Victorcito, tu padre vino y le dijo a Esteban: Cualquier cosa, ya sabés. Ah, y cuando Esteban, que Dios lo tenga en su santa gloria, se me fue, tu padre vino, me abrazó (ay, qué abrazos dio siempre ese hombre, una se siente protegida, abrigada, qué sé yo) y me dijo: Olga, cualquier cosa, ya sabés. Siempre se ha portado así. ¡Qué padre te ha dado Dios! Yo creo que ni vos ni Hugo todavía se han dado cuenta. Mirá, Ramón, vos bien sabés cómo quise yo siempre a tu madre. Inés y yo éramos inseparables y hasta teníamos el mismo talle y cuando solteras usábamos las mismas *combinaciones* y no había secretos entre nosotras, porque si alguna vez hubo dos hermanas de verdad, ésas éramos Inés y yo. Ya con

Cecilia era diferente, porque ella, como estudiaba piano, se creía una intelectual y nos miraba desde arriba. Vos bien sabés cómo quise yo siempre a tu madre, que fue una santa. Sin embargo, con la misma sinceridad te digo que tu padre estuvo varios escalones por encima de ella. En inteligencia, y eso que Inés era bien avispada; en voluntad, y eso que Inés no era ninguna marmota; en tolerancia, en todo. Y así es como debe ser; que el marido esté más arriba que la mujer, para que ésta se sienta segura y por lo tanto más mujer. Ése fue mi problema, Ramón. Está mal que sea yo quien lo diga, pero estoy segura de que mi pobre Esteban no me refutaría. Era un pedazo de pan, lo reconozco, pero tan apocado, tan reservado, tan modesto, que yo nunca supe a ciencia cierta si era inteligente o si era bobo. Pobre Esteban, siempre tuvo ojos de inteligente y modales de bobo. Yo hablaba y hablaba y hablaba, y él sólo se quedaba mirándome. Como vos, ahora. Será que yo hablo mucho. ¿Hablo mucho?

—Más o menos, tía. Habla bastante, pero es amena.

—Gracias, mijo, sos divino. Así que yo nunca pude sentirme segura. Porque, si te voy a ser franca, nunca supe qué pensaba Esteban exactamente de mí.

—¿Así que usted cree, tía, que Mamá fue feliz?

—Pero, muchacho, ¿qué bicho te ha picado? No solamente feliz, sino muy feliz. Y además, si en algún momento, porque siempre los hay, no fue feliz, podría jurar que la culpa fue de ella, porque tu padre era y es un hombre estupendo, como ya no se ven.

—Muchas gracias, tía.

—Pero, Ramoncito, no te me ofendas, bien sabés que de mis sobrinos vos sos mi preferido, no sólo porque fuiste el compañero de juegos de mi nene querido, y el único que vio cuando cerraba sus ojitos celestes, porque yo, desgraciada de mí, me había dormido como una idiota...

—El pañuelo lo tiene en la manga, tía.

—Gracias, mijo. No sólo por eso, sino porque Hugo está cada día más guarango, y a los treinta y pico de años, con siete de casado y el título de contador público, ya no se puede esperar que cambie. No sólo por eso, sino porque las hijas de Cecilia se complacen en tomarme el pelo, así que cuanto más lejos estén tus primas, mejor para mí. Sos mi preferido.

—Gracias, tía.

—Pero, con la misma franqueza te digo que tu padre es otra cosa. Un hombre con mayúscula, ¿entendés? Y esto no quiere decir que vos seas peor ni mejor; quiere decir simplemente que sos un buen hombrecito con minúscula. Es que hombres así ya no vienen más. Tan seguros, tan elegantes, tan simpáticos, tan fuertes, tan vitales.

—Caramba, tía.

—Me hace tanto bien hablar contigo y sobre todo que te acuerdes de mí. Mirá, te agradezco el ofrecimiento como si en realidad hubiera ido de paseo. Pero prefiero quedarme. Tendría que vestirme y peinarme y todo eso. Con el reuma, me da un trabajo horrible. Y eso que ahora estoy mucho mejor, gracias a la cortisona. ¿Y tu mujer?

—Está bien, tía. No le mandó saludos porque cuando desayuné con ella esta mañana, yo mismo todavía no sabía que iba a venir a verla.

—Es un amor, tu mujer. ¿Y Gustavo?

—No lo veo desde ayer. Está preparando Historia. Salvó Literatura con tres ganchos.

—Ya lo supe. Susana me telefoneó.

—Entonces me voy, tía. Me alegra verla tan guapa.

—Sos divino, Ramón.

Fue un error dejar el auto en el taller. Total, el embrague hubiera aguantado una semanita más. Mucho calor para viajar en ómnibus, sobre todo para ir colgado desde Ocho de Octubre y Garibaldi. ¿Y si me voy a casa? Con toda seguridad que el plan Viajar Con Alegría podrá marchar adelante sin mi supervisión.

—¿Está libre? A Punta Gorda. Puede tomar por Anador, Propios, Rambla.

Ay, qué cansado. De no hacer nada, claro. La tía Olga qué sabe. Sufro, dijo Mamá cuatro horas antes de su muerte. Estaba tan débil, tan acabada. Única vez que me acerqué verdaderamente a ella. Años y años tuve metida en la cabeza, más que remachada, empotrada realmente, aquella voz: No puedo Edmundo, no puedo. Me parecía que confiarme a ella era aproximadamente lo mismo que pasar la mampara y verlos allí, luchando desnudos, el Viejo castigándola. Durante una semana ella usó lentes negros. Me dio, me da la mano. Una mano sin carne, puro hueso. Se me escapa, justo cuando la tengo. Mamá que me arropaba. Mamá que me ponía tres pares de medias porque mis piernas eran dos palitos y ella tenía vergüenza de mi vergüenza. Mamá que me hacía flan todos los sábados y hablaba con orgullo de mi hambre feroz. Mamá de callada solidaridad cuando el Viejo me llamaba torpe, más que torpe. Sus ojos me miran desde el fondo. No interrogando, porque ya lo saben. Diciendo, simplemente.

Sé que me quiere, acaso más que a Hugo, pero con ese horrible dolor en el vientre, ¿qué esperanzas puedo tener sobre su amor? Con esa tenaza allí adentro, ¿cómo puedo pretender que se acuerde de quererme? Con ese infierno. Además, también ella, por sobre mi hombro, mira al Viejo. Pero no es la misma mirada de Gustavo. Por lo menos, cuando el Viejo se va, aparece un brillo, muy tenue es cierto, una pobre llamita en el fondo de sus ojos. No puedo protegerla, y ella dice: Sufro. O sea que mi cariño no sirve para nada. Y concretando más, ¿para qué sirve Dios? Ahí están los días y semanas que no la vi, las tardes que vagué sin motivo, las noches que me esperó a cenar y yo no vine, las veces que tuve ganas de abrazarla y me contuve. Ahora es tarde y no sirve inventar los recuerdos. No vale hacerse trampas. ¿Por qué me siento tan vacío, tan desposeído, tan incapaz de dar ánimo? Mamá poca cosa, pobre cosa, ¿se le habrá puesto entre ceja y ceja morirse así, de una sola vez? ¿Y yo? ¿Qué pasa conmigo? Mamá, no tengo comentarios ni defensa, ni excusas, no tengo nada que decir. Ella en cambio dice: Sufro. Y su sufrimiento, porque me hiere, me da una horrible inseguridad. Es sin duda una derrota idéntica a tantas otras, pero en este caso es Mi Derrota, porque cuando Mamá cierra desesperadamente los ojos y mueve los labios en esa mueca, en esa nunca resignada crispación de dolor, siento que también hay algo en mí que hace una mueca sin resignación, que algo en mí se crispa contra Nada, porque Dios y Destino y Materialismo Dialéctico son meros *slogans* que lanzaron Abraham y Spengler y Marx, no precisamente para formarnos o transformarnos o conformarnos, sino para hacernos olvidar de las únicas metas razonables y obligatorias, verbigracia el suicidio o la locura. Yo mismo me estoy acordando ahora de tales objetivos y veo clarísimamente mi propia oscuridad, pero demasiado sé, porque la historia se repite, que dentro de un rato también me habré olvidado y creeré que vale la pena vivir y ser cuerdo. Un espejismo como cualquier otro. Mamá dice: Sufro. Pero ¿por qué siente la necesidad de decirlo? ¿Acaso lo diría si yo no estuviese aquí, de rodillas en la alfombra, con mi mejilla apoyada en su palma vencida? ¿Acaso lo diría si estuviera a solas con el Viejo, con tía Olga, o con Hugo? Su última noción de amor, la última que le llega a través de los intersticios semiconscientes, entre uno y otro de los mortales sedantes, ¿será esta de saberse escuchada por mí? No puede recobrarse y yo tampoco, porque la muerte es otra placenta que nos une, tal y como la vida fue la placenta primera. Y sólo es verdad a medias eso de que ella es la que siente el dolor, porque el reflejo está en mí, como cuando en un mismo organismo el estómago, por ejemplo, sufre, y como consecuencia de ello el corazón bombea deficientemente su rutina de sangre. Y esta sensación sólo la experimento frente a ella y tendría lugar aunque ella me mirara con odio o con indiferencia. Por algo entre Hijo y Padre no hay placenta ni cordón umbilical, sino un lejanísimo, microscópico espermatozoide vagabundo, distraído, sin norte, que se convirtió en mí como pudo distraerse aún más y desaparecer. Y aunque el Viejo hoy no me mirara para decirme: torpe, más que torpe, aunque no sonriera imperceptiblemente para recordarle al ínfimo Javier que *de todos modos* soy su hijo, igual no habría placenta ni en la vida ni en la muerte. En el mejor de los casos, y no es el caso, podía haberse establecido una fuerte corriente cordial, una amistad igual a la del mejor de mis amigos, ¿cuál será el mejor?, una garantía vitalicia de que doy y recibo, una solidaridad comprensiva frente al vergonzante pánico de estar vivos, una suerte de equilibrio sin precauciones. Y aun así no estaría mal. Miro ese imposible sin fatuidad, porque tampoco yo como padre fui capaz de crearlo. Entre Gustavo y yo no hay animadversión ni resentimiento ni recíprocas frustraciones, sino una formidable ignorancia del otro, como si viviéramos en pisos diferentes, o como si alguien se tomara el trabajo de transcribir mis pensamientos en clave de sol y los suyos en clave de fa. Y de pronto la mano de Mamá me clavó, me clava las uñas en la mejilla y en seguida se afloja como para enmendar la herida o acariciar mi sangre. Pero sólo *como*. Porque no era enmienda sino muerte. Y yo doy dos gritos. Uno, de asombro y dolor propio, superficial, epidérmico, y otro de horrible certidumbre, de adiós inútil, de inocente pavor. Cinco de noviembre. ¿Recordaría yo ahora ese día, instante por instante, poro a poro, como quien mira una piel con una enorme lupa, si ella no hubiera usado ese último gesto para herirme? ¿Quién me convence de que ésa no fue una urgente, acorralada, última señal de amor?

Chachachá, qué lindo el chachachá.

—¿Podría apagar esa radio, por favor? Al llegar a Rivera, doble a la izquierda. A esta hora la Rambla es un corso, mejor la esquivamos.

—Papá, tío Hugo te está esperando.
—¿Y vos adónde vas?

—A lo de Mariano. Decile a mamá que volveré tarde. Chau.

¿Qué querrá Hugo? Nunca he tenido con él una conversación franca, sin tensiones. ¿Cómo serán las famosas conversaciones de hermano a hermano? Es una pena que no exista un código que las defina.

—Hola, Hugo.

—Hola.

—¿Qué pasa?

—¿Querés oír algo interesante? ¿Tenés el grabador aquí?

—Sí.

—Bueno, poné esta cinta.

—¿Cool jazz? ¿Astor Piazzola?

—No. Es el Viejo.

—¿Eh?

—Ayer Riera me dio esta cinta, convencido de que era un informe del Viejo sobre índices de producción. Pero la caja estaba mal marcada. Se equivocó feo. Son dos voces. La del Viejo y la de un tal Villalba. Me parece que es el final de una entrevista.

—¿En el diario?

—No, en la fábrica.

—Dame.

—Cerrá la puerta. No quiero que Susana se entere.

—Bueno, ahora callate.

—*Sin embargo, para usted hubiera sido fácil solucionarlo todo.*

—*No quiero discutir eso. Me consta que la huelga se inició en las reuniones convocadas por tres funcionarios administrativos.*

—Yo fui uno de ellos, si es eso lo que quiere saber.

—Ya me lo imaginaba, pero no me preocupa. Usted es ahora casi patrón, de modo que se acabaron las huelgas.

—¿Sí?

—En cuanto a los otros dos, tengo mis sospechas. He recibido algunos informes, algunas cartas anónimas denunciando a éste o a aquél. En total, los denunciantes mencionan diez o doce nombres. Todos sospechables, claro. Pero no quisiera cometer nuevas injusticias.

—¿En concreto, señor?

—En concreto, y pienso que no es mucho pedir, preferiría que usted me indicase esos dos nombres. A usted le tengo confianza. Sé que no me va a mentir.

—¿Para sancionarlos?

—En principio, sí. No quiero perjudicar a diez o doce, entre los que caerían algunos inocentes.

—Oiga, ¿por quién me toma?

—Cuidado.

—¿Eh? ¿Por quién me toma?

—Cuidado.

—¿Usted cree que por unos mugrientos pesos más...?

—Digamos quinientos más por mes.

—¿Usted cree que por unos mugrientos quinientos pesos o los que sean, yo voy a hundir a dos amigos, a dos buenos tipos que lo único malo que han hecho es privarle a usted, señor, de dos meses de su podrida ganancia? Claro, usted tiene la plata y basta. Pues métasela donde le quepa, señor.

—Así que...

—¿Así que qué?

—¿Así que usted cree en las palabras con mayúscula, usted cree en la solidaridad?

—¿Y usted no?

—Mire, Villalba, usted está decidido a romper conmigo y yo tengo el modo de taparle la boca.

—Sí, ya sé. Todo tiene su precio. ¿Es eso?

—¿Usted no? Lo felicito, hombre. Pero ahora felicíteme a mí, por mi servicio de inteligencia. Hace mucho que sé quiénes son los tres buenos muchachos: usted, Sánchez y Labrocca.

—¿Y entonces?

—Entonces me gusta probar a la gente, me gusta ver cómo la plata borra las palabras. La palabra solidaridad, por ejemplo. ¿Ve esta carta? ¿Sabe qué es? ¿No sabe? Es una declaración firmada por Sánchez y Labrocca, en la que lo acusan a usted de ser el principal instigador de la huelga.

—¿A quién va a hacerle creer eso?

—A usted. ¿Conoce las firmas de Sánchez y Labrocca? Bueno, entonces fíjese. ¿Qué le parecen esos buenos muchachos? ¡Y si viera qué barato! ¿Y? ¿Qué me dice?

—Nada.

—Vamos, no quiera hacerme creer que los justifica.

—No, no los justifico. Pero ¿sabe una cosa? En esta circunstancia me siento fuerte. Pero supongo que habrá un límite para seguir sintiéndome fuerte. Ellos fueron débiles antes que yo. Peor para ellos. Nada más, ¿comprende? Tres tipos pueden ser leales, pero leales en la tranquilidad, durante el entusiasmo. Sin embargo, uno puede convertirse en traidor con un simple puñetazo en el estómago; otro, más curtido, sólo cuando le arranquen las uñas; otro, el más heroico, sólo cuando le quemen los testículos. En el termómetro de la fidelidad, siempre hay un punto de ebullición en que el hombre es capaz de vender a la madre.

—No vaya demasiado lejos en su teoría. Yo sólo les ofrecí cuatrocientos pesos a cada uno.

—*Ya ve, ni siquiera ha empleado el puñetazo en el estó-mago y ya ha conseguido dos traiciones.*

—*De todos modos, mi oferta sigue en pie.*

—*No me extraña.*

—*Creo que no hay motivo para que usted siga teniendo escrúpulos. Ellos no los tuvieron.*

—*Cierto. Usted encontró fácilmente el punto de ebullición.*

—*Entonces, ¿de acuerdo?*

—*No. No puede ser. El mayor daño que usted podría in-fligirme sería hacerme sentir asco de mí mismo. Y temo que si usted sigue subiendo sus ofertas, si usted sigue prometiéndome el lujo, la comodidad y el poder que ellas implican, terminaré por ceder, porque quién sabe si en el fondo no soy un cómodo, un ambicioso, y eso sería repugnante. Me conozco lo suficiente como para saber que no podría tolerarme.*

—*Pero ¿por qué? No es malo ser ambicioso.*

—*Claro que no.*

—*No es malo ser cómodo.*

—*Seguro que no. ¿Sabe qué es lo único malo?*

—*No.*

—*Ser un hijo de puta como usted, señor.*

No está mal, no está mal.

—No te quedes callado, Ramón.

—Estoy pensando.

No está mal, no está mal.

—A ver, poné de nuevo ese final.

—*Ficiente para saber que no podría tolerarme.*

—*Pero ¿por qué? No es malo ser ambicioso.*

—*Claro que no.*

—*No es malo ser cómodo.*

—*Seguro que no. ¿Sabe qué es lo único malo?*

—*No.*

—*Ser un hijo de puta como usted, señor.*

No está mal, no está mal.

—Y después, ¿qué pasó con el tipo?

—Averigüé con Morales. Parece que dio un portazo, recogió sus cosas y se fue. De esto, hace cuatro días. Me imagino que tendrás algún comentario.

—Primero una pregunta: ¿por qué quisiste que oyera esta grabación?

—Porque tenemos que tomar una decisión.

—En realidad, la decisión ya la tomó Villalba, ¿no te parece?

—A eso me refiero, no hay que dejarlo que se vaya.

—Te desconozco, Hugo. No me digas que querés nombrarlo gerente.

—Lo que quiero es que no se vaya así. Lo que quiero es que convenzas al Viejo de que debe echarlo.

—¿Que lo convenza yo? ¿Al Viejo? Pero Hugo, estás loco. Al Viejo no lo convence nadie acerca de nada, y menos que menos si ese convencimiento trae aparejada una indemnización por despido.

—Siempre es mejor pagar seis meses de indemnización y no quedarse con la vergüenza de que un podrido haya puteado al Viejo.

—¿Querés que te diga mi impresión? No creo que sea un podrido. Más bien creo que sea un tipo con cojones.

—Lo único que faltaba. No nos entendemos, Ramón.

—Eso es cierto. No nos entendemos.

No está mal, decididamente no está mal. Ahora, ¿por qué ese tipo pudo hacerle frente y yo no? A veces voy dispuesto a enfrentarlo, incluso preparo el discurso, una especie de declaratoria de mi independencia, y sin embargo cuando llego frente a él se me borran las palabras, me quedo sin argumentos, o, cuando me acuerdo, todo me sale sin convicción, como sabiendo de antemano que él me va a mirar, va a sonreír, va a dar una chupada al habano, va a echarme sin disimulo ese pestilente olor en la cara, y luego va a abrir la boca para empezar a hablar, con sorna, con odiosa confianza en sus propias fuerzas, avasallándome con sus imposiciones, con su prepotencia, con la ventaja que le da el saberse, o por lo menos creerse, infinitamente superior a su medio, a sus subordinados, a sus enemigos, a sus amigos, a sus hijos, a su pasado, es decir, superior a todo, a todo menos a su propio futuro.

—Bueno, Ramón, entonces no hay más que hablar. Yo mismo hablaré con el Viejo.

—Eso es cosa tuya. Tomá, llevate la cinta.

—Saludos a Susana y a Gustavo. Chau.

—Chau. Saludos a Dolly.

No la merece, eso es lo único seguro. Pero ¿quién merece a Dolly? Hace como dos meses que no la veo. Mejor. Me hace daño verla. ¿Alguna vez se lo diré? No creo. Hugo es mi hermano. Dolly querida. Hugo es mi hermano. Dolly querida. Si yo pudiera residir un minuto, un solo minuto en su cabeza, no, mejor en su corazón, si yo pudiera saber qué piensa ella de mí. Mi cuñado Ramón, sólo eso. Sin embargo, dos o tres veces la he sorprendido mirándome con cariño. También los cuñados se pueden tener cariño con permiso de la Santa Madre Iglesia. Pero yo a veces tuve la impresión de que ella me miraba con un cariño no autorizado por la Santa Madre Iglesia. Hugo es mi hermano. Pero qué guarango. Dolly querida. Me parece que fue en lo de Méndez. Claro que fue en lo de Méndez. Todo un Fin de Año colectivo. Y ella y yo de pronto solos en el balcón largo, con las copas de champán sobre la mesita ratona. Faltaban quince minutos para el primero de enero de mil novecientos cincuenta y siete. Hugo bailando *cheek-to-cheek* con Marinés. Se perdieron, se pierden detrás del biombo con afiches. Nunca hablamos vos y yo, dice Dolly. Se me hace un nudo en la garganta. No, nunca, y es una lástima porque me gusta mucho hablar contigo. ¿Cómo te ha ido últimamente? ¿En qué sentido, Dolly? ¿Te referís a la Agencia? No, ahí sé que te va bien. ¿Con Susana entonces? No, me imagino que por ese lado no tenés problemas. No imagines tanto. Yo me refería a tu padre. ¿A mi padre? Sí, Ramón, cuando los veo juntos me parece siempre que algo va a estallar. Dolly, tu radar funciona a la perfección. Pero eso te está matando, Ramón, perdona que te lo diga. No sólo te perdono sino que te agradezco. Ramón, date cuenta de que vos sos el único perjudicado; a tu padre nada de eso le hace mella. Demasiado lo sé. ¿Y entonces? Es algo más fuerte que yo. Pero no más fuerte que él. Dolly. ¿Qué, Ramón? Me parece que vos al Viejo no lo querés mucho. Pero. No te pongas colorada, que quedás demasiado linda. Pero. Si yo te comprendo, Dolly, te comprendo tanto como para confiarte un secreto: yo tampoco lo quiero. Pero. Callate, no digas nada más, no estropees este último minuto de mil novecientos cincuenta y seis, después de haberme dado la mejor alegría del año. ¿Yo? No sabés lo que significa estar siempre rodeado de gente que te dice Ah, El Doctor, Qué Hombre Extraordinario, Feliz De Usted Ramón Que Tiene Ese Padre; te juro que no le tengo envidia ni rencor ni celos; lo odio un poco nomás. Por favor, Ramón, no digas eso. Te advierto que si me volvés a tapar la boca con la mano, te la beso. ¿Eso es de caballeros, no? Pero no cuando el beso es en la palma. Me dan ganas de que digas otro disparate para así taparte otra vez la boca. Y que yo. Feliz Año Nuevo. Felicidades, vengan Ramón y Dolly, ¿dónde está mi mujercita? Feliz año, Hugo. ¿Susana? Mejor la busco. Susana ¿dónde está Susana? Pobre Susana. Susana vomita, vomitaba en el baño, devolvía al flamante mil novecientos cincuenta y siete su último trago de mil novecientos cincuenta y seis. Para así taparte otra vez la boca, había dicho Dolly. ¿Entonces? No sé. Hugo es mi hermano. Dolly querida.

5

—Ah, qué suerte que vino, señor Budiño. Hay como diez personas esperándolo. El doctor Mesa. Dos aspirantes a guías, recomendados por el Consejero. La señorita Souto. El señor del USIS que estuvo el otro día. El hombre de la imprenta. El intérprete, aquel venezolano. Pedrosa, el de los ómnibus. También un joven del Club, quiere que le consigamos afiches de Tokio para una *boutique* que va a instalar con la tía.

Secretaria espléndida, carnosa, etcétera. Hoy vino sin la libra esterlina, de modo que la visibilidad ha mejorado considerablemente.

—Señorita, por favor. Ya le dije que usted tiene que servirme de filtro. No puedo pasarme las horas atendiendo a pelmas. A ese bobeta del afiche, dele uno de Piriápolis, y si no le gusta que se entierre. Que pase el doctor Mesa, y todos los demás, transfiéralos al señor Abella. ¿No telefoneó mi hermano?

—¿El señor Hugo?

Tengo un solo hermano, tarada.

—Claro, señorita, mi hermano Hugo.

—No, señor Budiño, no telefoneó. Llamó su señora, en cambio.

—¿La señora de mi hermano?

—No, la señora Susana.

—Ah.

—Dijo que le avisara que iba a la peluquería.

—Está bien.

—Mucho gusto, doctor Mesa. Mi padre ya me habló de usted. Así que aquí estoy a sus órdenes. Explíqueme su problema.

Pensar que éste es el testaferro del escribano que hace las matufias con el socio del Viejo. Lejano parentesco. Algo así como primos terceros.

—Cómo no, doctor, cómo no.

Te voy a dar excursión con museos.

—Naturalmente, doctor, todos los principales: el Prado, la Pinacoteca, el Reijsmuseum, la Galleria degli Uffizi, los Capitolinos, la Albertina, la casa de Rembrandt, el British Museum, y por supuesto el Louvre.

Te di en la tecla, viejito. Creíste que me olvidaba de París y vos querés mucho Lido y poco Louvre.

—Doctor Mesa, hoy vamos a no hablar de precios, que siempre es la parte desagradable... Pero naturalmente, doctor, siendo usted recomendado del escribano Faggi, que es tan amigo de Papá, tendrá usted lo mejor y en las mejores condiciones... Podría ser, por ejemplo, a ver, para el veintidós de mayo, siempre que prefiera el avión... Ah, en barco la cosa cambia. Naturalmente, como descanso es lo ideal... El avión es la solución cuando apremia el factor tiempo, cuando la urgencia hace que uno deba convertir los días en horas.

Esta frase ya me sale sola, como el *salú* de los estornudos.

—Fíjese que hoy en día, doctor Mesa, con los *jets*, usted puede poner, de aquí a Europa, menos Horas de vuelo que Días de navegación. Algo despampanante. Eso sí, como distensión nerviosa, como cura de reposo, como lavado de preocupaciones, como tónico, qué sé yo, como renovación general, a todo el mundo le aconsejo el barco. ¿Y viajará solo? Entiendo, entiendo, solo pero también viaja una amiga, ajá. Naturalmente, doctor, el viaje siempre es más agradable en buena compañía. Aquí lo anoto. Preferiblemente, cabina para dos. ¿Trajo el pasaporte? ¿Y el de la señorita? Muy bien, mi secretaria le va a tomar los datos y yo me ocuparé de que usted quede satisfecho. Encantado, doctor Mesa, siempre a las órdenes.

Las tres. El bigbén del comedor me resulta insoportable a la madrugada. Y no quiero tomar pastillas. Prefiero el insomnio. Además, me gusta repasar. ¿Por qué será que siempre, cuando me despierto en la madrugada, casi el único recuerdo que comparece es el de la primera vez? Me marcó, sin duda, Rosario. Y sin nostalgia. El mar tranquilo, al atardecer, como un plato. Atrás los árboles. Jugábamos casi todas las tardes a la paleta. Portezuelo es ideal para eso. Mis diecisiete años. La edad que ahora tiene Gustavo. ¿Habrá estado Gustavo alguna vez con una mujer? Ojalá. Seguramente, sí. Incluso con alguna de sus compañeras. Por algo no las mira con demasiada codicia. Se tranquilizará por ahí, probablemente. Rosario estaba en la casita de Céspedes. Yo en la de Portela. Como un plato el mar, y atrás de nosotros los árboles enormes. No se movía una hoja. ¿Caminamos un poco? Bueno, dijo, me gusta ir pisando ramitas secas. Era tan agradable el olor de los pinos. No había muchos chalets en aquella época. Y en ciertas zonas los árboles estaban bastante juntos. Uno podía ocultarse de todo el mundo. Y además el mundo quedaba lejos. Allá donde se veían, donde se ven las luces. Un poquito de miedo viene siempre bien. Me da la mano. Nuestros escuetos trajes de baño se han secado y no hace nada de frío, a pesar de la hora. Tengo perfecta conciencia de nuestras respectivas desnudeces, sobre todo de la de ella. Qué piernas. Cada vez menos luz. Y allá lejos el mundo, las bocinas, un tango. Vení sentate, digo. Un huequito a la medida, entre dos arbustos. Hasta tiene techo. ¿Estás nerviosa? No. Me hago a la idea de que su piel estará salada. La mía, también. Los vellos de mi antebrazo han quedado aplastados, como adheridos por la sal ya seca. De pronto veo algo en Rosario que me trastorna por completo. En el vértice inferior del tronco, junto al comienzo de sus piernas, salen de la malla de baño unos pocos vellos, también aplastados contra la parte inferior del muslo. No hay nada que decir. Ella se da cuenta de lo que he visto y también está alterada, también está a la espera. La abrazo. Mis manos todavía sin pericia no dan abasto. Primero los senos, naturalmente. Salen de la malla como escapando de una prisión. Ella sonríe. Por Dios, cómo sonríe. Redondos, tan llenitos. Un recuerdo táctil que no me abandonará jamás. Puedo sentirlos aún. Y efectivamente están salados. Toda ella está salada. Lo bueno de este acto es que los dos somos inexpertos. Hacemos una cantidad de cosas que, después nos enteraremos, no son las más púdicas. Pero es tan natural.

Como no sabemos que la tradición ordena que la primera vez todo sea urgencia, atropello, violencia, nuestro prolegómeno es largo y delicioso. Es magnífico aprender con quien no sabe. Como Rosario ignora que la primera vez debe resistirse, mostrarse temerosa y avergonzada, lo hace todo con una alegría que la ilumina, toma cariñosamente mi sexo y nunca volveré a disfrutar tanto con una caricia tan antigua y tan nueva. Todo está a nuestra disposición. No tenemos idea de qué es vicio y qué está autorizado por la moral falluta, estamos Más Acá del Bien y del Mal. Todo es simplemente lindo, lindísimo. Lo bueno es que yo no sé nada de qué piensa ella, de cómo es Rosario intelectual, Rosario sociológica, Rosario política, Rosario económica, Rosario filosófica, o tal vez a los diecisiete años no se sea nada de eso. Ella tampoco me ha preguntado. Esas cosas tan importantes para eso que se llama verdadera comunión de almas y cuerpos. Sencillamente, éramos su cuerpo y mi cuerpo, y la alegría de ambos. Sin embargo, ninguno de mis posteriores actos de amor será tan perfecto como este en que no cumplimos con las normas de la perfecta comunión. Quizá si lo hubiéramos repetido durante años, habríamos llegado inevitablemente a alguna forma del tedio, pero Rosario y yo sólo lo hicimos tres veces en un mismo crepúsculo de enero, y la mejor de las tres fue increíblemente la primera. Ideal. Y ni siquiera quedó embarazada. ¿Qué más puede pedirse? Tal vez el secreto de aquella plenitud haya sido que tuvo algo de juego, de buen humor. En ningún momento nos pusimos patéticos, ni nos juramos amor eterno, ni nadie dijo te quiero. Estábamos contentos, nada más. Lo más sentimental que le dije, fue: Sos bárbara vos. Y lo más conmovedor que ella me dijo: Nunca pensé que fuera tan lindo, diosmío. Me pareció un acto de verdadera y excepcional unción que ella usara *diosmío* como una mera interjección de placer. Lo decía sin cerrar los ojos, eso era lo estupendo, mirándome contenta, agradecida, y nuestro abrazo intermitente era también de buena amistad, de camaradería recién descubierta. Y aún hoy, cuando Rosario es la respetable señora del doctor Azócar, con tres hijos crecidos, dos sirvientas y un chalet en Carrasco, nos encontramos a veces en alguna fiesta y nuestro diálogo transcurre sin tapujos, desprovisto de rencores, fresco, sin ninguna mención a aquella tarde de febrero de mil novecientos treinta y cuatro. Claro que nos guardamos un mutuo agradecimiento y nos miramos con una cómplice simpatía. Todo nuestro correcto tratamiento de usted está recorrido por el dulce recuerdo de nuestro tuteo, con besos inaugurales y exploratorias caricias y piernas enlazadas y espaldas con ramitas. No le tengo envidia a Ulises Azócar, que por otra parte tiene cara de hombre satisfecho y sus motivos tendrá. Francamente, no me gustaría acostarme ahora con Rosario madura, yo que la tuve nuevita y en el bosque, porque jamás la versión actual podría ser tan estimulante como la de hace veintisiete años y tal vez sólo sirviera para borrar o por lo menos modificar en mí y en ella una imagen sin desperdicio. Y media, dice el bigbén. Si pudiera dormir. Estoy más tranquilo. Esta reconstrucción siempre apacigua mis nervios, me da ganas de seguir viviendo. Voy a probar con el método del relax. Desde abajo. Primero aflojar los dedos de los pies, luego los tobiiillos, las pantorriiillas, los muuuslos, el vieeentre, el estóoomago, el peeecho, los hooombros, el pescueee.

6

—Convénzase, abuelo —dijo Gustavo—. Los partidos tradicionales están en vías de descomposición. ¿Dónde están Batlle, Saravia, Brum, Herrera? Todos bajo tierra. Allí también están sus respectivos idearios: bajo tierra. Sobre tierra están en cambio César, Nardone, Rodríguez Larreta. O sea, por su orden: antisemitismo, caza de brujas, menosprecio a las masas. Las cosas que se dicen Nardone y Berro por radio y prensa, las que antes se dijeron César y Luis; esto es descomposición. Los grandes partidos ni siquiera tienen coherencia interior y la gente se está dando cuenta. No van a votar eternamente a esos hombres. A lo mejor un día les ponen una bomba.

—No me hagas reír —dijo el Viejo—. ¿A quién van a poner bombas ustedes, lactantes, nenes de mamá, marxistas de ojito?

—¿Y sus famosos Hijos de Padres Demócratas? ¿Eh, abuelo? ¿Son menos lactantes, menos nenes de mamá, menos capitalistas de ojito?

—Pero, Gustavo, no me lo vengas a decir a mí. Son tan tarados como ustedes. O más. Yo los uso porque me sirven. Y además no me cuestan un solo peso. Hay quien corre con los gastos. El problema no es que ustedes sean de izquierda y ellos de derecha. El problema es que unos y otros pertenecen a una generación debilucha, novelera, frívola, habituada solamente a repetir frases hechas, incapaz de pensar por su cuenta.

—¿Y en su diario, abuelo, usted no repite frases hechas? ¿Piensa acaso por su cuenta?

—Pienso por mi cuenta cuando decido repetir frases hechas. La diferencia está en que mi diario es negocio y lo de ustedes quiere ser principios, moral política, etcétera, etcétera. Ustedes coleccionan signos exteriores de rebelión, como otros coleccionan botellitas o cajas de fósforos. Creen que la revolución es andar sin corbata.

—Y para usted, abuelo, ¿qué es la revolución?

—Gustavo, no me busques la boca. Bien sabes que yo me hago pichí en la revolución.

—¿Y en la democracia?

—En la democracia me hago caca, pero me sirve para ganar plata y entonces soy Demócrata con todas las mayúsculas que quieras. Ésa es la gran afinidad, que vos nunca podrás comprender, entre los Estados Unidos y este servidor. A ellos tampoco les importa la democracia, a ellos también les interesa el negocio. Democracia les significa buena propaganda y hacen tanto ruido con ella, incluso frente a Cuba, que nadie se acuerda de cómo alimentan a Stroessner y a Somoza, dos de los míos.

—Ah.

—Para los norteamericanos la democracia es eso: dejar que en su país todo el mundo vote y pase el *weekend* leyendo tiras cómicas, dejar que todo el mundo (menos los negros, que están en penitencia) se sienta ciudadano, y por otro lado aprovechar al máximo el trabajo pichincha del chusmaje latinoamericano. Para mí, en cambio, democracia es esto: escribir todos los días un editorial de ejemplar madurez y corrección política, y telefonearle en seguida al Jefe de Policía para que les dé garrote a mis obreritos en huelga. Yo no tengo dudas. Ya que me tocó nacer en un país de mierda, yo le correspondo. Lo uso para mí, eso es todo. Tu bisabuelo hablaba de Patria, tu papito habla de Nacionalismo, vos hablás de Revolución. Yo te hablo de mí, botija. Pero te aseguro que conozco bastante más de mi tema que ustedes del suyo. ¿Que somos colonia? Claro que sí. Afortunadamente. Pero, decime un poco. ¿Quién quiere aquí ser independiente? A ver esas bombitas, por favor. Te juro que no me asustan. Una cosa te digo. Es más probable que algún día un obrero al que yo despida o insulte, porque me gusta insultarlos, vaya rumiando hasta su casa, rumie allí otro poco mientras toma su mate, compre luego un revólver, vuelva hasta la fábrica y me pegue un tiro; es más probable que eso ocurra algún día y no que suceda algo tan descartable y tan insólito como que tus izquierdistas de café se pongan de acuerdo, armen al fin el rompecabezas de sus escrúpulos y matices, y decidan ponerme una bomba en el Impala. Para matar a un tipo hay que despertarse cornudo, o tener huevos, o estar borracho. Y ustedes toman cocacola.

Susana deja el pote sobre el tocador y me mira con la cara embadurnada.

—Hoy me contó Gustavo la discusión que tuvo con el abuelo.

—Yo estuve presente.

—Justamente de eso quería hablarte. No puede ser que estés presente cuando tratan un tema como éste y no digas absolutamente nada. Por muchas razones tenías que haber apoyado a tu padre. En primer lugar, para ver si mejoran un poco las relaciones entre él y vos. Y en segundo, porque Gustavo no puede seguir así. La otra tarde me dijo Laura, simplemente me lo advirtió como buena amiga que es, que Gustavo anda con una barrita francamente peligrosa: anarquistas, comunistas, o algo parecido. Ella los vio, con sus propios ojos, pegando afiches en la madrugada.

—No me digas. ¿Y se puede saber qué hacía tu buena amiga Laura por la calle en horas de la madrugada en vez de estar recogida en su respetable hogar?

—No te hagas el gracioso. Te estoy hablando en serio.

—También yo, cuando tenía diecisiete años, embadurnaba paredes.

—Es diferente. Vos lo harías por esnobismo.

—Ah, ¿y Gustavo por qué lo hace?

—Ojalá lo hiciera por esnobismo. Pero cree estar convencido. Gracias a las malas influencias.

—A lo mejor, no sólo cree, sino que está efectivamente convencido.

—Lo único que falta; que lo defiendas.

—Yo no lo defiendo, pero te confieso que prefiero verlo en esa rebeldía más o menos deportiva, y no tirando bombitas de mal olor en la Universidad.

—Ramón, ¿querés que te diga qué pienso acerca de esta nueva actitud tuya? Lo hacés nada más que para fastidiar a tu padre y de paso fastidiarme a mí.

—A lo mejor. Quién sabe.

—Ramón, hace rato que pasaste los cuarenta. No podés portarte toda la vida como un adolescente. Queda ridículo ¿sabés?

—Nunca me sentí más adulto que ahora. Más que adulto: viejo.

—Alcanzame aquel pote. No, ése no. El verde.

—Susana.

—¿Qué?

—¿Por qué no dejas de ponerte cremas y venís a la cama?

—Estás loco.

—Susana.

—Esta noche no, Ramón, no puedo. Mañana tal vez. Además, estoy muy fastidiada por lo de Gustavo.

—¿Y eso qué tiene que ver?

—Tiene mucho que ver. Vos estás pronto en cualquier momento, pero yo no. Yo necesito que seas cariñoso conmigo.

—Bueno, vení.

—Te dije que no.

—Está bien.

Que se quede allí, embadurnándose con sus cremas. Por un momento tuve ganas, pero ya no. No tengo ánimo para estar insistiendo dos horas. Además, si dice que no puede. Pero muchas veces alega que no puede, y sin embargo puede. Debe haber sido interesante vivir en un harén. Definición para proponer a la Academia. Harén:

111

único lugar del mundo donde no existe la masturbación masculina. Ampliación de definición: Harén, único lugar del mundo donde la masturbación masculina es considerada una extravagancia.

—Ramón.

—¿Qué pasa?

—Estos últimos tiempos te noto extraño. Siempre parece que estás pensando en otra cosa. No atendés a nadie. No sólo a mí, que ya estoy acostumbrada. Tampoco a los demás. Estás siempre distraído.

—Sí, yo también lo he notado. Pero no me preocupo, otras veces me ha pasado lo mismo. Te aseguro que no es *surmenage*, porque en la Agencia el trabajo no es agobiador. Ya se me pasará.

—¿Por qué no ves a Roig?

—Es inútil. Siempre me encuentra perfecto. Hasta ahora lo más grave que me descubrió fue un quistecito sebáceo. Eso es muy poco para pagar treinta pesos por cada consulta. Uno los paga con gusto cuando el médico dice: Querido amigo, cuánto lo lamento, usted tiene cáncer.

—Ay, Ramón, ¿no te digo que estás raro?

—El cáncer es cada día más vulgar y menos raro.

—Ya lo sé, pero yo tengo una superstición. Me parece que si no lo nombro, estoy a salvo.

—Es bueno tener esas supersticiones, sobre todo mientras den resultado. Además, si un día te das cuenta de que no dan resultado, de que todo es inútil, ¿quién te quita lo bailado?

—Ramón, ¿querés que me acueste?

—Dijiste que hoy no podías.

—Mirá, la verdad es que no estoy segura. Y vos tampoco insististe.

—Ah, debía haber insistido.

—Y además tendría que sacarme las cremas.

—Sácatelas.

—Entonces, ¿voy?

—Bueno, vení.

7

Gloria Caselli se mira en el espejo y hoy su cara le parece aceptable. Pero no le alcanza con verse de frente. A veces el perfil reserva la peor sorpresa. Para eso están los espejos laterales. Gloria los acomoda hasta encontrar el ángulo ideal. Evidentemente, este mechón sobre la oreja la avejenta. Algo peor que eso: la desnaturaliza, la convierte en otra. Por lo menos, ella es consciente de que sus orejas son lo mejor, lo más agradable, lo más estético de su cabeza, un poco ruda para su gusto. Por lo tanto, hay que mostrarlas. Claro que su perfil izquierdo es mejor que su perfil derecho. Lamentablemente, eso no tiene arreglo. La mancha de la piel, a medio camino del delgado pescuezo, es inconmovible; no hay crema que la cubra. No es grande, no ofende a la vista, pero se nota. Es el hígado, le vienen diciendo los médicos desde hace varios lustros con monótona perseverancia, pero ella sabe que esa manchita le apareció hace veintisiete años, exactamente en el mes en que se convirtió en mujer, o sea una época en que aún no tenía hígado ni corazón ni tobillos ni encías, porque uno va adquiriendo conciencia de sus órganos a medida que empiezan a doler, y en aquel tiempo lo único que le dolía era, de tanto en tanto, el bazo, cuando corría exageradamente en la playa, o jugaba horas y horas al *volleyball* en el gimnasio de la Universidad.

La cara en el espejo le sonríe. De vez en cuando conviene verificar qué poder sigue teniendo su sonrisa. Ha disminuido, claro. Esas arrugas, no importantes pero inocultables, que han aparecido junto a las comisuras de los labios, endurecen la sonrisa, le quitan por lo menos el cincuenta por ciento de su vieja inocencia, de su acogedora simpatía. Y hay que reconocer que la depreciación responde a la realidad. Porque es cierto que ha perdido por lo menos la mitad de su inocencia y de su simpatía. En cuanto al resto, ese resto que todavía hoy hace que los hombres giren lentamente sus cabezas cuando ella pasa, y hasta le digan alguna estimulante cochinada, en cuanto a ese resto ella no está demasiado segura.

Mueve suavemente los hombros y piensa que ésa fue la parte de su cuerpo que recibió el primer elogio de Edmundo. «¡Qué lindos hombros! Como para apoyar las manos cuando uno está cansado.» Así le había dicho Edmundo Budiño el diez de septiembre de mil novecientos treinta y nueve, y ella había sentido que era la primera vez que alguien le dedicaba un piropo verdaderamente importante, no las frivolidades que varias veces al día le decían los compañeros de Facultad. Soltaban el piropo como quien juega a la mancha; es decir, la tocaban con un proyecto de amago de croquis de esbozo de amor, y luego salían corriendo, no fuera ella a tomarlos en serio. Por el contrario, el elogio de Edmundo había tenido el apoyo de algo tan verdadero como el propio cansancio. Naturalmente, sólo mucho tiempo después llegó a la conclusión de que en él eso no había sido una atención especial sino algo inevitable. Sólo podía admirar o repudiar, loar o denigrar, siempre que él mismo se mezclara en el juicio, como parte activa, como ley, como Dios. Decía, por ejemplo: «Me gusta esta montaña, porque frente a ella me siento fuerte», o también: «Me repugnan los tranvías, porque cuando voy con el auto detrás de ellos, me siento esclavo de su lentitud».

Sí, hay que sacar este mechón. ¿Y si lo enganchara en la oreja? No está mal. En ese entonces él era profesor de Civil 2°, tenía cuarenta y seis años pero ya con algunas canas en las patillas. Nieve en las sienes, decía la cursi de Ana María entre suspiro y suspiro. Pero no sólo Ana María; todas las muchachas que desfilaban por la Facultad lo contemplaban con una devoción casi enfermiza. Entonces, ¿cómo no estremecerse cuando él vino silenciosamente, por detrás suyo (no en la Facultad, sino en el Salón Nacional de Bellas Artes) y le dijo: «¡Qué lindos hombros! Como para apoyar las manos cuando uno está cansado»? Ella pensó inmediatamente que su estatura era la ideal, la más apropiada para que a él se le ocurriera inventar, crear hacia el futuro, esa posición que incluía familiaridad, confianza, comunicación, simpatía. Ella todavía no se atrevía a decirse Amor. Pero se dio vuelta y nunca le pareció él tan estupendo, tan irresistible, tan masculinamente hermoso. Porque la hermosura masculina tiene inevitablemente que incluir algo de fealdad, de asimetría, de falsa escuadra, y a Edmundo Budiño ni siquiera le faltaban esos toques casi imperceptibles, que a los ojos de una mujer son precisamente decisivos. Deben existir, pero no en tal profusión que el rostro o la figura se transformen en feos; más bien deben cumplir su función de mínimos contrastes, para que

116

la mirada descanse un poco y tome nuevo impulso en la subsiguiente absorción de la belleza. Es la diferencia que va del rostro impecable, pero monótonamente hermoso de un Tyrone Power, a los rasgos levemente asimétricos, pero emocionalmente atractivos, de un Burt Lancaster. Ante la evocación encadenada de esos dos nombres de actores, Gloria pensó que ella quedaba fuera de la regla: no le gustaba ni uno ni otro. «Oh, profesor, no lo había visto; me tomó de sorpresa», había dicho ella y a partir de ese instante no pudo seguir mirando el dibujo de Pastor que la había impresionado. «¿La puedo invitar a tomar un café?», había dicho él y no cabía otra respuesta que la aceptación, porque ya en esa época, el tono interrogativo de las preguntas de Budiño significaba una mera deferencia hacia el interlocutor. Jamás se le ocurría que alguien pudiese tener el pésimo gusto de una negativa. Y el café fue entonces el viejo Tupí, el que estaba frente al Solís. Ella recuerda perfectamente que, cuando entraron, los contundentes pasos de él provocaron en las vencidas tablas del piso un ruido considerablemente mayor que los suyos, ya de por sí mansos, livianos y flexibles, pero esa tarde particularmente amortiguados por las suelas de goma. «¿Qué está leyendo?», había preguntado él, y sin pedir otra autorización tomó los dos libros, aprobó con la cabeza el Valle Inclán e hizo un puaj frente al Panait Istrati. Y ahí fue cuando sucedió lo inesperado, el golpe de timón que transformó completamente su vida, o quizá el golpe de hacha que la partió en dos. Primer segmento: desde el cuatro de diciembre de mil novecientos veinte hasta el diez de septiembre de mil novecientos treinta y nueve. Segundo segmento: desde el diez de septiembre de mil novecientos treinta y nueve hasta hoy. Él había sonreído sin nervios, sin dudas, sin intranquilidad; había vuelto a dejar los dos libros junto a su cartera, y había dicho, con voz impasible, de un tirón, sorprendiéndola desde el arranque con el repentino tuteo: «¿Sabés que me gustás mucho? Me vino bien encontrarte en el Salón, porque hace días que pensaba preguntarte algo: ¿querés ser mi amante?».

Todavía hoy, veintidós años más tarde, la cara del espejo se sonroja. Pero aquella tarde el rubor fue muchas cosas a la vez: vergüenza, susto, júbilo. Sobre todo júbilo. Que él la hubiera mirado; que él le estuviese proponiendo una vida en común (ésta por lo menos fue la traducción infiel y tendenciosa que ella repitió para sí); que él la tuteara; que él estuviera ahí, esperando su respuesta. «Profesor», había balbuceado, y él había arrimado su mano, enternecedoramente velluda y cordial, y la había puesto sobre la mano de ella, pálida, indefensa y ufana. Y ante ese calor que la mano de él le fue infundiendo, directamente consignado a un corazón que no podía con sus propios latidos, ella no tuvo más remedio que bajar la cabeza y decir quedamente, con los ojos fijos en el despreciado Panait Istrati: «Soy tan feliz, profesor». Y cuando levantó los ojos, él ya estaba diciendo, con la inmune seguridad de un trámite cumplido: «Llámame Edmundo. Menos en la Facultad, por supuesto». Pero ella no dejó nunca de llamarle profesor, y ésa fue probablemente su única desobediencia. Cuando él la llevó por primera vez a la amueblada, y la acarició y besó sin apuros durante casi una hora, y luego la desnudó sonriendo y festejando silenciosamente sus tics de pudor, y ya sin ropas la volvió a acariciar y besar en una segunda etapa que fue bastante más breve, y luego entró en ella precavidamente, sin forzarla, porque se daba cuenta de que sufría (no anímica sino físicamente) el aceptado quebranto de su virginidad, y cuando todo hubo acabado y él advirtió que en esa primera vez ella había estado absorbida por el dolor y no había tenido tiempo de gozar su propio sacrificio, y él había preguntado: «¿Te dolió mucho?», y ella había dicho: «Sí, profesor», él no había podido contener la risa ante esa cómica supervivencia del respeto heredado del aula. Después, mucho después, cuando ella perdió su asombro, su tensión y su desasosiego, siguió empero llamándole *profesor*, especialmente cuando hacían el amor, porque la palabra quedó entre ellos como una contraseña, como un cómplice, como un testigo en quien podía confiarse.

Las cuatro y diez. Dijo que vendría a las cuatro y media. Y es puntual. Que venga nomás. Todo está listo, limpio, ordenado. A Gloria sólo le falta elegir un collar. No demasiado complicado; a él nunca le gustó la cargazón. «Sacate ese barroquismo», le dijo cuando las primas le trajeron uno de España, de coral y plata labrada. Mejor el de café, que él le trajo de Brasil hace por lo menos cinco años. Pero entonces tiene que cambiarse la blusa, porque azul con café no va bien. ¿Estará planchada la blusa crema? Sí, qué suerte. Realmente su vida quedó partida en dos. ¿Cuántos hombres se le acercaron en todos estos años? ¿A qué pensar? Sin esforzarse mayormente, le ha sido fiel. Y fiel sin esperanza ni reciprocidad, primero porque él tenía su mujer y sus hijos, y otras amantes ocasionales, claro, y, después que quedó viudo, porque nunca mencionó la posibilidad de casarse. Su relación fue así como hoy, siempre clandestina, siempre escondida, siempre ignorada de todos. Quizá estaba bien. De los dos hijos de Edmundo, uno, Hugo, era poco menor que ella, y el otro, Ramón, sólo unos años mayor. Con Hugo nunca había hablado; con Ramón, dos veces. Alguien se lo presentó en lo de Rivas. En otra oportunidad, lo tuvo de compañero de asiento en un avión de Pluna, hasta Buenos Aires. Ramón no se acordó de ella, o aparentó que no se acordaba. No, seguramente no fingió. No hablaron casi nada durante el viaje. Ella tomó un cigarrillo y él le acercó el encendedor. «Gracias por el fuego», había dicho ella. Y nada más. ¡Si él hubiera sabido! Pero nadie sabe. Es un milagro, sobre todo si se tiene en cuenta la velocidad con que circulan los chismes en esta ciudad sin grandes espectáculos, provincianísima, sin grandes cabarés, sin famosas y publicitadas perversiones. La fuente luminosa del Parque de los Aliados; ésa es toda nuestra vida nocturna. El chisme es la gran atracción vernácula, el show de las familias. Pero nadie lo sabe, nadie lo supo nunca. Él se las arregla muy bien para ser discreto. Además, los que sospechan tienen miedo de indagar; no quieren tener la tremenda responsabilidad de haber descubierto el lado flaco de Edmundo Budiño, institución nacional. Claro que todos advierten que en su vida hay espacios en blanco, líneas de puntos (como en los formularios) que nadie es capaz de llenar con datos fidedignos. Pero nadie se atreve.

Con un chasquido áspero y una apagada vibración, el refrigerador reinicia su actividad. Ah, le falta aprontar los cubitos. Cuando él paladea su whisky, ella siempre tiene la sensación de que se trata del momento más calmo en la jornada de su hombre. Se acabó la fábrica, se acabó el diario, se acabó la Casa del Partido, se acabaron los muchachitos imbéciles que vienen en busca de armas y bombo periodístico, se acabó Javier el incondicional, se acabó Ramón el escrupuloso, se acabó Hugo el imitador, se acabó el mundo de allá afuera. Él le cuenta todo, le pormenoriza los capítulos en que estuvo dividido el día. Sobre eso no hay duda: es sincero con ella. Porque le cuenta cosas feas, cosas sucias, cosas terribles. Como si supiera que el amor de ella es capaz de aceptar ese lado negro de su ser, esa zona del diablo que nunca muestra a nadie totalmente. Ni siquiera a Ramón; de eso también está segura. Porque a Ramón le muestra un Edmundo Budiño más cínico, más oscuro, más agresivo, más cruel de lo que él en realidad es. Y además a Ramón no le dice nada de este vínculo, porque eso (ella al menos lo entiende así) sería una claudicación; sería como confesarle que él puede no ser tan duro, tan implacable, tan inhumano, tan menospreciativo. Y eso nunca. A Gloria siempre le ha intrigado ese rencor pacientemente elaborado, en el que cada día aparecen nuevos retoques, nuevos matices.

Además, además... Gloria sonríe mientras arregla un antiestético pliegue de la colcha. Además, además, ella posee ahora otro secreto, el más terrible. A los sesenta y ocho años, el doctor Edmundo Budiño, uno de los hombres más influyentes de la política nacional, el nombre más poderoso en varios órdenes, ha perdido su poder en un orden modesto, pero que también tiene su importancia. En resumidas cuentas: se acabó el sexo. Gloria sonríe otra vez. Recuerda la ocasión en que se produjo el primer fracaso y él empleó el mismo y seguro tono de siempre para decir: «Ha sido un día terrible de trabajo. Mejor lo dejamos para mañana». Y ella había dicho: «Sí, profesor», pero en seguida se había arrepentido, porque la frase, que para ambos tenía una automática connotación sexual, le había salido con un tono de ironía que ella no quiso darle, un retinte burlón que le salió solo, como si la frase tuviese vida propia y se hubiera dado a sí misma el matiz verdadero. El prometido mañana no llegó jamás y, a partir del cuarto fracaso, la derrota quedó oficialmente admitida pero él se las arregló para nombrarla, ya no como una vergüenza sino como una suerte de monumento. El perecimiento sexual se convirtió en algo así como un timbre del honor. «Nadie como yo se ha ganado el descanso en este aspecto, y después de todo es casi mejor. Ahora tengo la cabeza libre para arreglar el siniestro desorden que es el mundo.» Pasaba por alto el detalle insignificante de que su «merecido descanso» no tenía por qué coincidir con el de Gloria, pasaba por alto que para ella no se había acabado el sexo, pasaba por alto la minucia de que ese acechante y simpático monstruo que él había sabido despertar en ella seguía exigiendo su nutrición y su juego. Pero de eso ya hace tres años y Gloria le ha seguido siendo fiel.

Es cómodo este sillón californiano. Siempre se ajusta al cuerpo. Una sola vez había estado a punto de. Pocas veces bailaba. Pero qué lindo es el tango. El hombre la llevaba correctamente, sin oprimirla demasiado. Fue una comunicación que tuvo lugar a partir del ritmo. Como si hubieran bailado juntos desde niños. Como si se conocieran todos los pasos, todos los cortes, todas las vueltas. Y mucho antes de saber su nombre, Gloria se enteró de esa correspondencia o coincidencia o afinidad o ajuste, que le permitía adivinar los más imprevistos e inverosímiles arranques del hombre y seguirlo como una sombra, o un parásito rítmico, o como el obediente lápiz de un pantógrafo. Y de pronto sintió que estaba a merced de aquel desconocido, porque toda su piel le respondía y cada adivinación de un nuevo paso tenía en ella una repercusión de placer que iba mucho más allá del simple regusto del baile para convertirse en nuevas aproximaciones a un espasmo final que desde ya la esperaba en algún instante de su futuro. Sabía que ahí no había afinidad espiritual ni recuerdos en común ni descubrimientos de la simpatía ni ninguno de esos indicios precursores del amor. Pero sabía que donde el hombre dijera «vamos» ella iría como una autómata, como un robot. Lo sabía porque en un instante, mientras bailaban *Charamusca*, un sorpresivo agudo de la flauta le provocó un relampagueo durante el cual se imaginó desnuda en brazos de aquel tipo, y la instantánea, vertiginosa visión fue para ella tan arrebatadora, que tuvo que afirmar su brazo en el cuello del hombre y murmurar «perdón», porque creyó que le venía un mareo. Estuvo a punto, pero no pasó nada. El mérito («o la culpa, vaya una a saber», piensa Gloria) no fue suyo. Después del octavo o noveno tango, cuando el bandoneonista cerró el último fuelle de *El gavilán*, y ella se detuvo con un leve jadeo que no era de fatiga sino de dichosa claudicación, todavía no repuesta de la revelación que para ella había significado la fuerza de sus reflejos frente a aquel cuerpo que tenía aproximadamente su misma edad y no veintisiete años más, y el hombre la miró larga y serenamente, y ella vio en el fondo de aquellos ojos oscuros un chisporroteo de noes y sustituciones, tuvo la lacerante impresión de estar asistiendo a una tragedia crónica, a una retumbante falsificación del azar. Pero también tuvo la impresión de haber quedado ella misma a la intemperie. Entonces el hombre había dicho: «Le ruego me disculpe», y ella se había quedado tan inválida con su deseo maltrecho, que sólo horas después entendió cabalmente el comentario que alguna amiga le había soplado junto al oído: «¿Desde cuándo bailando con maricas?».

Gloria estira las piernas. Sus pantorrillas gustan a los hombres. Tantas veces, (en el ómnibus, en el café, en el teatro, en las escaleras) ha encontrado los ojos de los tipos, absortos en la contemplación admirativa de ese músculo bien torneado y bronceado que es algo así como la sinopsis o el anticipo de una garantida eficacia sexual. Una destreza que ella debe exclusivamente a Edmundo y que ahora está vacante. La pregunta es la misma de ayer y anteayer y diez meses atrás: «¿Es justo eso?». Pese a todo, en Gloria funcionan los tabúes de su medio. Pero cada tabú tiene su contratabú. Y de esos enfrentamientos sale también la noción, la tambaleante certeza de que él no es un marido, es decir, no ha querido ser *su* marido, ni siquiera cuando pudo y debió serlo. Resumiendo: ¿vale la pena seguir siendo fiel a un hombre que no quiso ser marido y ya no es amante, y que, además, cuando era amante, la engañó cuantas veces pudo, y con cuantas mujeres se le antojó, desde la ninfa con inspiración y celulitis hasta la pituca con devocionario y morfina? Sin duda, no vale la pena. La respuesta es tan fácil, que Gloria hace una mueca, pero en la misma mueca se le desliza un poco de piedad cariñosa, de comprensión disponible. Él es un egoísta, ¿quién lo duda? El más estupendo egoísta de la vasta zona comprendida entre el río Cuareim y el Río de la Plata, entre el río Uruguay y la Laguna Merim. Pero eso mismo tiene su importancia. El hecho de acompañar a algún Número Uno trae consigo, pese a todos los pesares, una especie de orgullo. Durante veinte años fui la amante de Edmundo Budiño, se dice Gloria con precisión, aunque sabe que en realidad le faltaron algunos meses para los veinte años. Aún sigo siendo la confidente de Edmundo Budiño, agrega. El inconveniente es que nadie lo sabe, pero indudablemente es un sello. En toda la ciudad, en todo el país, no hay nadie (¿no habrá?) que reciba, como ella, al poderoso hombre en su casa y escuche sus largas confidencias. ¿Cuánto pagarían los periodistas, los fotógrafos, los cameramen, los diputados opositores, por escuchar y mirar lo que ella escucha y mira diariamente? Ahora mismo, faltan pocos minutos, llegará Budiño, dará un soplido de cansancio, la besará en la mejilla, se quitará el saco, cambiará los zapatos por las chinelas, se lavará las manos y la cara, volverá para sentarse en el sillón de esterilla, aceptará el whisky con dos cubitos y tres dedos de soda, preguntará distraídamente: «¿Cómo has pasado?», y se consagrará a descargar los problemas del día. Acaso retome el hilo del monólogo de la víspera y diga: «¿Cómo querés que no desprecie a la gente, si la gente me acepta como soy? Desde el comienzo fue para mí una tentación espantosa: estafarlos, joderlos. Pero eso sí, prometiéndome formalmente que al primer alerta, al primer síntoma de que su sensibilidad funcionaba, no tendría inconveniente en retroceder. Te diré más aún: de muchacho pensé que quería saber dónde estaba el fondo de este país, porque sólo sabiendo dónde está el fondo verdadero, uno puede apoyarse. Y empecé mis sondeos. Una mentira y no toqué fondo; una burla y no toqué fondo; una superchería, y tampoco; una estafa monetaria, y nada; un fraude moral, menos que menos; coacción, presiones, chantaje, y cero; ahora reparto armas a los nenes de mamá, llevo a cabo campañas calumniosas. Pero te confieso que me estoy aburriendo. ¿Es que este país no tiene fondo? Me traen la noticia de una inminente arremetida, tan demoledora que descabezará todos mis títeres. Pienso: a lo mejor, ahora es el momento. Y nada. Siempre hay alguien que puede ser comprado, o que no tiene suficientes cojones, o que saca un cigarrillo y se encoge de hombros. No saben ellos el mal que me han hecho. Porque soy porfiado; tengo la obsesión de encontrar ese fondo; y en la búsqueda me he envilecido. Ahora, aunque lo encontrara, creo que no me detendría. Yo mismo me siento podrido por dentro».

A esta altura Gloria se acercará y le pasará la mano por la cabeza. Su cabello sigue teniendo vitalidad, casi la misma de hace veinte años. El lunar junto a la patilla no ha aumentado de tamaño. Las mejillas siguen bien afeitadas y tersas. «Ahí tenés a mis hijos», seguirá probablemente él, porque éste es uno de sus temas favoritos. «¿Qué querés que haga con Hugo? Me da fiebre. El estúpido me quiere imitar. ¿Con qué? Por favor. Tiene una mujercita estupenda y la ignora. Se recibió de contador porque lo llevé poco menos que en parihuelas hasta las mesas examinadoras. Y ahora, desde que es profesional, le proporciono las mejores muletas para su tullida labor: mis influencias. Él cree que las asesorías contables le llegan por su linda cara. Por favor. El otro, Ramón, es muy distinto. Ve claramente las cosas, es inteligente, desde que era un botija tenía una mirada vivaz que todo lo captaba. Por eso me duele más, mucho más. Abandonó la carrera, pero eso qué me importa. Juega a ser izquierdista, él mismo está convencido de que lo es. Ja. Le di la plata para que pusiera una agencia de viajes, con la secreta esperanza de que me dijera que no. Pero aceptó, ¿te das cuenta? En vez de decirme: Viejo, métase la plata en el culo, yo voy a empezar de abajo, con lo que puedo y soy, nada más. Ahora, si se llega a enterar que estoy en negocios sucios con Molina, ¿acaso tiene cojones como para enfrentarse decididamente y decirme: Viejo, usted es un chancho y ésta es la última vez que le dirijo la palabra? No, no me va a decir eso. Él no sabe qué abrazo le daría. No, en vez de eso seguro que se asustará y vendrá a rogarme que abandone la porquería, no por la porquería en sí, sino para que no se ensucie el nombre de la familia. ¿Qué más suciedad puede lograr el nombre Budiño que la que yo le he otorgado, con el general beneplácito de la nación, esa misma nación que en castigo me ha convertido poco menos que en prócer? Sí, seguro que me diría que hay que pensar en Hugo, en Gustavo, en Susana, en todos. Naturalmente. Pero el único en que él no piensa es en mí, en que yo soy su padre y que estoy podrido. Eso no le preocupa. Recibo delante suyo a los mequetrefes que la Embajada me recomienda, les reparto armas y les doy los consejos más crápulas que puedo extraer de mi repertorio, y él domina heroicamente sus náuseas y les da la mano a esos babiecas en vez de sacarlos a patadas. En las reuniones familiares, mira codiciosamente a Dolly, pero estoy seguro de que nunca se atreverá a hablarle, a tocarla, a acostarse con ella. Un indeciso, eso es lo que es. Un indeciso y un cobarde. El resultado es que me odia. Me odia tanto que quisiera verme muerto, y estoy seguro de que su ensueño favorito ha de ser la maquinación de mi asesinato. Pero nunca conseguirá el valor suficiente para cometerlo. No es capaz de matar una mosca, pero en este mundo hay que ser capaz de matar algo más que moscas. Ahora ya no hay solución entre él y yo. A partir del momento en que aceptó mi plata para la agencia, todo se acabó. Cada vez me odiará más. Cada vez lo despreciaré más. Ahora, sólo podría salvarse si se decidiera de una vez por todas a acabar conmigo. En el momento en que me apuntara con un revólver, en el instante mismo del fogonazo, yo lo estaría queriendo y perdonando. Fijate que ésa sería la salvación para los dos. Porque estoy aburrido de ser así, y hay días en que me siento desfallecer. Pero a esta altura ya no puedo permitirme desfallecimientos. A esta altura no vale arrepentirse y empezar de nuevo. Cuando decidí ser como soy, lo hice con toda lucidez. No vale decir: qué lástima, me equivoqué, pido perdón a la sociedad, a la familia y al fisco. Me dirás: ¿y la conciencia? No creas, yo también hago la misma pregunta. La diferencia está en que vos me la hacés a mí, y yo se la hago a ese fantasma llamado Dios. ¿Y la conciencia?, le pregunto. Pero mi pregunta es un reclamo, como cuando vas a un comercio a protestar porque te dieron un artículo con una pieza de menos. ¿Y la conciencia? Eso es lo tremendo. Yo no tengo. O si tengo, nunca la he encontrado.»

Ya lleva diez minutos de atraso. Gloria se agacha hasta el revistero, toma *La Gaceta* y la abre en la quinta página. El editorial de Budiño empieza más agresivamente que de costumbre. ¿Será cierto que el país no tiene fondo? Y ella, Gloria Caselli, ¿tiene fondo? ¿Acaso Budiño no hizo también con ella lo que quiso, y ella siempre accedió, sin rebelarse, sin protestar? ¿No la despreciará por esa aquiescencia que Gloria antes calificara de amor y ahora de comprensión? ¿Comprenderá de veras? Gloria cuarentona, todavía atractiva, todavía deseable, imagina por un instante cuál pudo haber sido su vida si aquel diez de septiembre, cuando él le dijo: «¿Querés ser mi amante?», hubiera respondido sencillamente: «No». Un monosílabo, sólo eso. Quizá se habría casado, como Berta su hermana, y tendría dos botijas, y un marido, como Fermín, que sólo sabe hablar de fútbol y quiniela, Fermín que conoce la alineación exacta que tuvo el equipo de Peñarol en los últimos quince años y que en el programa de Preguntas y Respuestas no ganó los diez mil pesos sencillamente porque lo estafaron, ya que él había elegido el rubro: «Fútbol profesional de primera división A, jugado en el Estadio Centenario desde el año 1940 a la fecha», y aquel malintencionado le preguntó cuál era el libro de cabecera de Juan Alberto Schiaffino. Quizá habría engordado como Berta, que ya no se pone faja ni hace gimnasia y se ha resignado a las varices, y habría archivado definitivamente sus pretensiones de gran idilio, y derramaría una lagrimita en cada Día de la Madre, cuando el chiquilín le entregara la composición anual que le ordenan en el colegio en tan emotivo aniversario, y se abrazaría dos veces por semana con el corpachón sudoroso de Fermín o un sucedáneo no menos repulsivo, con la misma sensación de rutina con que un estibador se resigna a la estiba o un cura confesor se resigna al pecado. En ese caso, más le ha valido haber dicho sí, a su modo, claro, o sea: «Soy tan feliz, profesor». No importa a qué estado hayan llegado ahora las cosas; lo cierto es que aquello fue realmente una aventura, casi como las del cine o las novelas, una aventura en la que ella fue protagonista. Pero también es cierto que ni aun en los primeros años, ni siquiera en los primeros meses, ella sintió que aquél fuera *su* hombre. Deslumbrada como estaba, había alcanzado a captar, sin embargo, que ella era una suerte de instrumento, insignificante instrumento de aquel hombre difícil, impenetrable, duro. Había alcanzado a captar que era gozada, pero no querida; deseada, pero no necesitada. Ella era el instrumento del goce del hombre, y tenía validez mientras él la precisaba como provocación de sus sentidos. Después, cuando él lanzaba su último ronquido de placer, y se aflojaba sobre ella como una masa rebosante que casi la asfixiaba, Gloria sabía lo que venía; el abandono liso y llano, la mirada de él fija en el cielo raso, la sensación de que en ese momento ella era para el hombre algo menos importante que la cómoda o el ropero o las sillas. La etapa confidencial no viene de entonces, sino que ha comenzado en estos últimos años, desde que el vigor no concurre a la cita. Gloria enciende un cigarrillo y hace los aritos de humo que él le enseñara aquella tarde en que la impulsó a fumar. Y a la altura del tercer arito lanza la primera pregunta: ¿Esto de ahora es un modo de comunicación, o es la nueva forma descubierta por él para seguirla usando como instrumento, para seguirla gozando sin amor, para seguirla utilizando como provocación, ya no de sus sentidos sino de su agilidad mental, y para abandonarla luego y reintegrarla a su condición de mueble? Mucho antes de que termine la pregunta, el arito rehuye su responsabilidad y se vuelve invisible. Y en el momento en que ella lanza su segunda bocanada, suena el timbre.

130

Cuando Gloria abre la puerta, él está apoyado en una sola pierna y tiene el sombrero en la nuca. El soplido de cansancio precede en dos centímetros al beso en la mejilla. Gloria lo ayuda a quitarse el saco y le alcanza las chinelas. Cada zapato cae al suelo con el ruido de siempre. Desde el dormitorio, Gloria ve cómo él se lava las manos y la cara. Después Edmundo Budiño va hasta el sillón de esterilla, acepta el whisky con dos cubitos y tres dedos de soda, y pregunta, con una sonrisa que no puede dejar de ser dura:

—¿Cómo has pasado?

8

—¿Vas al Centro?

—Sí. ¿Querés que te lleve?

—Bueno, dejame en la Universidad.

—¿Volviste a discutir con tu abuelo?

—No. Después de aquella trenzada, decretamos armisticio.

—Tu madre quedó preocupada.

—Sí, ya me dedicó varios sermones.

—Lo cierto es que está preocupada.

—¿Y vos no?

—No demasiado. Creo que te comprendo mejor que tu madre.

—¿Estás seguro?

—Tanto como seguro... De todos modos, tratá de ser amable con ella, de no asustarla. Bien sabés cómo es de nerviosa.

—Lo que pasa es que mamá se asusta de todo. Hay una cantidad de palabras que le producen pánico.

—Bueno, no se las digas. Lo único que ganás es que en casa no haya tranquilidad. Pensá lo que quieras, pero no estés discutiendo todo el santo día sobre lo mismo.

—¿A vos también te parece inútil discutir sobre todo esto que está pasando?

—No, por cierto. Lo que me parece inútil es que discutás con tu madre. No la vas a convencer. Y menos aún a tu abuelo.

—Abuelo es otra cosa. Mamá se asusta sinceramente, y además no entiende nada. Abuelo, en cambio, comprende perfectamente, pero prefiere asustar antes que asustarse.

—Son hombres hechos a otra medida. No quieren perder su mundo.

—Ya lo sé. Y harán lo imposible para no perderlo. Pero lo que más me revienta es esa pose de pasado sin mácula, de inatacable honradez, de superpureza. Me refiero a sus artículos, a la actitud del diario; no a lo que me dice a mí. Cuando habla conmigo, tiene la coquetería de aparecer como algo peor de lo que es.

—Todos somos un poco esclavos de las apariencias; ellos, nosotros, también ustedes. Lo que sucede es que son apariencias distintas.

—¿En qué somos nosotros esclavos de las apariencias?

—El Viejo te lo dijo el otro día. Fue una de las pocas cosas en que mentalmente le di la razón. Ustedes creen que la revolución es andar sin corbata.

—Por algo se empieza: ustedes ni eso.

—Ya lo sé, ya lo sé. Pero ustedes empiezan a hablar, a gritar, a organizar mítines, se inflaman solos, y llegan a convencerse de que el país es eso que proclaman y sólo eso. Pero el país es otra cosa bastante peor, tal vez, que esa tierra ideal que ustedes inventaron.

—¿Quién te contó ese cuento?

—Mirá, Gustavo, en el fondo vos y yo estamos de acuerdo. Habría que acabar con esta encerrona de los capitales, con la tierra en tan pocas manos, con la falta de personalidad y de originalidad en nuestra política internacional, con la corrupción administrativa, con el negociado de las jubilaciones, con el pequeño y el gran contrabando, con la *muñeca*, con los caudillos de club, con las torturas policiales, con los autos baratos para diputados. Claro que habría que acabar con todo eso, pero lo que ustedes no comprenden es cómo se han gastado los resortes de la sensibilidad.

—¿En qué sentido?

—Mirá, el otro día escuché en la televisión a un diputado colorado y se burlaba en la misma cara del pueblo. Su tesis era ésta: «Durante cuatro años ustedes se quejan de aquellos diputados que, como yo y tantos otros, importamos autos baratos. Lo consideran la gran inmoralidad. Pero cuando llega el momento de votar, ustedes nos eligen a nosotros, no a los que se abstuvieron de aprovechar la ventajita. Eso quiere decir que el pueblo no le da mayor importancia a esos detalles».

—Qué careta.

—Claro que es un careta. Sin embargo, en el fondo, desgraciadamente tenía razón. La gente le da cada vez menos importancia a detalles que tienen que ver con la moral política. La gente sabe que en las altas esferas hay grandes y productivos negociados. Considera que no está en su mano evitar semejante estafa. Entonces el hombre de la calle, cuya única participación política es el voto, se resigna y se las ingenia para hacer él también su pequeño negocio, su módica estafa. Convéncete de que la crisis más grave en este país es la crisis de ejemplo.

—Decí mejor que empezó por ahí. Pero ahora la cosa no se arregla con dar buenos ejemplos. Hay un orden económico que es preciso cambiar.

—Sí, Gustavo, estamos de acuerdo. Pero, encandilados por esa transformación del orden económico, ustedes se meten la moral en el bolsillo, y en eso están completamente equivocados.

—Lo que pasa es que la crisis es económica y no moral. En todo caso, la crisis moral está inscrita en una determinada estructura económica.

—Mirá, ustedes que tienen a Marx pegado con alfileres y se llenan la boca con el concepto de la plusvalía relativa, podrían recordar de vez en cuando que Marx habla de la economía política, de las ciencias de la riqueza, como de una verdadera ciencia moral, la más moral de todas las ciencias. ¿No se les ocurre que, aunque el marxismo denuncie la enajenación del individuo bajo el régimen capitalista, en realidad también está proponiendo un cambio de signo de esa ciencia moral? ¿Qué harían, vos y todos tus revolucionarios sin corbata, con la posibilidad de un cambio de estructura, como tanto les gusta decir, y con la inmediata entrega de esa estructura recién cambiada a un malón de tipos inmorales, ambiciosos, maniobreros, fallutos? Me parece macanudo que cambien la estructura, pero traten de que simultáneamente se transforme el signo moral de este pueblo, porque de lo contrario el cambio se desmoronará, y la evolución o revolución o lo que sea habrá sido inútil. ¿No se te ha ocurrido pensar que en este país existe una gran apatía política, un colectivo encogimiento de hombros, debido tal vez a que las ahora viejas conquistas sociales le fueron dadas a un pueblo que todavía no las había reclamado? Por eso, después de haber estado a la vanguardia continental, ahora todos nos pasan, todos tienen en América más conciencia social que nosotros, todos viven más exactamente al día con los cambios del mundo, y cuando llegue el momento de esa Gran Transformación con que ustedes sueñan, verás como este Uruguay tan pulcro, tan democrático, tan equilibrado, tan ejemplo de América, tan famosamente libre y sin embargo tan irremediablemente estancado, será el último en comprender la lección de la historia, el último en abandonar su esplendoroso ritual de hipocresía.

—Todos ustedes son así: aparentemente ven claro, pero en el fondo son destructivos. Sólo sirven para inventariar los defectos, las carencias.

—No, Gustavo, la diferencia sólo es de ritmo. Yo creo que la única transformación eficaz vendrá por la educación política, y ésta requiere su tiempo. Vos en cambio creés que el cambio será repentino, que madurará de golpe, qué sé yo. Recuerdo claramente que antes de los veinte años todo parece urgente, y es cierto, es urgente. Pero el reconocimiento de que una necesidad sea perentoria no siempre significa que la solución sea inminente. Ojalá tengan razón, vos y tus amigos, pero para mí sólo existen dos vías para adquirir conciencia política: una es el hambre y el despojo, la otra es la educación. Nosotros no hemos sufrido hambre ni despojo, por lo menos no lo hemos sufrido como otros pueblos de África o de América, y por otro lado no hemos sido convenientemente educados. De ahí que nos importe tan poco la verdadera transformación política y en cambio nos importe tanto el fenómeno político bastardo, adulterado. Cuando te digo esto, pienso en la chata ambición burocrática, en la red de clubes, en el gran Nirvana de los jubilados, en la corrupción al menudeo. Ustedes hacen sus planes sobre la base de un pueblo que previamente idealizan, pero ese mismo pueblo no ha dado aún el visto bueno a la idealización que ustedes han decretado. Y conste que esto que te estoy diciendo no va contra el pueblo ni contra ustedes. Ustedes son macanudos y tienen las mejores intenciones, lo reconozco, pero meten la pata cuando sólo tienen en cuenta esquemas económicos, por añadidura ajenos, y se olvidan de la realidad básica; el pueblo también es macanudo, hay en él una excelente materia prima, pero antes de que esta materia prima sea utilizable, es imprescindible educarlo. Aquí todos saben leer y escribir, pero no saben pensar políticamente si no es en términos de empleos públicos o de jubilaciones. Hay cosas que se arreglan con *slogans*, pero otras no. Si hacés una encuesta sobre reforma agraria, por ejemplo, te vas a encontrar con que sus más entusiastas defensores son los profesionales, los intelectuales, los estudiantes. Siempre clase media para arriba, la mayoría de ellos con algún pisito horizontal en su activo inmovilizado. Pero te invito a que recorras el campo, y si encontrás un paisano, joven o viejo, que no se asuste cuando le mencionas la reforma agraria, o que no rechace sincera y tajantemente esa posibilidad, habrá que condecorarte o, mucho más sencillo, no creerte. Convencete de que, ahora al menos, nuestro peón de estancia no tiene sentido de la tierra, le gusta sentirse nómada. Ése es su precario y aventurero concepto de libertad, saber que hoy puede hacer una doma aquí, mañana una esquila allá, saber que no está atado a nada, o por lo menos creer que no lo está; un sentido heredado del gaucho, según dicen los enterados. Así que, antes de hacerles un chiripá con la bandera de la reforma agraria, habría que inculcarles el sentido de la tierra, y pensá también esto: si no lo tienen ¿será tan importante inculcárselo? ¿No habrá otros medios de hacer justicia social, claro que acabando con la plaga del latifundio? ¿No habrá otras variantes que se adapten mejor a nuestro temperamento y, por qué no, a nuestras inhibiciones? Mientras ustedes copien al carbónico las lecciones de Bolivia, de Cuba o de Ghana, mientras ustedes miren a nuestro peón de estancia decretando previamente sus equivalencias con un guajiro cubano o un minero de Oruro, la cosa no va a marchar. Me dirás que mañana o pasado puede ocurrir algo en Brasil o Argentina, algo que sea tremendo y arrollador, y que ese algo nos incluya de golpe en una ola más o menos revolucionaria. Puede ser, pero la madurez no se adquiere por decreto. Si estallamos, no por propia convicción, sino pura y exclusivamente porque estallan nuestros vecinos y el fuego se propaga, lo más probable es que las llamas recibidas no nos sirvan de nada, como no sea para destruirnos. Mientras no fabriquemos nuestra propia mecha y nuestra propia pólvora, mientras no adquiramos una conciencia visceral de la necesidad de nuestra propia explosión, de nuestro propio fuego, nada será hondo, verdadero, legítimo, todo será una simple cáscara, como ahora es cascarita, sólo cascarita, nuestra tan voceada democracia. Y si nuestros primates, incluido tu abuelo, pueden decir impunemente que tienen las manos limpias, ello sólo se debe a que nuestro concepto de la higiene política deja mucho que desear. Y ahora bajate, porque aquí no puedo estacionar el coche.

9

Es temprano: las dos y veinte. Todavía no quiero ir a la oficina. Seguramente habrá una muchedumbre esperándome. Bueno, que esperen. Quiero sentarme un rato en el café y leer los diarios. Esta mañana sólo tuve tiempo de echarle una ojeada a los títulos. Aún no me amargué con el diario del Viejo. ¿Sobre qué escribirá hoy? ¿Contra los negros? ¿A favor de Isaac Rojas? ¿Contra los feriados? ¿Defenderá la reglamentación sindical? Después de todo, cualquier tema es legítimo. Pero ¿por qué será que el Viejo convierte sus artículos en obras maestras de abyección?

—Walter ¿cómo andás?

—Te vi entrar. Yo estaba en la mesita junto a la ventana. La otra tarde estuve por llamarte. Después no me atreví.

—¿Desde cuándo esta timidez?

—Era un asunto delicado. Primero resolví que no era posible conversarlo por teléfono. Después me dejé estar, y al final no te hablé.

—¿Era tan incómodo?

—Bastante. Se trata de tu padre.

—Ah.

—Vos sabés que en la Oficina estoy de secretario del director Molina. El otro día me enteré, sin querer, de un asunto bastante sucio.

—No me digas que está metido el Viejo.

—Precisamente.

—Bueno, no me extraña.

—Es un negocio importante, relacionado con la fábrica. A tu padre puede reportarle medio millón.

—La pucha. ¿Y a Molina?

—Otro tanto.

—¿Y vos qué pensás hacer?

—Nada. Pero si no hago nada, te aclaro que no es por tu viejo ni por Molina ni por nadie, ni siquiera por plata. Además, nadie sabe que estoy enterado. No hago nada, porque ya conozco el trámite de estas cosas. Si los denuncio, me hacen un sumario, Molina me traslada en comisión a alguna oficina como Archivo, donde quede enterrado hasta el fin de mis días, y tu padre saca algún *rumor* en su diario con la versión de que en la oficina Tal el empleado Cual es criptocomunista y sin embargo ocupa un puesto de notoria responsabilidad y tiene acceso a informaciones que pueden ser vitales para la seguridad nacional y eso no puede ser tolerado por los auténticos demócratas de este país de libertad. Ya lo estoy viendo.

—¿Y para qué querías llamarme?

—Para ponerte sobre aviso. Sé que vos no andás en esas porquerías y ésta sin embargo puede perjudicarte. A vos, a tu Agencia, incluso a tu hijo. Hay un periodista que se enteró, ¿sabés?, y está esperando que el asunto se concrete para lanzar la bomba. Pensé que podías hablar con tu padre, convencerlo de que el asunto se va a destapar, en fin, convencerlo de que va a salir perdiendo.

—¿Quién es el periodista?

—Larralde.

—¿Alejandro Larralde? ¿El de *La Razón*?

—Sí.

—Seguro que va a armar el gran escándalo.

—Imaginate. No es para menos.

—Te agradezco, Walter.

—¿Qué vas a hacer?

—No sé todavía. Para mí, es tan difícil hablar con el Viejo. No andamos bien, ¿sabes? Pero esto no puede ser, no puede ser.

—Buenas tardes, señor Budiño. Tiene siete llamadas y cuatro personas que lo esperan.

—¿Qué pasa? ¿Abella no atiende hoy?

—El señor Abella recibió a unas veinte personas, pero estas cuatro piden hablar personalmente con usted.

—Está bien, déjeme la lista de las llamadas.

—Señor, además quería pedirle un favor.

—Diga señorita.

—Hoy es mi cumpleaños y quisiera salir un poquito más temprano.

—Caramba, justamente hoy tenía pensado liquidar toda esa correspondencia con Estados Unidos.

—En ese caso, señor.

—También podemos dejarlo para mañana. En homenaje a su cumpleaños.

—Gracias, señor.

—Debe de ser muy joven usted.

—Cumplo veintiuno, señor.

—Probablemente será una agradable sensación cumplir ventiún años, tener un buen empleo y esa linda presencia.

—Eso mismo dice mi novio, señor.

—La felicito. Veo que es un hombre sensato y de buen gusto.

—Gracias por el permiso, señor. Voy a decirle al señor Ríos que pase.

—Espere un poco, señorita. Antes quiero leer este informe.

Estuvo bien la secretaria carnosa. Sólo le dije linda, y en seguida me tiró con el novio. Una especie de exorcismo. Ya lo conozco al tipo. El otro día los vi hechos un nudo en la última fila del California. Seguro que hoy la va a besuquear en gran forma. *Happy birthday to you*. Que le aproveche. ¿Y ahora cómo le digo al Viejo? Negocios sucios, siempre lo temí. Después de todo, a mí qué me importa. Pero ¿y Gustavo? No quiero que llegue a tener vergüenza de su nombre. Qué frase, parece de Alejandro Dumas. La macana es que no hay otra forma de decir que no quiero que llegue a tener vergüenza de su nombre. Que es también el mío. Pero a mí no me lastima tanto. Ocho seis cuatro cinco tres.

—¿Javier? Habla con Ramón. ¿Cómo sigue el reuma de la señora? Me alegro, me alegro. Dígame, ¿está mi padre? ¿A las cinco? Bueno, Javier, a esa hora estaré ahí.

Y ahora: que la secretaria carnosa traiga al señor Ríos.

142

—¿El señor Budiño?

—Sí, mucho gusto.

—Le pido que me excuse por haber insistido en hablar con usted personalmente. Sé que es un hombre ocupado.

—No se preocupe, señor Ríos. Para eso estamos.

—Lo que pasa es que mi problema se relaciona con un viaje. Claro, por eso recurro a una Agencia.

—Naturalmente.

—Todo eso es lo corriente y yo podría haberlo conversado con el señor Abella, a quien por otra parte conozco y sé que es una persona muy competente. Pero mi caso tiene algo de particular y yo quiero sobre todo reserva.

—¿Reserva de pasajes, o reserva como sinónimo de discreción?

—Ambas cosas. Señor Budiño, tengo setenta y tres años, soy viudo, tengo dos hijos, dos hijas, y sólo una nieta. Me he hecho el propósito de viajar a Europa.

—¿Por cuánto tiempo, señor Ríos?

—Tres meses, como máximo.

—¿Y cuándo partiría?

—Lo antes posible.

—¿Solo?

—No, con mi nieta. Eso es fundamental.

—¿Barco o avión?

—Barco.

—¿Clase?

—Primera.

—¿Y usted quiere que yo le organice el itinerario, le reserve los hoteles y demás detalles?

—Naturalmente, pero también quiero otra cosa. Algo que no se acostumbra solicitar a las agencias de viaje. Le confieso que lo hago con usted, porque me han dado excelentes informes de su persona. Su amigo Rómulo Soria.

—¿Usted es amigo de Rómulo?

—Es mi médico. Única persona, además, que está en antecedentes de lo que voy a confiarle. Al doctor Soria le fue difícil decírmelo, y ahora confieso que también me es difícil decírselo a usted. En realidad, Soria no me lo confesó hasta que yo no lo adiviné. Prácticamente lo obligué. Pero usted no tiene cómo adivinar.

—No, francamente.

—Después de todo, es bastante sencillo. Tengo cáncer.

—Señor Ríos, no sé qué decirle.

—Se puso pálido.

—Puede ser, pero sigo sin saber qué decirle.

—No me diga nada. Yo entiendo.

—En esas condiciones ¿le conviene viajar?

—Como convenirme, nada hay que me convenga. Pero justamente debido a esas condiciones, como usted ha dicho con toda discreción, tengo derecho a darme una satisfacción última. El doctor Soria me asegura cinco meses de vida, pero agrega que sólo en el cuarto mes comenzarán las molestias, que éstas muy pronto se convertirán en algo más serio y me imposibilitarán todo movimiento. De modo que mis proyectos de vida normal no pueden exceder los tres meses. Claro, usted quiere saber por qué le estoy diciendo todo esto.

—Sí.

—Mire, yo quiero hacer el viaje con mi nieta. Éste es el último regalo que me hago. Pero mi nieta tiene sólo quince años, y si mi hijo y mi nuera supieran que sobre mí pende una amenaza tan segura y a plazo fijo, no sólo no la dejarían venir conmigo sino que de algún modo me impedirían hacer el viaje. En el mejor de los casos, vendría conmigo toda la familia para cuidarme durante la recorrida.

—¿Y no cree, señor Ríos, que eso sería bastante sensato?

—Lo mismo me dijo su amigo el doctor Soria, pero después entendió. También confío en que usted entienda. La posibilidad de viajar durante tres meses con todo un destacamento familiar de hijos, hijas, nueras y yernos, que todo el día se pasarían haciéndome chistes para animarme, y mirándome con compasión y ojos humedecidos no bien diera vuelta la cabeza, le confieso que no me atrae en absoluto. Quiero un viaje completamente normal, con mi nieta, que es lo que más quiero en el mundo. Y con mi nieta contenta, ignorándolo todo, disfrutándolo todo, y apoyándose en mí, a pesar de que en realidad seré yo quien me estaré apoyando en ella. Su amigo me juró que no dirá ni una palabra a mis familiares sobre mi enfermedad. Usted, señor, me jurará lo mismo.

—Claro, pero todavía...

—Ya sé, todavía no comprende del todo. Lo que yo quiero es que usted, además de reservarnos los pasajes y hoteles, además de organizarnos algunas excursiones y darnos algunos consejos con respecto a lugares visitables, mejores museos, etcétera, lo que yo quiero es que, además de toda esa función más o menos rutinaria, vaya usted dando instrucciones a todos los hoteles de nuestro itinerario para que, en caso de que suceda algo, porque también puede ocurrir que su amigo Soria haya calculado mal, para que en el caso de que me suceda algo, mi nieta no deba preocuparse de nada y sea enviada a Montevideo de inmediato y por avión. De más está decir que yo abonaría a su Agencia un importe extra por toda esta atención especial.

—Eso que usted me pide, puede hacerse sin duda alguna. Pero, si usted me permite, yo me atrevería a advertirle que no bien los hoteleros sepan que usted viaja en esas condiciones, le dedicarán la misma compasión de soslayo que usted quiere evitar de parte de sus familiares.

—Sí, naturalmente. También lo he pensado. Pero fíjese que no es lo mismo la compasión accidental y provisoria, casi diría profesional, de un hotelero, de un *maître* o de un camarero, que la compasión probablemente sincera, acongojada, de un hijo o una hija. Usted tiene todo el derecho de atribuirme un corazón de piedra, pero le confieso que en ese caso me molestaría precisamente la sinceridad. Si fueran hipócritas no me afectaría, porque entonces podría despreciarlos, pero quiero mucho a mis hijos e hijas, y ellos también me aprecian, así lo creo al menos. Además, usted que seguramente habrá viajado, ha de saber sin duda que las miradas compasivas de los europeos no estremecen tanto como las de nuestros compatriotas. Es, cómo le diré, una piedad menos compulsiva, menos violenta. Es la piedad de quienes han pasado por bombardeos, campos de concentración, torturas, hambre, amputaciones.

—Yo creía que usted nunca había estado en Europa.

—Nunca estuve. Pero he mirado los ojos de los europeos que han llegado aquí después de la última guerra.

—Usted está haciendo que yo me sienta horriblemente frívolo.

—Oh, no hay más remedio que ser un poco frívolo. Le confieso que yo lo fui mejor que nadie. Usted habrá oído decir que a los ciegos se les desarrollan exageradamente los otros sentidos. Bueno, desde que ha aparecido en mí concretamente la idea, casi diría la fecha de la muerte, se me ha desarrollado exageradamente cierta capacidad para captar la vida, como si alguien, una especie de Dios humorista, hubiera juzgado que mi vieja antena ya no servía, y me hubiera proporcionado una flamante, con un alcance excepcional.

—Afortunadamente, no pierde usted el humor.

—Mire, la perspectiva del viaje con mi nieta, en medio de todo es un estímulo, si no para vivir, por lo menos para terminar de vivir.

—Está bien. Creo que entendí perfectamente lo que usted quiere de nuestra Agencia.

—No precisamente de la Agencia, sino de usted, como un favor personal.

—Entonces venga mañana por aquí, a las tres, con pasaportes, certificados de vacuna, quiero decir los suyos y los de su nieta, y un pequeño memorándum con el itinerario que usted tiene pensado. Con mucho gusto dispondré de una hora para usted y concretaremos todos los detalles. Y si lo ve a Rómulo, dele mis saludos.

Es peor que ver un muerto, mucho peor.

—Señorita, por favor, hoy no recibo a nadie más.

—Pero, señor, hay tres personas que saben que usted está aquí. Además, han visto que recibió al señor Ríos.

—No me siento muy bien. Dígales por favor que vuelvan mañana. Eso es: dígales que no me sentí bien y tuve que irme, y recomiéndeles que vengan de mañana, porque de tarde no podré atenderlos.

—¿De veras se siente mal?

—Un poco de jaqueca, nada más.

—¿Precisa algo?

—No, gracias. Líbreme de esa gente y váyase a festejar su cumpleaños.

—Gracias, señor, y que se mejore.

Como para seguir atendiendo gente. Este hombre. Y aparentemente tan tranquilo. Me impresionó más que cuando vi aquel muerto en la Rambla. Es peor que ver un muerto. Mucho peor. Porque Ríos está decretadamente muerto, pero a la vez lo suficientemente vivo como para darse cuenta de que está condenado. No entiendo cómo puede mirar su futuro, su escasísimo futuro, con tanta tranquilidad. Y además tengo la impresión de que no tiene religión. Se burló tenuemente de Dios. No acabo de entender. Debe de haber algo no totalmente limpio en ese sosiego un poco absurdo, en esa ternura hacia la nieta, en esa conformidad tan lúcida, en ese acatamiento frente al dictamen de Rómulo, en ese desapego frente a la probable compasión de sus hijos. No obstante, tiene buena cara, ojos sin rencor. Todos tenemos que morir, pero lo horrible es saber cuándo acabará la cosa. Aunque la fecha de mi fin estuviera ya resuelta para dentro de cuarenta años, a mí no me gustaría saberla. Debe de ser espantosa esa sensación de que uno está gastando minutos, de que uno se está acercando irremediablemente a una fecha fija, determinada. ¿Qué se sentirá cuando se tiene la absoluta seguridad de la condena? Quizá se tenga la sensación de que el tiempo comienza a transcurrir a una velocidad vertiginosa, de que uno cierra los ojos por un instante y cuando los abre ya ha pasado medio día. Debe de ser algo así como ir en un cuestabajo, en un auto sin frenos. Tuve una vez la sensación inmediata, urgente, de mi muerte. Por cierto, mucho más urgente que esta prórroga de cinco meses que Rómulo le asegura a Ríos. Al cruzar la vía ferroviaria, entre Colón y Sayago, en una noche de mil novecientos treinta y ocho, tal vez treinta y nueve. Venía de casa de la húngara. Como siempre, me daba pereza llegar hasta la barrera. Saltaba el alambrado y cruzaba aquí, allá, en cualquier lado. No había, no hay luna. Vengo pensando todavía en la húngara. No sé cómo se llama aunque alguna vez me dijeron el nombre. Erzsi o algo parecido. Pero en Preparatorios todos la llamamos la húngara, o mejor dicho Húngara a secas. Qué tipa. Mezcla sexo con folclore y con patria. Acostarse con ella es también acostarse con las hordas de Arpad, con San Ladislao, con la Dieta de Debrecen y la batalla de Temesvar. Sabe besar como una reina, pero entre beso y beso, esa misma noche, entre abrazo y abrazo, que son además unos abrazos de pulpo, frenéticos, múltiples y rápidos; entre caricia y caricia, que de tan contundentes me dejan la piel colorada, como con urticaria; entre sábana y sábana, porque nunca usa frazadas ni siquiera en pleno julio y yo peligraría congelarme si no fuera porque ella transmite un formidable calor animal, mucho más eficiente que cualquier porrón o bolsa de agua caliente; entre gesto de amor y gesto de amor, ella me pone al tanto de las pretensiones de Juan Zopalya, de las relaciones de ese señor con los turcos, y, también, lógicamente, de la paz de Nagyvárad. Sólo como excepción me habla de sus hermanos György y Zsigmond, ambos violinistas, uno de la Wiener Symphoniker y otro de la orquesta de Radio Lepzig, que sólo le escriben para Navidad poniéndola al tanto de los chismes políticos de Europa Central y también de sus propias juergas. Como mi vigor sexual termina mucho antes que la historia de Hungría, ella dice Adiós y yo digo Chau Húngara. Después de haber estado con semejante persona, es fácil caminar distraído en una noche sin luna; yo personalmente me distraigo porque voy repasando sus arranques y explosiones, sus interminables inventarios de nombres y de fechas, y entonces paso el primer alambrado y después el segundo, y atravieso, mejor dicho, intento atravesar las vías en cualquier lado, pero no advierto que estoy a la altura del desvío, y pongo mi pie derecho en los rieles en el preciso instante en que desde la Estación Colón hacen el cambio, porque ahora va a pasar el tren de la una y siete, y quedo atrapado, estúpidamente atrapado, y el dolor no me importa, lo que me importa es la absoluta seguridad de que dentro de cuatro minutos, cinco a más tardar, pasará el tren de la una y siete, y no podré escaparme porque este cepo de hierro me ha tomado casi a la altura del tobillo, y el pie queda allá abajo y sin escapatoria, y desde el pie me sube un horror que no es sólo miedo a la muerte sino conciencia de mi estupidez, maldición tras maldición por haber caído tan absurdamente en una trampa que nadie preparó para mí, conciencia de que si hubiera dado mi paso diez centímetros más allá o más acá, ni siquiera me habría dado cuenta del peligro corrido, o a lo sumo, al sentir el crac de los rieles, habría pensado que estaba por pasar el tren de la una y siete, y hace frío y viento y sin embargo yo sudo y me agito y digo repetidas veces Peste de Húngara, como si la pobre Erzsi, que hace tan bien el amor y sabe tanto de historia, tuviera la culpa de esta necedad mía, y prometo que si me salvo pasaré siempre por la barrera, pero sé que se trata de una promesa completamente inútil porque nadie puede zafarse de esos hierros, y forcejeo, y siento el primer ruido del tren, y un torrente de imágenes, aisladas o superpuestas, pasan por mi cabeza, y alcanzo a pensar, igual que los ahogados, las cosas más dislocadas y fragmentarias, *mi madre alcanzándome una empanada de carne*, y por qué no de espinaca o de pollo, nada de eso, *mi madre alcanzándome una empanada de carne, las trenzas de Julia, una de ellas a medio soltar, el zapato del Viejo apretando el pedal del embrague*, sólo el zapato, por qué, *una azotea con una sola camiseta tendida que agita las mangas como brazos*, otra vez Mamá pero ahora *lavándome los pies en una palangana celeste con un bordecito azul oscuro*, nunca conocí esa palangana, cuándo pudo Mamá haberme lavado los pies, *mis pequeños y rosados pies en una palangana celeste con un bordecito azul oscuro*, y también la Vía Láctea, pero esto no es imagen en mi cabeza sino que está arriba en este cielo que veo, y el ruido del ferrocarril es cada vez más audible, más imponente, más cercano, y mi forcejeo es ya totalmente enloquecido, una especie de presión circular que me lastima horriblemente el tobillo, y el tren, quiero rezar pero mezclo las oraciones aprendidas hace tantos años, *padrenuestro que estás en los cielos llena eres de gracia*, no sé, no sé nada, *además, a Dios qué le importa de mí, del tren, de mi pie, del pie de mi padre, ahora sin zapato, aprentando el pedal del embrague*, y el tren, y la luz que empieza a iluminarme, *y la piel de Rosario, y la piel de Rosario, la piel de Rosario, Rosario, Mamá*, y el tren monstruoso, enorme, con su espantoso ojo de luz, *padrenuestro*, ya está, ya está, grandísimo, *no, a mí no*, aaaay, *zafé y pasó* en vez de pasó y zafé, *mi pie está aquí, entre mis manos, sin zapato*, y el tren pasó, *mi pie está conmigo, yo soy mi pie*, cómo pude, cómo, el ruido se aleja, se pierde, *mi pie querido, lastimado, sangrante, feliz, mi pie feliz y mío, qué lindo este dolor cuando me paro, mi pie, lo tengo, gracias a quién, no supe el padrenuestro, Húngara buena*, no quiero ver cómo quedó el zapato aunque ahora se abrieron los rieles, *cómo sudo y qué frío, qué chucho*, pero tengo mi pie. Naturalmente, lo de Ríos es otra cosa, primero porque tiene setenta y pico y yo tenía veinte o veintiuno, y además puede irse preparando de a poco, mientras que yo tenía apenas cinco minutos para acostumbrarme a la idea de que el tren se me venía encima y no podría no hacerme papilla. Tuve cualquier cosa menos serenidad, porque todavía hoy pienso en eso, y me recorre un escalofrío, y aquel horrible ojo luminoso, aquella suerte de cíclope que se me acercaba, ha aparecido por años en mis pesadillas. Todas mis comidas pesadas, homenajes, despedidas de soltero, pavos de Navidad, terminan para mí en un ferrocarril que se acerca mirándome, como si disfrutara de antemano con mi aplastamiento, y curiosamente en mis sueños nunca me salvo, nunca consigo extraer el pie en ese último tirón desesperado. Pobre Ríos. Su ferrocarril viene más despacio, pero aquí no hay último tirón que valga. Sus preparativos, su pacífica previsión, sus cuidados hacia la nieta, me parecen el equivalente de que yo, con el pie atrapado, me hubiese puesto a cuidar la raya de mi pantalón, o a peinarme, o a silbar un tango, o a sacarme mentiras de los dedos o a sorprenderme científicamente porque mis glándulas sublinguales producían más saliva que de costumbre. No entiendo cómo es posible analizar el propio pánico, no a prudente distancia, como yo puedo hacerlo ahora, sino en el centro mismo del terror, como lo hace Ríos.

—¿Qué tal, Javier? ¿Llegó mi padre? Menos mal, me atrasé un poco y temí que. Buenas tardes, Papá.

—Me pescaste de casualidad. Iba a salir.

—¿No tiene diez minutos?

—Diez minutos, sí. No más.

—Insisto porque es grave.

—Vos siempre estás grave, ¿no podés aflojar un poco esa tensión inútil en que siempre vivís?

—Le aseguro, Papá, que usted no contribuye a que mi tensión afloje.

—Claro, la culpa es mía.

—Voy a ser concreto: ¿conoce a Molina?

—Sabés que lo conozco.

—¿Ha estado en contacto últimamente con él?

—Parece un interrogatorio policial.

—Quizá sea un anticipo de interrogatorio policial.

—No me digas.

—Papá, sé positivamente que usted anda en negocios no muy limpios con Molina.

—No me digas.

—Negocios relacionados con la fábrica.

—No me digas.

—No se haga el cínico.

—¿Qué más?

—Hay un periodista que está esperando que el asunto se concrete. Está esperando, nada más que para iniciar su ofensiva.

153

—Hasta ahora, ésta es la primera cosa importante que decís. Pero seguramente no será para tanto. ¿Quién es el periodista?

—Eso no importa.

—Cómo que no importa.

—Tendría que alcanzarle con saber que es un diario de la oposición.

—Me lo imagino.

—Y que es más que probable que el diario esté dispuesto a presentar el asunto con bombos y platillos. Destapar un tarro siempre es periodístico. Y si el tarro es el de Edmundo Budiño, más aún.

—Lógico. Yo haría lo mismo.

—¿Es mucho pedirle que por una vez no piense exclusivamente en su interés?

—¿Te preocupa la sombra que esta revelación pueda arrojar sobre vos, sobre Hugo?

—Sobre Gustavo, fundamentalmente. Hugo no me preocupa. Tengo la impresión de que tiene tan pocos escrúpulos como usted. En cuanto a mí, naturalmente, preferiría que nuestro nombre no quedara sucio para siempre. Pero le confieso que no es la revelación lo que me preocupa, sino que usted ande en estas cosas. La revelación la sabré tragar, creo que soy bastante fuerte para eso. Pero Gustavo es un chico.

—Estate tranquilo.

—¿Le parece que puedo estar tranquilo?

—Mirá, sólo hay tres periodistas que pueden haber husmeado este asunto: Suárez, Friedmann y Larralde. Sólo me preocuparía que fuera Suárez. ¿Es él?

—No.

—Suárez me preocuparía porque es, cómo te diré, un fanático. Cuando se le mete una cosa en la cabeza, no hay nada que lo haga cambiar de rumbo.

—¿Y los otros dos?

—A los otros dos sí hay cosas que los pueden hacer cambiar de rumbo. A Friedmann, por ejemplo. Pero no es Friedmann, estoy seguro.

—No, es Larralde.

—Desde el comienzo tuve esa sospecha. Entonces, podés dormir tranquilo.

—¿Dejará todo sin efecto?

—¿Quién? ¿Larralde o yo?

—A usted me refiero.

—Ramón, no pretenderás dictarme normas, ¿verdad?

—Si pudiera.

—Ya estoy muy viejo para que me hables en ese tonito. Seguramente vos te creés muy moral.

—En eso no hay muy. Se es o no se es.

—No seas falluto, Ramón. Bien sabés que este negociado, como vos decís, no es el primero. ¿Verdad que lo sabés?

—Desgraciadamente, tengo indicios para imaginarlo.

—Ah. O sea que, de acuerdo a esos indicios, y ya que tenés tan despierta la imaginación, quizá puedas también figurarte que mi capital no lo he formado con procedimientos demasiado angelicales. Convencete de una buena vez que, en este país al menos, y con la sola excepción de los que sacan la lotería, todo individuo que en pocos años se hace rico, verdaderamente rico, no es un santo. Yo me hice rico en esa forma. Y además

155

no gané a la lotería. Ergo: no soy un santo. ¿Viste qué simple?

—Demasiado.

—Pero acontece que mi, digamos, falta de escrúpulos, para ponerle un nombre, nos arrastra a todos. Incluso a vos.

—¿A mí?

—Naturalmente. ¿O acaso crees que toda mi fortuna ha sido suciamente obtenida, con la única excepción de los ochenta mil pesos que te proporcioné para que te instalaras con la Agencia?

—Ah, para ahí rumbeabas.

—Esa plata es tan limpia, o tan sucia, según los puntos de vista, todos muy respetables, es tan limpia o tan sucia como el resto de mi dinero. Mis procedimientos siempre han sido los mismos, claro que variándolos de acuerdo a los tiempos. Pero no ha habido cambios fundamentales. Para tu gobierno te diré que la única plata verdaderamente limpia que he obtenido es la escasa que he ganado en el Casino. Pero no creo que haya destinado de esa ganancia ni un solo peso para tu honestísima Agencia.

—¿Qué me quiere decir con todo eso?

—Vamos, yo no soy quién para meterme en tu vida. Te aclaro esto, porque como resulta que tenés tantos escrúpulos, a lo mejor te conviene pensarlo.

—Bien sabe que en dos años más le reintegro todo lo que me prestó.

—Es probable. Pero eso no altera el planteo del problema. Que vos me pagues hasta el último centésimo me parece correcto, y no seré yo quien te reclame más. Pero, si yo estuviera en tu posición, quizá pensaría que todo este proceso de la Agencia estaba viciado de nulidad. Porque fui yo, con mi plata suciamente ganada, quien te dio la oportunidad que otros no tienen. No importa que me devuelvas el dinero. El hecho sigue siendo el mismo. Vos, y tu mujer, y Gustavo disfrutan de una posición económica y social que, en honor a la verdad, no puede considerarse estrecha. Pero esa linda posición se debe pura y exclusivamente a que yo, el Viejo cretino y deshonesto, te di a vos ochenta mil pesos suciamente habidos. Dentro de dos años, antes quizá, me habrás devuelto todo el dinero, pero con ello no habrás borrado ni eliminado ese lanzamiento excepcional que te brindó mi préstamo. Porque estarás de acuerdo conmigo en que si nos ponemos escrupulosos, no podemos serlo a medias. Si nos ponemos honestos, vamos a no permitirnos trampitas. Si estamos decididamente a favor de la higiene, vamos a no lavarnos sólo lo que está a la vista. Si somos rígidos, vamos a no doblarnos.

—Tiene razón.

—No me digas. Ya sé que tengo razón.

—Nunca debí haberle aceptado esa plata. Ésa fue su zancadilla, su inversión a largo plazo. Hoy le está rindiendo el primer dividendo, ¿eh?

—No lo había pensado, pero en el fondo es cierto.

—Entonces, ¿qué salida me deja?

—¿Qué salida te dejo yo?

—Claro. Si, aunque le devuelva la plata en su totalidad, siempre queda vigente el hecho de que usted me dio la oportunidad gracias a ese dinero; si además, aunque yo clausure el negocio, siempre le ha de quedar a usted el argumento de que mi posición actual tiene su origen en su préstamo, ¿cuál puede ser mi escapatoria?

157

—No tenés escapatoria. Porque todo, desde tu posición social hasta tu cuenta bancaria, desde tu mediana cultura hasta tus lindos escrúpulos, todo lo debés al camino que yo te hice posible. Yo puedo ser independiente, porque tu abuelo no me dio nada, ni educación ni plata ni relaciones públicas. Todo me lo construí yo, solamente yo. Pero vos, y Hugo, y Susana, y Dolly, y Gustavo, todos ustedes vienen de mí. Directa o indirectamente, yo los traje a la prosperidad, al temor de los demás, a esa útil contraseña que es llevar el nombre Budiño en la tarjeta que ustedes dan en las antesalas. Porque no sé si habrás advertido cuál es la gran contradicción en esta clarinada de dignidad herida que has venido a declamar en mi despacho. Estás tan preocupado por la probable mácula de tu nombre Budiño, que te has olvidado que si ese nombre significa algo en este país, ello se debe a que yo, solamente yo, logré que cuando la gente, toda la gente, la rica y la pobre, la que se cree destacada y la que se sabe insignificante, lo escucha, sepa a qué atenerse, sepa que Budiño simboliza dinero y poder y mando y realizaciones, y con toda seguridad que esa gente no se formula tantos problemas de conciencia cuando tiene que venir a pedirme un favor, o un empleo en la fábrica, o la iniciación de una campaña en el diario; así que, en el peor de los casos, ya que yo, solamente yo, soy el constructor de la resonancia del nombre Budiño, también tengo derecho a ser yo, solamente yo, quien decida convertirlo en mierda. Pero no te preocupes, todavía no lo he decidido. Y no va a pasar nada. Y vos y Hugo y Gustavo podrán seguir entregando su tarjetita de visita con el nombre Budiño sin que las mejillas hipersensibles se les arrebolen y los ojos tengan que mirar vergonzantemente hacia los zócalos. A Larralde yo sé cómo arreglarlo.

—¿A Larralde? No me parece.

—Pero ¿quién te crees que es ese atrevido? Tiene su cola de paja como cualquier hijo de vecino.

—¿Qué hizo?

—¿Él? Nada que yo sepa.

—¿Entonces?

—Entonces, andá anotando. Tiene un hermano mayor, Horacio Larralde, ¿te suena?, que en las últimas elecciones figuró como decimoséptimo candidato a diputado en la lista del PC. Tiene un tío materno, Jacinto Franco, ¿te suena?, que en 1948 era cajero de una Prestigiosa Institución Bancaria y un fin de semana tomó un avión, destino a París, con cincuenta mil dólares cosidos en el forro del sobretodo, pero después Interpol se encargó de descoserlos. Y, por último, lo más importante te lo dejé de postre, su hermanita, Norma Larralde, ¿te suena?, Normita para los íntimos, es nada menos que la querida número uno del distinguido senador Estévez, casado, con cuatro hijos, batllista *eppur* católico, aunque te parezca una contradicción. ¿Qué te parece?

—Ya sé que usted es capaz de emplear todo ese arsenal, pero ninguno de esos datos representa una acusación contra el propio Larralde.

—¿Y para qué preciso acusaciones contra el propio Larralde, si tengo esos tres datos espléndidos, fidedignos, publicitables? ¿Para qué necesito investigar su itinerario personal, si puedo iniciar una campaña destinada a que su hermano sea destituido de su cargo en el Consejo del Niño so pretexto de que, gracias a su solapada prédica marxista-leninista, convierte a los pobres y desvalidos menores en amenazas para la sociedad y las prácticas democráticas? ¿Para qué, si con sólo recordar la hazaña que el tío cajero cumpliera en mil novecientos cuarenta y ocho, le quito automáticamente peso y validez a su probable denuncia de lo que su ingenua intrepidez acaso denomine mis sucios negociados? ¿Para qué, si puedo enviar un anónimo a la influyente señora de Estévez, informándole la calle y el número del apartamento que el senador le ha puesto a Normita, y además pasarle el dato a *La Escoba*, porque no pretenderás que nuestro diario, serio, veraz y objetivo, vaya a hacerse eco de semejantes noticias, probablemente calumniosas?

—¿Sería capaz?

—*Of course*, mijo. No te olvides que tengo a Javier, y Javier pone constantemente al día mi eruditísimo fichero de personalidades patrias, algo que él y yo llamamos Registro de Culpas No Famosas de Personas Famosas. No sabés lo útil que resulta, sobre todo para casos como el que te trajo aquí. Tengo la ventaja, además, de ser en este país el único individuo suficientemente previsor como para ocuparse de tales vulnerabilidades, de modo que hasta ahora nadie ha podido hacer eso mismo con respecto a mi persona. Por otra parte, aunque hubiera alguien capaz de hacerlo, no te olvides de que mi norma ha sido siempre no dejar ninguna huella, ni firmar el más insignificante papel, ni concertar nada en presencia de testigos, cuando se trata de negocios no totalmente inmaculados. Las huellas, las firmas y los testimonios los dejo para lo legal, para lo escrito, para lo estatutario. En todo aquello que tenga el más leve tinte clandestino, prefiero lo verbal. *Verba non res*, para que veas que no he olvidado mis latines. Por ejemplo, todo esto que te estoy diciendo, jamás te lo firmaría, ni te lo diría delante de testigos, así fuera ese monstruo de lealtad que se llama Javier. Si en un minuto de enajenación, quisieras usar contra mí esto que te he dicho, fíjate que no tendrías ningún testigo. ¿Y quién te va a creer a vos, que sin mí no sos nada, nada menos que contra la palabra del doctor Edmundo Budiño, quien, según el artículo inteligente y envenenadito que *Time* consagrara el mes pasado a nuestra pequeña democracia representativa, émula de Suiza, figura entre las cinco personalidades más relevantes del panorama político uruguayo? Francamente, el hecho de que hayan incluido a los otros cuatro, sólo se debe a lo mal informadas que están generalmente las revistas norteamericanas. Ya sé que no lo vas a hacer, no sos tan tarado como para eso. Te lo pongo a título de ejemplo, simplemente. Mañana mismo Larralde recibirá una telefoneada anónima, de Javier claro, que lo pondrá en antecedentes de sus antecedentes, es decir, lo enterará sintéticamente de los informes que poseo sobre su clan.

—¿Y si a pesar de todo se niega a callarse?

—No conocés a la gente, Ramón. Por eso andás siempre tan nervioso. Larralde es un periodista inteligente, con oficio, emprendedor, con olfato, pero en el fondo es un tipo que quiere vivir tranquilo, y sabe, mejor que nadie, que si yo conozco esas manchitas de su familia, y él a pesar de todo se tira contra mí, entonces no va a poder vivir tranquilo, no sólo porque yo tomaría todas las represalias que ya te anuncié, sino por algo más: aunque mi diario esté bastante cercano al gobierno y él escriba en un diario opositor, en última instancia cada uno de

161

los dos grandes partidos sabe que precisa del otro, de modo que no sería difícil que a las pocas semanas Larralde se quedara sin empleo, y ¿me querés decir qué podrá hacer Larralde después que dos grandes diarios hayan decretado su defunción periodística? No es un idiota, te lo repito. En seguida comprenderá. Exactamente como comprendiste vos, hace un ratito, cuando te pinté, en dos brochazos, los orígenes morales de tu famosa Agencia. De inmediato entendiste que no podías tirarte contra mí. Primero, porque después de todo sos mi hijo, y la sangre es la sangre. Y segundo, porque si te viene el sarampión de la dignidad y rompés conmigo, y dejás la Agencia, y tirás todo por la borda, y decidís quedarte sin nada de lo que, de un modo o de otro, tuvo origen en mi podrida plata, demasiado sabés que eso sería para vos algo más que la ruina económica. Sería también la ruina familiar, porque francamente, no la veo a Susana empezando desde abajo, cocinando, lavando, metiéndose ella misma en un empleo, y tampoco lo veo a Gustavo, pese a sus estornudos progresistas, dejando la carrera para ponerse a trabajar. En seguida entendiste, y eso habla en tu favor, que un gran gesto de renuncia sería para vos quedarse ipso facto sin Agencia, sin Mujer y sin Hijo. Y también sin Querida, si tenés alguna, ya que pese a todo, éstas son las menos sentimentales. No sé si tenés, pero no vayas a creer que se trata de una deficiencia de Javier. No, simplemente sucede que no sos tan importante como para figurar en mi registro. Y ahora te dejo, porque tus diez minutos se transformaron en media hora, y ya hace como quince que me están esperando en la Casa del Partido. Cariños a Gustavo y a Susana. A lo mejor, mañana me doy una vueltita por tu casa.

Es extraño. Sin embargo, estas cosas terribles que me dice, no se las dice a nadie más. Y ello quizá demuestra simultáneamente dos cosas. Primero, que a nadie odia tanto como a mí. Pero también que con nadie tiene tanta confianza como para decirlas. Porque esto es él. Este brutal autorretrato que me brinda siempre que puede y al que siempre agrega alguna nueva pincelada. Esto es él y no sus editoriales inflamados, venenosos, implacables, tan deshonestos como insensibles. Esto es él y no las palmaditas en el hombro, no los finales de discursos con los brazos abiertos y miradas al cielo, de impía devoción, no el tono de seguridad con que grita sus pocas incerti-dumbres, no el correcto menosprecio con que habla de mí frente a sus amigotes, no sus falsas congojas frente a las catástrofes ni sus ojos crueles y humedecidos frente a los arbolitos de Navidad. Esto es él y no sus fotografías con sonrisa oficial, su biblioteca de cinco mil volúmenes, buena parte no desvirgados por el cortapapel, ni el gesto compungido cuando habla de Mamá o la munificencia con que envía, pero no lleva, toneladas de flores a su ni-cho en cada aniversario de su muerte. Lo de la Agencia me lo dijo a mansalva. Estaba seguro de que yo no iba a hacer nada. Pero verdaderamente, ¿no podré hacer nada? Es fantástica esa intuición que tiene para trazar coordenadas psicológicas, para saber que si él impulsa los acontecimientos en un sentido determinado y esos acontecimientos llegan a cruzarse con un temperamento también determinado, la reacción ha de ser la que él anun-cia. Lo horrible, lo paralizante, es que generalmente tiene razón. Sabe que si él impulsa los hechos, que si él empuja mi historia personal hasta que yo tire todo por la borda, cuando esa decisión mía se cruce con el temperamento de Susana, ésta me dejará, se irá quién sabe adónde, con los padres probablemente, o se divorciará, cualquier cosa menos quedarse conmigo. Quizá sólo se equivoque con Gustavo, o tal vez no. Pero Gustavo está demasiado lejos en años, y por eso escapa un poco a su control. El Viejo saca la cuenta de qué pensaba y creía él cuando tenía la edad de Gustavo, pero eso no es suficiente. Porque el mundo ha cambiado, y los diecisiete años de Gustavo no son los lejanos diecisiete años míos, ni, menos que menos, los lejanísimos diecisiete años del Viejo. Ése quizá sea el único cálculo erróneo en todas las previsiones del Viejo. Sí, Gustavo tal vez no me dejaría, pero no estoy seguro. No estoy seguro acerca de nada. Susana sí me dejaría. Y bien ¿me importa tanto que Susana me deje o no me deje? La pasión se terminó, se terminó en tal forma, que ahora no sé si alguna vez existió, pero mi memoria, no mi cuerpo, mi memoria dice que existió. Puede ser. En cuanto al amor, el amor sin pasión, digamos, es un concepto tan abstracto y general, que a lo mejor sigue existiendo pero sin importar mucho. Estoy acostumbrado a ella, al orden que impone en la casa, a su modo frío de dialogar, a su estilo un poco histérico para enfrentar las preocupaciones, a la cara dormida de sus sueños, a su risa metálica, a sus cremas, a su piel, a sus murmullos, a sus depresiones, a sus impertinencias, a sus nalgas. Pero costumbre no es necesidad. Antes la necesité, ahora no. ¿Qué pasa entonces entre ella y yo? Pasión ya no, quizá amor laxo; necesidad ya no, quizá costumbre. ¿Qué palabra puede resumir todo eso? ¿Cariño? ¿Estima? ¿Aprecio? ¿Simpatía? ¿Indiferencia? ¿Fastidio? ¿Aburrimiento? ¿Rabia? En realidad, yo me dejo vivir. Vamos a no investigar demasiado. Ni siquiera en mí. Hasta un miope podría darse cuenta de que esto no es la felicidad. Palabras mayores. La felicidad pudo ser aquella tarde en Portezuelo, con Rosario nuevita y alegre, pero no me ilusiono pensando que habría podido durar mucho. Esa tarde está bien allá lejos. Yo también invertí mi primer capitalito vital, y todavía me sigue rindiendo dividendos. La felicidad podría ser, quizá, vivir con Dolly. Pero si no estuviera casada con mi hermano. Y si yo no me apagara anímicamente con tanta facilidad. Y si ella me quisiera verdaderamente, cosa de la que nunca podré estar seguro. Sé que me tiene cariño, bueno, está bien que los cuñados se tengan cariño, lo autoriza la Ley de Lemas. Pero a mí me da rabia ser su cuñado. Vamos a ver, si Dolly fuera mi mujer y yo tirara todo por la borda, ¿me dejaría? Me conviene contestar que no. Dolly no me dejaría. Dolly es una mujercita buena, comprensiva, que no tendría inconveniente en empezar desde abajo, trabajando como una burra, abandonando para siempre peinadores y manicuras, vendiendo su tapado de nutria salvaje y comprándose un saco a cuadros, no dándose por vencida aunque el destino y yo la acribillásemos a infortunios. Dolly no me dejaría, si fuese mi mujer. Pero no es. Oh, revelación. Además, no es tan seguro que Susana me deje. No es tan seguro, en primer término, porque no es tan seguro que yo tire todo por la borda. Concretando: ¿sigo con la Agencia, después del sutil mazazo, después de la sangrienta alusión que el Viejo acaba de dedicarme? ¿Sigo con la Agencia y con las cuatro patas de su Activo apoyadas en los ochenta mil pesos facilitados, años ha, por el doctor Edmundo Budiño? ¿Sigo con la Agencia aunque esos ochenta mil pesos constituyan una suerte de albóndiga, cuyo ingrediente principal ha sido lo deshonesto? Pero el Viejo ya lo dijo con todas las letras: aunque yo cierre la Agencia, aunque le devuelva íntegramente la plata, todo lo que hoy soy, económica, social y familiarmente, lo deberé pura y exclusivamente a la posibilidad que él creó para mí. Entonces, si de nada sirve cerrar la Agencia, no la cierro. No hay solución. La única solución sería, quizá, matar al Viejo, pero eso no acontece en nuestro pequeño país, este *Swisslike* Uruguay, según diagnóstico de *Time*. Para eso, habría que ser un innovador, un pionero, es decir, Otro. Como bien lo ha dicho el Viejo, *después de todo soy su hijo*. Y por lo general, los hijos no asesinan a sus padres. Aquí sólo se practica el parricidio humorístico. Al inquieto crítico cinematográfico Juan Diego Benítez le hicieron en televisión una linda pregunta: Si usted fuera hijo del doctor Edmundo Budiño, ¿qué le gustaría ser? Huérfano, dijo Benítez. Bravo muchacho, lindo golpe, algo para contar en el café. Hasta el Viejo se rió. Se le podría haber preguntado a Benítez, claro: Si tiene tanta vocación destructiva, ¿por qué no lo mata de cualquier manera? Epa, epa. Así no vale, ¿verdad?

—Ya me voy, Javier, ya me voy.

¿Qué hora es? Hoy ya no podré ir a caminar por la costa.

—¿Usted no va nunca a caminar por la costa, Javier? Si viera qué bueno es para el reuma. Ah, perdón, si la que tiene reuma es su señora. Adiós.

¿Dónde dejé el coche? Esta semana ya van dos veces que me olvido del sitio donde lo estaciono. A ver, yo venía por Colonia, doblé por Julio Herrera, no encontré sitio, seguí, seguí, la cosa es saber hasta dónde seguí. La única solución es hacer a pie el mismo camino. Qué curioso: por un lado el Viejo me sacude brutalmente hablándome de la Agencia, y por otro, siento una suerte de tranquilidad, porque siempre lo supe, oscuramente. Traté de ocultármelo a mí mismo, pero siempre imaginé que el Viejo había andado metido en porquerías, así que ahora, cuando me lo dijo, fue sólo una confirmación, pero esa confirmación tiene la ventaja de que ahora no puedo engañarme, no puedo apoyarme en la palabra sospecha. Ahora lo sé, ahora estoy seguro, él mismo lo dijo; por lo tanto debo resolverme. Y si, como es casi seguro, todo ha de seguir igual, seré consciente de mi propia corrosión, de esta especie de abulia enfermiza que me acomete antes de toda decisión importante. Además, y a esta altura, ¿quién no tiene culpa? ¿Quién puede vivir, en este país, en este mundo, en este tiempo, de acuerdo a sus principios, a sus normas, a su moral, cuando en realidad son *otros* quienes dictan los principios, la moral y las normas? Además, esos otros no consultan a nadie. Todos estamos mezclados con todos. Nadie es químicamente puro. El marxista trabaja, por ejemplo, en un Banco. El católico fornica sin pensar en la sagrada reproducción de la especie, o haciendo lo posible por evitarla. El vegetariano convicto come resignadamente su churrasco. El anarquista recibe un sueldo del Estado. ¿Quién puede vivir las veinticuatro horas del día, en un todo de acuerdo con su Dios, su conciencia, su fanatismo o su credo? *Nobody*. Descartada entonces la pureza. O sea que puedo seguir con la Agencia. No estoy en negocios sucios, nunca lo estaré. Cuando él me prestó el dinero, yo no tenía siquiera sospechas. Él dice que, desde el punto de vista de mis escrúpulos, la Agencia tendría que ser un negocio viciado de nulidad. Tal vez. Algo así como el Pecado Original, que a todos nos da sombra. Según decía el cura de Punta Carretas, a partir de Adán todos estamos viciados de nulidad, todos somos pecadores aunque no pequemos, porque el viejito Adán se mandó una caída tan estrepitosa y pecó con tantas ganas, que desde entonces todos sus hijos, nietos, biznietos, tataranietos, choznos y etcéteras, no hacemos otra cosa que pagar aquella enorme deuda en cómodas cuotas mensuales. Quizá no lo decía exactamente así. Y le pregunté: Padre, ¿qué culpa tenemos nosotros del pecado de Adán? Y él me miró sin ninguna paciencia cristiana y me contestó frenético: Lo que tú tienes, hijo mío, es soberbia y más soberbia, una horrible soberbia que agregas al pecado original. Ahora bien, ¿estaré asimismo agregando soberbia al pecado original de la Agencia? Sólo ahora me doy cuenta de que el asunto Larralde se me había borrado por completo. ¿Qué hará el hombre? Seguramente aflojará. El Viejo conoce a la Gente.

Al fin el auto. Así que era entre San José y Soriano. Y me lo abollaron. Soberbia que agregas al pecado original, ja. Ese cura me salvó. Gracias, Padre. Era tan bruto, tan violento, tan antipático, que nunca más entré en una iglesia. Es decir, entré como turista, por ejemplo en St. Patrick's Cathedral, de Nueva York, y en la Mission Dolores, de San Francisco, que incluye el cementerio más lindo del mundo. De tarde, con el sol filtrándose entre los árboles (nunca he visto un sol tan amarillo) y aquella alegre santa Rita sobre el muro, y las cruces antiguas, cariñosas, deliciosamente asimétricas, entre canteros, sendas y portoncitos. Qué ganas de estar algún otro atardecer en la Mission Dolores. Aquella vez me quedé como dos horas. Al final, ya me parecía un parquecito de mi propiedad. La muerte no me aterraría tanto si supiese que me iban a enterrar allí.

—¿Y usted por qué no mira? ¿No sabe que Canelones es de preferencia?

Hay cada uno suelto en la calle. Menos mal que hice ajustar los frenos. Vamos a ver, vamos a ver. ¿Y qué haría yo si no tuviese la Agencia? Hasta ahora mi especialidad ha sido conversar, y eso va muy bien con la programación de excursiones, con la venta de pasajes. Viajar Con Alegría. ¿Cómo se me habrá ocurrido un *slogan* tan brillante? Ayer lo vi por Canal 4 y yo mismo quedé impresionado. Hay que reconocer que eso lo aprendimos de los yanquis. Convencer a la gente de que si compra lo que le estamos ofreciendo, se sentirá inconmensurablemente feliz. Sólo en la política internacional abandonaron esa regla de oro, y a lo mejor es por eso que nadie los puede tragar. En vez de ofrecer la democracia con el mismo sistema que emplean, por ejemplo, para vender un Impala, o sea bombardearnos con un estribillo que podría ser: Si quiere vivir en estado de gracia, afíliese hoy mismo a la democracia; en vez de convencernos de lo felices que seríamos si fuéramos todos demócratas, eligen otro sistema mucho menos eficaz: el sistema del terror. Terror a las huelgas, terror al comunismo, terror a la reforma agraria. El comunismo como Gran Cuco. No me extrañaría nada que en un próximo número *Selecciones* empezara una campaña de terror contra Juan XXIII o consagrara a Hitler su sección Mi Personaje Inolvidable. En materia de sospechas, no hay límites. No me extrañaría que Mao considerara a Nikita como el más astuto de todos los católicos. Una pregunta que me hace cosquillas: ¿qué fuerzas se enfrentarán en la próxima guerra fría, tibia o caliente? ¿Estados Unidos-Rusia, versus China-Japón? Quizá. Pero puede haber otras combinaciones. La única alianza que me parece segura es la de Estados Unidos y Rusia, pero en el otro extremo pueden estar China y Francia, o China e Inglaterra. También podría ser Estados Unidos-Rusia, versus Alemania-Japón. Después de todo, no resulta tan descabellado. Ya pasó una vez, claro. Con razón me sonaba a cosa conocida. Yo digo entonces: si toda una nación, una grande y tremenda nación, halla dificultades insalvables para ser coherente consigo misma, para obedecer a su propia historia, para seguir la línea que ella misma se ha trazado, ¿cómo puedo pretender yo, insignificante laucha de una ratonera de undécima categoría, cómo puedo pretender ser coherente conmigo mismo, obedecer a mi propia historia, seguir la línea que yo mismo me he trazado? Y eso, en el caso de que me haya trazado alguna línea, cosa de la que aún no estoy muy seguro. Porque decir, por ejemplo, no voy a meterme en negocios sucios, o no voy a robar, o no voy a matar, o no voy a comer carne, eso no significa trazarse una línea, sino simplemente evitar una conducta. Una monja, por ejemplo, o un gánster, ésa es gente que se traza una línea, gente que elige un destino. Dios es la ametralladora de la monja. La ametralladora es el dios del gánster. Pero no debe de haber muchos casos más. Al periodista, por ejemplo, lo vapulean las noticias, lo vapulea el director, lo vapulean los intereses ajenos. ¿Cómo va a tener tiempo para trazarse una línea? Al empleado público, por ejemplo, lo adormece la rutina, lo adormecen los cuentos verdes, lo adormece la quiniela; para trazarse una línea, tendría que estar despierto, grave inconveniente. Al obrero, por ejemplo, la inseguridad económica lo mantiene tieso, las huelgas lo hacen vociferar, los patrones le dan asco; para trazarse una línea, tendría que mantenerse lúcido y sereno, un imposible. Al capitalista, por ejemplo, lo hipnotizan las cifras, la fluctuación de la moneda le trae úlceras, lo aterroriza la marea social; para trazarse una línea tendría que no prenderse a su plata con uñas y con dientes, otro imposible. A mí, por ejemplo, me apaga, me entorpece la falta de plenitud en el amor, me tortura esta inevitable dependencia del Viejo, me pesca la fiebre uterina de Mrs. Ransom y me hace funcionar como a un robot; para trazarme una línea, tendría que poseer cierto impulso heroico, del que carezco. ¿Será cierto que los héroes tienen miedo? En ese caso, tal vez yo pudiera ser héroe; porque miedo, tengo. ¿Cuál habrá sido el más antiguo de mis miedos? La oscuridad, naturalmente, con sus moscas como monstruos. Después, aquella tarde en que iba con tía Olga por Lanús, o tal vez Lezica, con un pullover rojo, y alguien gritó: *La vaca, cuidado con la vaca*. Tía Olga y yo, yo con mis ocho años, miramos hacia atrás, y era una vaca enorme, que venía como al galope, mugiendo y agitando la cabeza hacia un lado y hacia otro, y me acuerdo que las patas delanteras me parecieron anormalmente flacas, sobre todo comparándolas con la cabeza enorme y aquella boca abierta y un poco babeante, que mugía unas úes casi tartamudas. *La vaca, cuidado con la vaca*, gritaba allá atrás un tipo de boina, agitando los brazos. *Sáquelo al botija, doña, mire que es muy brava.* Entonces tía Olga pareció despertar y demostró una inesperada agilidad. Miró fijamente un alambrado. Primero pasó su cartera, después pasó una pierna, después el tronco, después la otra pierna, y en seguida me tomó a mí en los brazos y me levantó mientras decía *por Dios* y yo veía pasar la vaca debajo de mis pies, que tenían unos zapatitos blancos, con presilla y botón, a los que yo tenía particular aversión, porque me parecían totalmente inadecuados a mis respetables ocho años. Después que pasó el susto, tía Olga casi se desmaya y hubo que entrar en una casa y allí le dieron algo fuerte, mientras yo abría unos ojos de este tamaño, y contaba a todos la arremetida de aquel pobre monstruo, evidentemente más tangible y concreto y verdadero que las moscas que yo había imaginado gigantescas en la oscuridad de mi cuarto. A partir de ese rápido temor, perdí el miedo a las moscas. Y hubo otros miedos, también. En Cuareim y Paysandú, convaleciente de mi tifus, exactamente en mi segundo día de aire libre, crucé vacilante la calle y di vuelta la cabeza y allí mismo, a diez centímetros de mis ojos, estaba el ómnibus que aceleraba para iniciar el repecho, y pude echarme un poco hacia atrás, pero no sé qué parte del ómnibus me pegó en el lado exterior del muslo y salí por el aire, volé sobre el cordón de la vereda y fui a estrellarme contra la pared. Duró menos el miedo, tres segundos apenas, mientras veía cómo el ómnibus avanzaba sobre mí. Una desgracia con suerte, dijeron todos, entre ellos el pobre conductor que se quitaba la gorra para traspirar mejor y repetir siempre lo mismo: ¿cómo pudo? ¿Cómo pudo? No sé cómo pude, dije también al policía, pero nadie preguntó sobre mi miedo, un tema sobre el que hubiera podido ser locuaz. Y hubo aquel otro en el vuelo 202 de Pan American, cuando se empezó a oír aquel ruidito y...

—¿Qué tal? ¿Viniste por la Rambla o por Canelones?

—Por Canelones, pero había un tránsito infernal. Un imbécil cruzó a la altura de Magallanes, tan en babia como si estuviera en Paso de los Toros.

—Es que vos tenés la manía de venir por Canelones. Por la Rambla es más descansado y más seguro.

—Si es lo que hago siempre. Pero hoy había bastante viento y un cliente me advirtió que en la Rambla las olas salpicaban mucho. Y tengo el coche recién lavado.

—¿Lo viste a Hugo?

—No.

—Llamó hoy temprano y dijo que si tenía tiempo iría por la Agencia.

—Tal vez haya estado, pero yo me fui a las cinco porque tenía que hablar con el Viejo.

—¿Cómo está tu padre?

—Bien. A lo mejor viene mañana. Y te mandó saludos.

—No habrán discutido, ¿verdad?

—No, casi nada.

—¿Será posible que no puedas hablar con tu padre sin pelearlo?

—Pero si hoy casi no discutimos. Siempre hay algún rozamiento. Vos sabés que somos muy diferentes.

—Lo que pasa es que vos te ponés rígido, no aflojás.

—¿Y él?

—Pero él es un hombre de edad. No vas a pedirle, a sus años, que cambie su manera de ser.

—Susana.

—¿Qué hay?

—Decime un poco: ¿qué pensarías si fuese yo el que cambiase?

—¿En qué?

—En todo.

—¿Con respecto a tu padre?

—No, en todo.

—No te entiendo, Ramón.

—Es fácil de entender. Por ejemplo: que cerrara la Agencia, que le devolviera al Viejo todo lo que me prestó y algo más, que empezara absolutamente de nuevo y desde abajo, sin ayuda, claro.

—Mirá, Ramón, disculpame. Hoy no tengo el ánimo para chistes. Hace dos días que estoy sin muchacha y toda la tarea recae sobre mí. Te confieso que ando bastante cansada. Disculpame que no festeje la broma.

—No es broma.

—Te digo que estoy fatigada, Ramón. Hasta me duele un poco la cabeza.

—No te preocupes. Era un chiste, ¿sabés?

—No pensarías que fuese a tomar en serio una cosa así.

—Sí, me dio por hacerte esa broma. No voy a cerrar la Agencia. Al Viejo le seguiré devolviendo la plata en el mismo ritmo que hasta ahora. Todo seguirá como siempre.

—Pero Ramón, no sé qué te pasa. Enumerás todo eso, que es lo más lógico, con el tono de quien está diciendo un disparate.

—Y quizás sea un disparate.

—¿Qué vas a hacer ahora?

—Me pegaré una ducha. Leeré un poco. Tomaré un whisky.

—Cuando esté pronta la cena, te pego un grito.

—Macanudo.

Sí, es casi seguro que la cordura fácil, este seguir como hasta ahora, es casi seguro que eso sea el disparate. No soy héroe ni nada que se le parezca. Bastó que Susana no creyese que yo hablaba en serio, para que yo mismo me tomara en broma. No estoy para chistes, dijo, y fue suficiente para que mis palabras me sonaran a hueco. La verdad es que sé que no voy a cambiar, que no voy a tomar ninguna decisión tajante, dramática. Mientras se trata sólo de pensamientos, de un simple juego mental, entonces me siento con ánimo, tengo la impresión de que voy a decidirme, de que voy a pegar el salto, pero cuando llega el momento de crear los hechos y afrontar su responsabilidad, entonces me entra un miedo irracional, un pánico similar al que me asaltaba de chico, cuando las moscas que yo convertía en monstruos, o cuando la vaca brava, o a los veinte, cuando el tren con su ojo de cíclope, o a los veinticinco, cuando el ómnibus me hizo volar. No sé exactamente si es miedo a la miseria, a la inseguridad o al desprecio de los otros. Tal vez sea menos digno que todo eso. Tal vez sea simplemente miedo a la incomodidad, a la falta de confort. Porque cuando pienso que mi vida es gris, tediosa y rutinaria, no se me escapa que la rutina incluye una serie de cosas insignificantes, pero agradables. Si yo fuera un hombre genial, o poderoso, o simplemente enamorado, tales cosas no tendrían importancia, porque

175

lo importante sería mi obra de arte, o el ejercicio de mi poder, o la plenitud de mi amor, pero como no es ése mi caso, las cosas insignificantes pero agradables pasan a ser estímulos de primer grado. A saber: el auto, mi estudio aquí en Punta Gorda, con buena biblioteca y vista al mar; este cuarto de baño, verde y negro, con poderosas canillas y un gran grifo mezclador y la bañera opulenta de curvas llenas y femeninas, una bañera que podría haber sido pintada por Matisse; mis camisas impecables, mis trajes bien planchados, mis corbatas de seda natural; los cuadros del estudio y del *living*, Spósito, Lima, Gamarra, Frasconi, Barcala, Espínola; los dos whiskicitos antes de la cena; la terraza del fondo, con esa paz increíble de alguna noche de verano; mi equipo estereofónico, con buenos tangos, buenos *blues* y buen Mozart; la *Rolleiflex* y su linda valijita con filtros y accesorios que nunca uso; los libros artísticos de *Skira*; el juego de cubiertos suecos. Me gusta estar rodeado de cosas lindas. ¿Es tan grave el delito? Nunca querría dinero para tenerlo apretado en el Banco, o para convertirme en latifundista, o para especular con valores. No me importa el dinero como tal, pero me importan algunos de los objetos que pueden adquirirse con él. No me importa el dinero en sí, pero me importa como intermediario obligatorio para la adquisición de la belleza material, de esos síntomas de mi gusto que adornan los mejores momentos del descanso. Cuando se habla de justicia social, se piensa, primero, como es lógico, en la erradicación del hambre, en viviendas honorables y limpias, en eliminar el analfabetismo. Pero, después de esos tres objetivos urgentes, habría que agregar el derecho del ser humano a crearse un alrededor de acuerdo con su propio gusto. No se trata de algo tan urgente como el pan y el techo, claro, pero tampoco de algo infinitamente postergable.

Qué descanso esta ducha tibia. Hice bien en agrandar los orificios de la roseta, así sale una lluvia llena, sedante. Es un aceptable placer esto de ponerme tieso, con la cabeza hacia arriba, y recibir durante cinco minutos, ya sin la preocupación de enjabonarme, esta vacación líquida que parece lavarlo a uno de problemas varios, falsos escrúpulos, reales inhibiciones. ¿Por qué me acordé ahora de Rómulo? Ah, ya sé. La unión de dos imágenes: Ríos y ombligo. Por un lado, el relato del pobre Ríos, con el pronóstico formulado por Rómulo, y, por otro, el agua que hace una cataratita en mi ombligo. Una vez Rómulo me trasmitió una sorprendente comprobación de su oficio de cirujano. *Vos sabés que, antes de operar, lavamos concienzudamente al paciente; además es de presumir, que, por pudor o por lo que sea, la gente se preocupe por venir particularmente limpia a una experiencia semejante. Sin embargo, los enfermeros deben siempre extremar la higiene en un punto determinado. Me refiero al ombligo. Creo que la gente se olvida a menudo de su ombligo.* Si esto lo pesca un psicoanalista, deducirá probablemente que el hombre quiere olvidarse de su origen. En ese sentido, yo no me he olvidado de mi origen. Lo admito y lo enjabono. Lo admito y lo enjuago. Y ahora, el agua fría. El estímulo después del sedante. Pucha que está fría. Demasiado estímulo. Se acabó. Este *short* ya me está quedando estrecho. Nunca había tenido una pancita tan prominente. Me sentía más cómodo cuando estaba decididamente flaco.

Agradable este whisky. Seco, así me gusta. *On the rocks.* A vuestra salud, querida y pecosa Mrs. Ransom. En este momento, me siento a gusto. Físicamente a gusto. Conviene tomar nota, porque a veces me doy cuenta de que estuve a gusto, sólo en el instante en que empiezo a estar incómodo. Como en aquella comida del Tequila: sólo se dieron cuenta de que querían el paisito, cuando alguien les mintió que había sido arrasado. Con excepción de Marcela y de Larralde, qué manga de imbéciles. ¿Por qué será que los uruguayos, cuando pisamos tierra extraña, nos volvemos tan mezquinos, tan excepcionalmente guarangos? Aquí también somos mezquinos y guarangos, pero no tanto. Físicamente a gusto. A gusto y con cierta modorra. No estaría mal si me echara un sueñito. Ahora bien, si la siesta del burro es antes del almuerzo, ¿cómo se llamará la siesta que es previa a la cena? La siesta del fauno... *Yo no sabía que era un fauno. Pero no, ahora me doy cuenta, soy un centauro. Patas delanteras flacas e inestables, como las de la vaca brava. Miro las vidrieras. Aquí un centauro-maniquí, con camisa* wash&wear. *Allí el semáforo verde y otros cinco centauros que cruzan Dieciocho. Dos de ellos con mujeres a cuestas, como en las motonetas. Desde que soy centauro, busco una mujer para llevar a cuestas. ¿Mrs. Ransom? No, tiene muchas pecas y además es ella la que toma la iniciativa. No me gusta. ¿Rosario? Está lejos, y además va con el centauro Ulises Azócar. ¿Susana? Susana está en otra vidriera, Susana-maniquí sacando a la secretaria carnosa de una heladera General Electric, aproveche nuestro plan de invierno. Pero hace calor, y sudo. Antisudoral para centauros. ¿Dónde estará la farmacia? La farmacia queda en una confitería, y en la puerta está sonriendo la señora de Javier, gozosamente desnuda, con una panza espectacular y sin ombligo, disertando sobre reumatismo. ¿Cómo está Javier, señora? Javier tiene una linterna, don Ramoncito,*

para poder completar el fichero del crápula de su papá. No soy
don Ramoncito, señora, soy un centauro. Pero con la cara de don
Ramoncito y además tan igual al Doctor. Nunca nunca nunca.
¿No será usted el Doctor? No, el Doctor anda en negocios sucios.
Usted también tiene las herraduras sucias, don Ramoncito. No
puede ser. Sí, tiene las herraduras sucias y los ojos limpios. Es de
llorar. Don Ramoncito, ¿me va a llevar con usted? Me gusta su
grupa. Perdóneme, señora, pero usted es espantosa, y a mí me
gusta estar rodeado de cosas lindas, voy a hacer una revolución
con ese motivo. Entonces, ¿por qué no lleva a Dolly? Es la mujer
de mi hermano, por eso no la llevo. Yo también soy la mujer de
tu hermano. Perdón, Dolly, no me había dado cuenta, te había
tomado por la mujer de Javier. Qué locura, ella tiene panza y
reuma, y además nunca está desnuda, nunca se quita el camisón.
Vos estás desnuda, Dolly, y qué linda sos. Sos el mejor centauro
de Latinoamérica. Se dice América Latina, Dolly, lo otro es un
anglicismo. Sos el mejor centauro del mundo y sus alrededores.
Además, vas a tener un hijo con patitas flacas, tan flacas como
las de la vaca brava. ¿Cuándo?

—Moooón. Ramooón. Te dormiste, Ramón. La cena
está pronta.

10

Quiero irme sin desayunar, sin hablar, sin que nadie note mi salida. Tengo la boca amarga, los músculos rígidos, la cabeza pesada. Ni siquiera tengo ganas de hablar con Gustavo. Pero él va a venir. Nuestros breves diálogos matinales se han convertido en nuestra única conversación. Estoy cansado. ¿De qué? Es una lástima que el cielo esté despejado, que sople un aire tan agradable, que el mar esté tranquilo. Pensar que estamos en pleno abril y ya hace tres días que se mantiene esta temperatura de verano. Es una lástima. Hoy hubiera necesitado un cielo gris. Si yo pudiera desanimar el paisaje. Pero no puedo.

—¿Llegaste muy tarde anoche?

—A la una.

—¿Cómo va esa preparación?

—Bien, pero es una materia larga. Te llamó Hugo. Estabas durmiendo, así que no te avisé. Se le rompió el coche, justo hoy que hay paro. Tenía que irse temprano para Durazno, así que te pide que recojas a Dolly cuando vayas al centro.

Nunca pude entender esa unión. No obstante, ella tiene siempre una cara tranquila, y parece feliz cuando lo mira, mientras él dice guarangada tras guarangada. Me inclino reverente ante el misterio. Hugo es un frívolo, de acuerdo. Se puede ser feliz junto a una persona frívola, pero siempre que se pertenezca al mismo grupo sanguíneo. Y Dolly no. Dolly tiene vida interior. Es honda, cuando quiere. Su simpatía se basa particularmente en lo que no dice: silencios, gestos, miradas, etcétera. Hugo ni siquiera es un frívolo alegre. Tampoco es auténticamente triste; es un malhumorado. Tiene todo lo malo del Viejo, sin su energía, sin su voluntad de dominio, sin su penetración para calar a la gente. Es un pobre tipo. Bueno, ¿y yo no soy también un pobre tipo? Quizá peor. Hugo por lo menos no tiene conciencia de sus limitaciones. Dolly querida. La vi por primera vez cuando yo ya llevaba diez años de casado. Era eso, claro, lo que yo había andado buscando, y ahora la tenía Hugo. Me casé con Susana porque pensé que Eso no existía, es decir, resignado a que Eso no existiera. Y, naturalmente, si uno piensa que Dolly no existe, entonces Susana está bien. Pero existe. Por ejemplo, ahora, ahí, en el jardincito. Que me salude con el brazo, así.

—Hola, Dolly.

—Buen día.

—Hugo me dejó el encargo.

—Sí, te das cuenta, se rompió el eje, justo hoy.

—¿Nada menos que el eje?

—Suerte que iba despacito y estaba cerca de aquí.

—Qué macana.

—¿Subo?

—Estás lindísima.

—Gracias, cuñadito.

181

—Qué lujo llevarte al centro. Si Hugo fuera más amable, rompería un eje por semana. ¿Sabés que no desayuné?

—Pobrecito.

—¿Bajamos un momento en La Goleta?

—Yo no tengo apuro. Y hasta te acepto un cafecito.

—Perfecto. Que sea una farra completa.

No sé si es linda o no. Pero es encantadora. Y además le gusta que le diga piropos. Por lo menos, le brillan los ojos.

—Dolly, ayer soñé contigo.

—Pesadillas, supongo.

—No, fue un sueño realmente agradable.

—Ramón, no me gusta cómo me estás mirando.

—A mí en cambio me gusta lo que estoy mirando.

—Te advierto que ésa no es una frase para ser pronunciada sobre una tostada con dulce. Queda mal.

—Dolly, ¿sabés qué soñé?

—No quiero saberlo. Cuando los hombres sueñan con una mujer, siempre se trata de lo mismo.

—Estás equivocada. Soñé que yo era un centauro.

—No me digas. Y yo ¿qué era? ¿Una jirafa?

—No, vos eras Dolly.

—Menos mal.

—Ibas a tener un hijo mío.

—Pero Ramón.

—Te pusiste colorada, y más linda, claro.

—Eso se llama hacer trampas.

—Nada de trampas. Ibas a tener un hijo mío.

—Así no vale. Hace tiempo que estaba preparada para que me dijeras algo grave.

182

—¿Grave?

—Sí, que estabas enamorado de mí, o algo por el estilo. Ahora mismo, pensé que habías soñado otra cosa. Quiero decir, que habías soñado que te acostabas conmigo. También estaba preparada para algo así, y sabía qué te iba a responder. Pero nunca pensé que salieras con esto.

—Pero, Dolly, si es lo mismo. Mi sueño quiere decir exactamente eso para lo que estabas preparada. No entiendo.

—Es distinto. Es distinto, desde el momento que dijiste la palabra hijo. Vos no sabés, Ramón. Yo quiero un hijo, siempre lo quise.

—No llores, por favor.

—Siempre lo quise, pero Hugo es inflexible. No sólo no quiere hijos ahora, sino que ya me ha asegurado que nunca los querrá.

—¿Cómo puede saberlo?

—Me lo ha dicho mil veces; cada vez que se lo pido. Siempre habrá que evitarlos. El pretexto es que no quiere traer hijos a este mundo aterrorizado, con bombas atómicas, etcétera.

—Yo no te hice trampa. Soñé eso, realmente.

—Ya lo sé.

—Dolly, yo te quiero. Es una barbaridad, claro. Pero te quiero. ¿Qué le voy a hacer?

—Ya lo sé.

—¿Y vos?

—No.

—Ah.

—Ramón. Ramón. Mírame. No te pongas así. Yo sé que sos un gran tipo.

—¿Quién te dijo eso?

—No preciso que nadie me lo diga. Lo sé por mí misma. Sé, además, que sos mucho mejor que Hugo.

—Se ve.

—Entendeme, Ramón. Sé que sería magnífico quererte a vos, porque sos estupendo. Hugo en cambio es necio, grosero, limitado, hasta es malo a veces. Pero estas cosas no las arregla la razón. Vos sos formidable y Hugo es poca cosa. Pero lo quiero, Ramón, no sabés cómo.

—No llores, está bien. Se acabó. Te dejaré tranquila, nunca más te diré nada. Además, era una locura. Me animé a hablarte porque una vez en lo de Méndez, seguro que vos ni te acordás...

—Sí, me acuerdo.

—Te dije que si me volvías a tapar la boca con la mano, te la besaba.

—Sí, y yo te dije: ¿Eso es de caballeros, no?

—Y yo te contesté: Pero no cuando el beso es en la palma. Y vos entonces me dijiste: Me dan ganas de que digas otro disparate para así taparte otra vez la boca.

—Ya sé.

—Yo creí, me pareció que sentías algo.

—Y siento, Ramón, claro que siento. Pero no del modo que vos querés que yo sienta. De esa manera, lo quiero a Hugo.

—Entonces ¿por qué lo dijiste?

—Porque esa noche estaba desesperada, porque venía de tener con Hugo una discusión espantosa, siempre sobre lo mismo, y te noté tan desvalido, tan necesitado de comprensión y ayuda, y yo también me sentía así. Por un momento confundí esa especie de hermandad con otro

184

tipo de amor. Entendeme, Ramón. Además, estoy segura de que debe de ser fácil, facilísimo, enamorarse de vos. Pero yo no puedo. No es prejuicio ni mojigatería ni temor al qué dirán. Ni siquiera soy católica. Es sólo esta obsesión. A lo mejor tampoco es amor. Estoy desorientada. Y después de esto, lo estaré más aún.

—Una sola pregunta.

—Las que quieras.

—Dame la imagen buena de Hugo, la del Hugo que te merece, que te gana frente a mí. Quiero saberla.

—Ah, es tan difícil. Hugo no es inteligente. Es frívolo, o lleva una vida frívola, pero todo se debe a que teme enfrentarse, a que teme verse con los ojos abiertos. Es cobarde, claro. Pero el día que pueda verse a sí mismo como yo creo que él es, recuperará su coraje. Hay en él, todavía muy escondido, un ser inocente, bueno, generoso. A veces recojo algún indicio, pero de inmediato se retrae. Tiene vergüenza de que adivine la existencia de otro Hugo. Es poco, dirás, pero es también un constante desafío. Tengo que lograr que no sienta vergüenza ante sí mismo. Una vez, por ejemplo, me habló de vos.

—¿De mí?

—Había tomado unas copas de más. Ramón me desprecia, dijo.

—Yo no lo desprecio, Dolly. Sólo me parece que tiene pocos escrúpulos; que quiere imitar torpemente al Viejo.

—¿Y eso te parece poco desprecio? Es horrible porque me hiere, dijo, y a veces me hace mucha falta. Y yo creo que es cierto, Ramón, creo que le hacés mucha falta.

—Nunca lo hubiera imaginado.

185

—¿Qué?

—Nunca habría imaginado que Hugo pudiera pensar eso.

—Ya ves.

—Ahora sí me siento un cretino.

—Pero no lo sos. ¿Qué culpa tenés de que Hugo siempre aparezca como otro tipo? Yo los he visto juntos tantas veces y sé cómo trata de molestarte. A veces, incluso, se pone agresivo frente a vos.

—¿Me perdonás, Dolly, por todo lo que dije, lo del sueño y todo eso? Tengo la culpa de que hayas llorado.

—Me hizo bien llorar. Y lo del sueño, te lo agradezco, Ramón, te lo agradezco de veras. No sabés lo orgullosa que me siento de que un tipo como vos tenga lindos sueños conmigo.

—Bueno, ahora está claro. Se acabaron los sueños. Pero dejame que alguna vez hable contigo. Siento que con nadie, ni siquiera cuando estoy a solas, estoy tan cerca de la verdad. De mi verdad, ¿entendés?

—Sí, Ramón.

—¿Dónde te dejo?

—En cualquier esquina de Dieciocho.

—¿Río Branco?

—Perfecto.

—Mirá ese perro.

—Tiene cara de bichicome.

—¿Te gustaría ser bichicome?

—No creo. ¿Y a vos?

—Ahora, ya no. De chico era una de mis máximas aspiraciones.

—Yo, en cambio, quería ser capitán de barco.

—Más bien capitana.

—No señor, yo quería ser capitán. Me parecía que eso de ser hombre o mujer era simplemente un detalle de vestimenta, algo que uno podía decidir a voluntad.

—Cristina Jorgenssen, por lo menos, demostró tu teoría.

—¿Verdad que sí?

¿Cómo puedo hablar con ella, así, de cualquier cosa, perros, bichicomes y Cristina Jorgenssen? Creo que la quiero más, ahora que estoy seguro de que no pasará nada. ¿Por qué no la vi antes? ¿Por qué no le habré ganado de mano a Hugo? Con ella sí me sentiría valiente. ¿O esto será una nueva excusa para sentirme cobarde?

—¿Por qué tan callado?

—Pensaba.

—Si yo pienso mucho, me pongo triste, me desanimo, me siento repentinamente vieja.

—¿Sabés una cosa? Tuve una conversación muy seria con el Viejo.

—¿Otra más?

—Sí, otra más. Te lo digo sólo a vos. Se va a meter en negocios sucios. Se lo reproché. Quise evitarlo.

—Hace tiempo que lo sé. Hugo me lo contó. Tiene miedo.

—¿Miedo de qué?

—De que un día se le dé vuelta la suerte a tu padre y quede aniquilado.

—No, eso no. El Viejo es invencible.

—Nadie es invencible.

—Vos no lo querés al Viejo, ¿verdad?

—No. Le ha hecho un mal terrible a Hugo.

187

—¿Y a mí?

—También te ha hecho mal. Pero vos sos más fuerte.

—Si fuera realmente fuerte, tendría que aniquilarlo. Y al Viejo sólo se lo aniquila matándolo.

—Ramón.

—No te preocupes. El Viejo no sólo es invencible. También es inmortal.

—Pero es horrible que digas eso. Es horrible que hayas podido pensarlo.

—Sí, yo también me doy cuenta. Mirá cómo seré de sincero contigo. Hasta ahora sólo me lo había dicho a mí mismo y no tan claramente. Quisiera verlo muerto, ésa es la verdad. ¿Te das cuenta?

—Pobre Ramón.

—Creo que si él muriera, también se acabaría lo peor de mí mismo, quizá lo peor de este país. Hay momentos en que no puedo aguantar ese cinismo suyo para usufructuar nuestros lugares comunes, nuestros ritos, nuestros prejuicios, nuestras supersticiones, nuestras inhibiciones. Si un extranjero llega y nos mira con desprecio, ese mismo sonriente desprecio con que los yanquis deben mirar nuestras manos extendidas, entonces algo estalla dentro de mí, y siento rabia, eso es lo que siento. Pero si es uno de nosotros, el Viejo por ejemplo, quien mira lo nuestro con desprecio y todos sus actos se convierten en sórdidos pormenores de una misma burla, entonces ya no siento rabia, sino un gran desaliento, y nada estalla en mí, sino que algo se desmorona. Además, mi mayor desánimo viene de ser, precisamente, su hijo, porque cualquier cosa que yo diga contra él, cualquier actitud que yo tome para librar al país de su presencia nefasta, será tomado por resentimiento,

188

por deslealtad, por traición. Él lo sabe mejor que nadie, y por eso, siempre que puede, recalca que, *después de todo*, soy su hijo. Sabe que eso es una garantía. Te soy franco: si yo no fuera su hijo, quizá ya lo habría matado. Pero si lo mato, nadie se dará cuenta del significado de mi sacrificio. Porque el sacrificio sería mío, desde el momento que yo no soy un asesino. Nadie se daría cuenta, porque el hecho tan insoportablemente guiñolesco Hijo Mata A Su Padre taparía toda otra resonancia. También me hago otra pregunta bastante inquietante: si, aparentemente, soy el único que conozco y sufro la verdad de lo que el Viejo es; si, además, soy el único que creo en la necesidad, en la urgencia de su eliminación, ¿tengo derecho a frenar ese acto de justicia, nada más que porque sea mi padre?

—Lo convertirías en un mártir.

—Sí, lo he pensado.

—Y además, ¿qué sería de vos?

—Bueno, ¿qué es de mí ahora?

—No puedo soportar esta conversación, Ramón. Me parece increíble que estemos tratando este tema con tanta tranquilidad, sentados en tu coche, subiendo por Río Branco.

—Será que nos hemos vuelto insensibles, o crueles. Es decir, será que yo me he vuelto.

—Qué mañana la de hoy.

—Verdaderamente.

—Te confieso que en este instante añoro la rutina. Con una dieta así, de tantos choques emocionales, en pocas semanas me internan.

—Dolly.

189

—¿Por qué no me llamás con mi verdadero nombre: Dolores? Nadie me llama así, y a mí me gusta.

—Sí, Dolores.

—Me gusta cómo lo decís.

—Gracias, Dolores.

—Aquí me bajo.

—¿Mañana te recojo?

—No creo que necesite venir al centro. Además, Hugo ya estará de vuelta.

—Adiós, Dolores. Sos encantadora, sos buena. Además, me gusta la naturalidad con que sabés escuchar.

Que la llame Dolores. Claro que la llamaré así, aun en los benditos insomnios, aun en los malditos sueños. Todo esto fue una revelación para mí mismo. A medida que le iba hablando a Dolly, digo a Dolores, de esa idea de la muerte del Viejo, fui sintiendo que era algo legítimo, una convicción antigua que se había estado incubando en mí, quién sabe desde cuando, y lo peor, o lo mejor, por lo menos lo extraño, es que no me horroricé ni me horrorizo. ¿Seré, después de todo, un asesino? Palabras mayores. Un asesino. *Hijo desnaturalizado ultima a su padre.* Generalmente se habla de madres y padres desnaturalizados. Yo inauguraría una nueva casta: los hijos desnaturalizados. *La envidia como móvil de un horrible parricidio.* Vamos a ver: ¿con qué titulares sería anunciado por el diario del Viejo? Acaso simplemente: EDMUNDO BUDIÑO HA MUERTO, con una gran línea negra al pie de página. Seguramente Javier, o los jerarcas del Partido, verían la conveniencia de ocultar la verdad a la gran masa de lectores: el gran Prócer ultimado nada menos que por su hijo. *Cuando nada hacía prever un desenlace fatal, ha fallecido ayer el doctor Edmundo Budiño, nuestro director, víctima de un síncope cardíaco. No bien trascendió la sorprendente noticia, una ola de consternación ganó nuestra ciudad. Nadie podía creer que Edmundo Budiño,* alma parens *de todo lo bueno, de todo lo noble que la nación ha construido en cinco décadas de avasallante proceso democrático; nadie podía creer que este infatigable adalid de las causas justas, que este pontífice de la caridad, que este gran corazón uruguayo, hubiese dejado de latir. Y había razón para ese descreimiento popular, porque el corazón enorme, generoso, espléndido, de Edmundo Budiño, seguirá latiendo, no sólo en nuestras páginas que siempre invocarán la magistral tutela de su numen político y moral, sino también en el pueblo, que a través de los años constituyó la preocupación más honda y más sincera del gran hombre.* Está bien, pero ¿qué harían conmigo? Quizá la policía podría encargarse de que yo también muriera de un síncope. Enfermedad hereditaria. *El dolor se lleva también al hijo de Edmundo Budiño.* Gran conmoción entre las viejitas. El radioteatro hecho realidad. Decididamente no.

—¿Qué cuenta, Gabaldón?

—Señor Budiño, hace algunos días que deseo hablar con usted, pero no he tenido la suerte de encontrarlo.

—Anduve bastante atareado.

—No es nada de importancia; sólo detalles a mejorar.

—¿Por ejemplo?

—Ya van tres veces que me pasa y uno acaba por sentirse un poco provinciano.

—¿Siempre el problema de las *call-girls*?

—Siempre. Usted sabe que esta gente no son turistas. Son gerentes, vicepresidentes, supervisores regionales, y están acostumbrados a las tres categorías. Usted ha estado en Nueva York, señor Budiño; por lo tanto conoce lo bien organizados que están allí los hoteles. Las francesas, cincuenta dólares. Las norteamericanas, cuarenta. Las puertorriqueñas, veinticinco. Esta gente está acostumbrada a las francesas. Están dispuestos a pagar los cincuenta dólares, pero siempre y cuando sean francesas. Para ellos las uruguayas, por bonitas que sean, equivalen a puertorriqueñas, y no les interesa ese nivel. Se las conseguimos a veinticinco dólares, o hasta menos, pero no las quieren. Ellos no buscan la pichincha, como dicen ustedes, sino las francesas.

—¿Y no puede conseguir ninguna? ¿Habló con Dallegri?

—Sí, señor, hablé en Dallegri. Pero las únicas francesas son las de la calle Reconquista. Ciudad Vieja en general. Imposible. Esta gente viene con ideales definidos. No se olvide que son gerentes, vicepresidentes, supervisores regionales. Son gente de jerarquía, no unos gatos cualquiera, como dicen ustedes. Si fueran jugadores de *baseball*, vaya y pase, pero son gerentes, vicepresidentes de directorio, supervisores regionales. No vaya a creer, señor Budiño, que estoy echando abajo el producto nacional. Lejos de mi pensamiento. Sé perfectamente que usted y yo preferiríamos las chicas uruguayas, que son verdaderamente bonitas, pero esta gente son gerentes, vicepresidentes, supervisores regionales, personas bastante veteranas, del equipo antiguo, así que desprecian un poco lo criollo. Cuando les propongo una montevideana, dicen que no quieren saber nada con las indias. Están acostumbrados a las francesas y se acabó. El yanqui es un animal de costumbres. Yo tengo confianza en que la cosa cambiará, pero con el tiempo. Esta gente todavía no ha comprendido cuál es el espíritu de la Alianza para el Progeso.

—¿Y usted qué propone?

—Yo había pensado si no se podría hablar, primero con las otras Agencias, después con los hoteleros, para hacer una gestión (extraoficial, naturalmente) ante la Comisión Nacional de Turismo. Francamente, creo que la única solución decorosa sería la importación.

—¿Importación de qué?

—De francesitas, señor. Pero no ese desecho que llega a las pensiones de la Ciudad Vieja después de recorrer todos los mares. Francesas de marineros, no. Eso ya tenemos en abundancia. Francesas de vicepresidentes, de gerentes, de supervisores regionales, eso es lo que se precisa. Tenga en cuenta, señor Budiño, que ellos las quieren opulentas de arriba, angostas de cintura, con pelo largo a lo Marina Vlady, un traserito discreto aunque no demasiado voluminoso, ojos de ternera amable, que hablen inglés *of course*, y sepan escuchar atentas y sensibles cuando ellos les narran cómo su sexta mujer no los comprende. Ya sé que es difícil conseguirlas, porque hay gran demanda en Miami, Nassau, Palm Beach, Niza, Saint-Tropez, Brasilia, Mallorca, Copenhague, y otras zonas de turismo verdaderamente adulto. Pero tal vez, si la Comisión Nacional de Turismo hiciera una gestión. Fíjese que así no se puede seguir. Anoche mismo, aquel supervisor regional de la New Californian Oil Co. que usted me presentó, llegó a preguntarme, bastante contrito y resignado, si ni siquiera teníamos hawaianas, y tuve que contestarle que no. Usted se ríe, pero no sabe qué humillación. ¿De qué vale toda la experiencia que uno acumula, si después no hay mercadería? Créame que para ellos, pensar en hawaianas ya es una concesión importante. Y ni eso. Le aseguro que están verdaderamente deprimidos. Lo de La Habana fue un golpe tremendo. No, no me refiero a la Reforma Agraria. Al final, se acostumbrarán a eso. Me refiero a la rumba. Extraño espantosamente la rumba, me decía este hombre de anoche. No puede perdonarle a Castro que le haya quitado la rumba. A mí me hacen gracia los diarios, señor Budiño, incluso y con todos respetos, el de su padre el Doctor, cuando reclaman de los Poderes Públicos una más inteligente política de turismo. Ja. Mucho Punta del Este, descuentos al turista, y Casino. ¿Cómo pueden ser tan miopes? Para el turista porteño, claro, está bien, porque pese a sus ínfulas y a los seis millones de habitantes que dicen tener, son tan provincianos como ustedes, y vienen con la señora y los nenes, o se arreglan con algún módico *progamita* de Piriápolis. Pero me parece que pensar solamente en el turista argentino, que siempre está dependiendo del cambio y los gorilas, es tener muy pocas ambiciones. La cosa es atraer al turista del Norte, ¿no cree usted? Y al turista del Norte no lo atraerán jamás si no solucionan previamente el problema de las *call-girls*. Fíjese que ni siquiera estamos al día con el lenguaje cifrado. En Los Ángeles, cualquier hotel, ya no digamos de primera, sino de segunda o tercera categoría, tiene siempre en la mesita de noche el arancel de taquígrafas. Una telefoneada y ya está, viene la taquígrafa, sin lápiz, sin papel y hasta

194

sin bombacha, como dicen ustedes. Una monada. Eso es organización. Aquí, en cambio, hay tantos problemas que los tipos se desaniman. Hasta los hoteleros tienen miedo de que los acusen de tratantes de blancas, qué provincianismo. Sólo falta que los obliguen a formular el pedido en papel sellado. Turismo sin sexo, ¿dónde se ha visto? Usted se ríe, pero estamos espantosamente atrasados. Si esto no se arregla, yo me vuelvo a Caracas. Allí por lo menos hay petróleo, y siempre, la historia lo demuestra, donde hay petróleo el turismo se vuelve civilizado. Yo no sé si usted está en antecedentes, pero yo me tuve que venir cuando gobernó ese loquito de Larrazábal. Uno peligraba, claro, como tanta gente decente. Pero ahora la cosa está tomando otro color, y creo que podré reanudar allí mi espléndida carrera. No se pueden desperdiciar quince años de experiencia, señor Budiño. La experiencia y mis cuatro idiomas son mi único capital.

—Yo lo llamaré sin falta esta semana.

—Muy bien, señor Budiño. Hágame usted el favor de seguir bueno.

—Señorita, dígame con franqueza: ¿usted cree que aquí llevamos una vida provinciana?

—Este, señor, yo creo que...

—Claro, usted no conoce otros países para comparar.

—Este, señor Budiño, yo estuve en Buenos Aires y en Porto Alegre.

—Muy bien, muy bien. Y comparándola con la de esas ciudades, ¿le parece que nuestra vida es provinciana?

—¿En qué sentido, señor?

195

—Diversiones, por ejemplo.

—Yo aquí me divierto, señor. Pero no sé si es exactamente lo que usted quería saber. Seguramente, usted preci...

—No, no, no. Eso es justamente lo que yo quería saber.

Carnosa, solamente carnosa. Pero qué boba. Después quieren que uno crea en la existencia de Dios. ¿Cómo una mujer puede ser tan llenita, tan perfecta, con ese busto, con esa boca, y sin cerebro? Habría que ponerle uno a transistores. O devolverla a Dios, como falla de fábrica. De todos modos, el baboso del novio no ha de manosearle precisamente el cerebro.

—Voy a comer en el centro, señorita, así que estaré de vuelta a eso de las dos.

—¿Recuerda que a las tres citó al señor Ríos?

¿Cómo hará para tener memoria, si no tiene cerebro? ¿Tendrá la memoria instalada en el busto? Sitio hay, de sobra. Allí podría tener la memoria, el estómago, los meniscos, el páncreas, todo.

—Adiós, Tito.

—Adiós, Doctor.

—Adiós, Pepe.

Es increíble la gente que conozco en la Ciudad Vieja.

—Chau, Lamas.

¿Sería realmente Lamas?

—Adiós, Valverde. ¿Cómo va ese glorioso Liverpool?

Son los dos únicos temas que se pueden tocar cuando se habla con él: la pesca y el Liverpool. ¿Existirá alguien que realmente disfrute con la pesca, aparte de los bagres que huyen con media carnada?

—Chau, Suárez, ¿qué contás de este calor en pleno abril?

—Adiós, botija, ¿cómo está el Viejo?

La única vez que ejercité la pesca tenía ocho años, y la única mojarra que extraje me la había enganchado tío Esteban, nadando por debajo, hasta el anzuelo. Qué hazaña.

—Adiós, Teresita. Siempre guapa, como la mamá. Adiós, doña Teresa.

Es increíble cómo se mantiene esa veterana. Todavía sigue siendo preferible a la hija. Pero qué calor. No aguanto el saco. Y hoy no podré ducharme hasta la noche.

—Así que hablaste con tu padre.

—Hablé. Y nada.

—¿Pero le dijiste lo de Larralde?

—Eso fue lo que le dio más tranquilidad.

—No entiendo.

—Larralde está fundido. El Viejo tiene tres armas contra él: un hermano que en las elecciones del cincuenta y ocho figuró en la lista del PC, un tío materno que hace una punta de años robó cincuenta mil dólares en un Banco y fue cazado por la Interpol, y una hermanita, Norma Larralde, ¿la conocés?

—De vista. Es la secretaria de Estévez.

—Secretaria y compañía.

—No sabía.

—Fijate qué tres datos para estar en manos del Viejo.

—¿Y vos creés que Larralde aflojará?

—En eso el Viejo nunca se equivoca. ¿A vos qué te parece?

—Francamente, no sé. Yo no sabía nada de esos tres antecedentes. Realmente son serios y lo pueden fundir a Larralde. Pero, por otra parte, el negociado es gordo. De pronto consigue que la gente de *La Razón* lo respalde.

—Difícil. Entre ellos nunca se tiran a matar. Vas a ver que en última instancia se complementan. En el caso hipotético de que Larralde haga la denuncia, el perjudicado sería él. El Viejo y Molina tienen cómo aplastarlo. El razonamiento que se hace el Viejo es que Larralde es un periodista inteligente, con oficio, pero que en el fondo es sólo un tipo que quiere vivir tranquilo y sabe mejor que nadie que si se tira contra el Viejo, y el Viejo tiene esos tres datos para esgrimir contra él, ya no podrá vivir tranquilo. El Viejo dice que Larralde va a comprender no bien reciba una llamada anónima en la que se le diga cuál es la situación. Y vos ¿no te animás?

—¿Yo? Estás loco. Si Larralde, que es un tipo de experiencia, de acuerdo a tu pronóstico no se atreve, ¿querés que me atreva yo?

—Pero Larralde tiene esos tres puntos vulnerables. ¿Cuál es tu punto vulnerable?

—No tengo. Pero tampoco es necesario. Fijate que si yo hago la denuncia, tengo que hacerla por la vía oficial. ¿Qué diario me va a publicar a mí, Walter, o sea Nadie, un artículo con todos los pormenores? ¿Quién me conoce? Para terminar el asunto no precisan ni siquiera amenazarme, o descubrir algo sucio en mi familia, que a lo mejor hay. Nada de eso. Sencillamente, el expediente se extravía y a mí me entierran en el Archivo, o, en último caso, me acusan de comunista y chau, vos sabés que hoy en día eso no hay necesidad de demostrarlo. ¿Y vos? ¿Te animarías?

—Te olvidás que soy el hijo. Entre un hijo que traiciona a su padre, y un político que traiciona a su país, la gente, que es un modo de decir la opinión pública, siempre va a ser más severa en el primer caso. Hay que convencerse. Cualquier lucha con ellos es desigual. Tienen la prensa, la radio, la televisión, la policía. Tienen además toda la estructura de los dos grandes partidos. Entre un estanciero blanco y un estanciero colorado, mucho más que las diferencias políticas cuenta el hecho de que ambos son estancieros. Se protegen, es inevitable. Hoy por ti; mañana por mí. ¿De qué te reís?

—Me hace gracia verte tan frenético. A vos, nada menos que a vos, el hijo de Edmundo Budiño.

—Sólo falta que agregues: cría cuervos y te sacarán los ojos.

—No te enojes, Ramón. Vos me preguntaste de qué me reía. No creas, tu caso me ha hecho pensar. Me ha hecho pensar si vos y yo, por distintos caminos, no estaremos traicionando a nuestras respectivas clases. Fijate, mi viejo durante toda su vida fue un obrero, murió siendo un obrero, y a consecuencia de un accidente en la fábrica. Era un tipo que apenas sabía leer y escribir, pero tenía conciencia de su clase, siempre la tuvo. Una vez, en una época en que llegamos a pasar hambre (yo era chico, tenía diez años) hubo una huelga que duró meses. La fábrica estuvo un tiempo parada, pero después empezaron a tomar gente nueva, cada vez más gente nueva. Pero el viejo era especializado, y lo vinieron a buscar, le ofrecieron casi el doble del salario que ganaba. Sin embargo, dijo que no. Ni por un instante se le ocurrió traicionar a su gente. El hambre siempre es mejor de llevar que la vergüenza, decía. Cuando yo te la digo, suena como una frase en bastardilla. Pero te puedo asegurar que cuando la decía él, sonaba sencillamente como una verdad. ¿Sabés qué fábrica era? La de tu padre, que entonces no era de plásticos sino de artículos de aluminio. Yo estudié un poco, no terminé el liceo. Me arrimé a un club de Luisito. Después me empleé. Y mirame ahora: si hay un tipo que no tiene conciencia de clase, ése soy yo. Cuando estoy con algún amigo del viejo, no sé por qué, me siento culpable, me siento incómodo. Cuando hablo con los muchachos de la oficina, me doy cuenta de que no pertenezco a su medio, de que yo debía ser otra cosa, pensar otras cosas, hacer otras cosas. Sin embargo, ya me ves: secretario de Molina, nada menos que Molina, qué tipo. Te juro que a veces siento vergüenza por el viejo, por lo que habría sentido él si me viera trabajar al lado de ese podrido, y haciéndole a veces hasta de Celestina.

—Pero vos dijiste que los dos traicionábamos a nuestras respectivas clases.

—Sí, lo dije. Porque vos venís de la otra punta: gente de plata. Tu padre es uno de los tipos más temidos del país. Pudiste recibirte, pero dejaste los estudios. No te has independizado totalmente de tu padre. Sin embargo, hemos hablado muchas veces largo y tendido, y sé qué pensás de muchas cosas. En política internacional, en política nacional, en sensibilidad moral, sos lo contrario de tu padre. Reconoce que sos una excepción. Por lo general, los hijos de los ricos piensan con dinero, que es una manera muy peculiar de pensar. Vos no. Tampoco sos definidamente un hombre de izquierda. Te quiero decir, entendeme Ramón, que no me doy cuenta exactamente de cuál es tu posición. Pienso que a lo mejor estás traicionando a tu clase, pero probablemente hacés bien.

—Vos te guardás algo.

—No se te escapa nada, ¿eh?

—¿Qué es lo otro?

—Te vas a enojar.

—Vamos, me conocés bien. Decilo.

—Ya que insistís tanto, te lo voy a decir. De lo contrario, vas a pensar que se trata de algo peor. ¿Vos has pensado si esa actitud tuya, tan insólita dentro de tu medio, viene de un verdadero convencimiento, de una profunda y responsable certeza, o viene simplemente de un afán de llevarle la contra a tu padre?

—Sí, lo he pensado.

—¿Y?

—Y yo tampoco estoy seguro.

¿Cómo podría estarlo? Además, nunca lo pensé. Walter puso el dedo en mi ventilador. Es para pensar, para pensarlo bien. Por algo no me decido a una participación más activa. ¿En qué? En algo, en cualquier cosa. Para el Viejo soy un tipo de izquierda, y ése es su gran dolor de cabeza, aunque no lo confiese. Pero yo nunca firmé un manifiesto, ni me afilié a un partido, ni asistí jamás a ningún acto político, ni contribuí monetariamente a ninguna colecta. He eludido hasta esos mínimos sucedáneos de la acción. Toda mi militancia izquierdista ha consistido en hablar, en algún café, mal de los Estados Unidos, ja, y también mal de Rusia. Es para pensar, para pensarlo bien.

201

—Bueno, aquí me quedo. Tengo que ir al República. ¿Vos seguís?

—Sí, tengo que volver a la Agencia. Con tu famosa disertación sobre clases y traiciones, se me hizo más tarde de lo que yo creía. Tengo un cliente que me espera.

—Llamame cuando te quedes a almorzar en el centro. De lo contrario, no nos vemos nunca.

—Le presento a mi nieta.

—Mucho gusto, señorita. Ah, veo que cumplió con mi pedido. Muy bien. El pasaporte suyo, señor Ríos, y el de la señorita. El certificado suyo; el de la señorita. ¿Y el memorándum con el itinerario?

—Aquí está.

—Perfecto. Vamos a ver: Lisboa, Santiago, Sevilla, Córdoba, Granada, Madrid, Toledo, Barcelona, Nápoles, Roma, Florencia, Venecia, Ginebra, París. Supongo que el orden no es obligatorio.

—Usted lo acomoda como mejor le parezca o como mejor convenga.

—Pensaba, por ejemplo, que de pronto podría combinarse de modo que pudiera ver la Semana Santa en Sevilla y la Fiesta del Grillo en Florencia.

—Usted es el que manda. Haga y deshaga a su gusto. Mire, en realidad, me agradaría que se pusiera de acuerdo con mi nieta.

—Pero, abuelo.

—Nada de peros. Señor Budiño, ella es la directora de nuestro viaje. Yo se lo había prometido según fueran las notas de fin de año y, aquí la ve, esta señorita salió

202

exonerada con muy bueno sobresaliente. Así que a cumplir la promesa.

—Pero, abuelo.

—Ahora, señor Budiño, usted me va a disculpar por quince minutos. Cuando combinamos ayer esta entrevista, yo no me acordé que hoy, a esta misma hora, tenía que firmar una escritura. Pero le dejo a mi nieta, y usted arregla todo con ella, exactamente como si fuera conmigo.

—Vaya tranquilo, señor Ríos.

—Hasta luego, abuelo.

—Bien, señorita, ya que usted es la directora del viaje, me dirá cuáles son sus preferencias.

—Señor, discúlpeme. Tengo que hablar con usted antes de que vuelva mi abuelo.

—Usted dirá.

—Yo sé que mi abuelo ayer le habló francamente.

—¿Francamente sobre qué, señorita?

—Sobre su enfermedad.

—¿Cómo? ¿Está enfermo su abuelo?

—Quiero decir: sobre su cáncer.

—Señorita.

—Ya sé que le pidió reserva.

—Pero.

—Voy a explicarle: yo soy muy amiga de la hija del doctor Soria. Rómulo Soria.

—Sí, lo conozco.

—De modo que el doctor Soria me conoce desde hace mucho tiempo. La semana pasada, estaba esperando a Chichí, mi amiga, la hija del doctor. Y entonces llegó él y me hizo pasar a su despacho y me dijo que hacía muchos años que me conocía, que se felicitaba de que su hija me

203

tuviera por amiga, que yo le parecía una chiquilina muy seria, etcétera. Después de ese apronte, me dijo lo que tenía mi abuelo.

—¿Rómulo le dijo que su abuelo tenía cáncer?

—Sí. Dijo que lo había pensado mucho, que no sabía si estaba haciendo bien, pero que le parecía demasiado cruel dejar que el abuelo viajara a Europa sin que nadie supiera de su enfermedad.

—¿Y sus padres lo saben también?

—No. Yo soy la única que lo sé. Y el abuelo tampoco sabe que yo sé.

—Ah.

—El doctor Soria me explicó que se había decidido a hablarme, sólo a mí, porque de antemano sabía que si se lo decía a mis padres, el viaje no se haría. Y mi abuelo desea tanto ese viaje.

—Ya lo sé.

—La visita que mi abuelo le hizo ayer a usted fue aconsejada por el doctor. Así que él me puso en antecedentes de todo lo que mi abuelo le iba a pedir.

—Veo que no me deja la exclusividad de ningún secreto.

—Le digo a usted todo esto, señor Budiño, por dos razones: para que se quede más tranquilo, sabiendo que mi abuelo viajará con una persona que sabe lo enfermo que él se encuentra, y también para que, ahora con toda libertad, me haga usted todas las prevenciones relacionadas con el viaje, todas las que considere útiles dado el estado de mi abuelo.

—Me va a tener que otorgar un día más, por lo menos, porque ahora tengo que replantear todo el problema.

—Claro.

—¿Lo quiere usted mucho a su abuelo, señorita?

—Mucho. Pero le ruego que no me haga llorar. Mi abuelo puede darse cuenta. Está atento a todo.

—Perdón.

—Y nada más. Mejor lo espero afuera. Al abuelo le diré que a usted le llegó gente y que me citó para mañana de tarde. Pero yo vendré de mañana. Si a usted no le parece mal.

¿Y con qué cara miro yo ahora al pobre Ríos? Éste sí que es un enredo. Más propio de un confesionario que de una Agencia de Viajes. ¿No me habrá jodido alguien en todo esto? ¿Y si llamara a Soria? A ver un poco. ¿Dónde metieron la guía? Soria, Armando. Soria, Beatriz. Soria, Josefina Méndez de. Soria, Rómulo. Nueve dos cuatro seis cinco.

—¿Podría hablar con el doctor? De parte de Budiño. ¿Rómulo? Años que no nos vemos... Te imaginarás por qué te llamo... Eso mismo. Mirá, el asunto es tan insólito, tan desusado en mi actividad, que quise tomar la precaución de confirmarlo contigo... Ajá... Ajá. Mirá, yo creo que hiciste bien... Yo veré qué hago, la cosa no es simple, no te creas... ¿Y tu mujer? ¿Y Chichí?... El Viejo siempre activo... Susana, bien... Gustavo tiene diecisiete... ¿Qué me contás? Es que pasa el tiempo, che, aunque no nos demos cuenta... Y yo un año más todavía: cuarenta y cuatro... Claro que tenemos que vernos. Tan amigos como fuimos. ¿Seguís yendo a la Asociación Cristiana todos los días? ¿Siempre tempranito?... Sos un crack. Yo no. Hace añares que no hago deportes... Mirá, si ahora me pongo a jugar a la paleta, me desencuaderno... Decime, ¿por qué no te venís por casa una tarde de éstas, así charlamos largo y tendido, y nos ponemos al día? Anota la dirección, ¿tenés un lápiz? Caramurú, cinco cinco siete dos... Sí, en Punta Gorda. Los fines de semana me encontrarás siempre. Me dedico a apoliyar... No, nada de paleta... Cómo no, Rómulo, cómo no... Se lo diré a Susana. Lo mismo a Nelly y a Chichí... Pero vení ¿eh?

Rómulo Soria. Ahora tiene otra voz, completamente distinta. Un buen tipo. Aquella vez, en Buenos Aires, sería en mil novecientos treinta y ocho. Yo estaba haciendo aprendizaje de agencias en Turisplán, San Martín y Cangallo. Mandado por el Viejo, claro. Turisplán, de Eduardo Rosales&Cía. El chileno con barba, el filósofo casero, con su doble vida: agencia de turismo por un lado, y escuela espiritual por el otro. Rosacrucismo más teosofía más Eliphas Levi más Krisnamurti, linda ensalada. Una especie de doctor Budiño, trabajando en otra zona. Su estafa era de almas. Pero de paso él se forraba, no precisamente en su alma, sino en su cuenta bancaria. En la Agencia se llamaba Rosales; en la Escuela se llamaba Spatium. La secta tenía afiliados en Buenos Aires, Montevideo, Río, Santiago, y además en ciudades imprevisibles como Popayán, Belo Horizonte, Paysandú, Rancagua, Tarija, Barquisimeto, Catamarca. De todas le llegaba dinero. Era la época en que el presidente Ortiz se estaba quedando ciego, y la revista *Nosotros* publicaba poemas de Luis Fabio Xammar, y si uno hacía inocentes comentarios antinazis en la vereda del *Deutsche La Plata Zeitung*, siempre había cerca algún *tira* para llevarlo preso, y la novedad eran las nuevas líneas de Chadopyf, y yo llegaba primero en la frenética subida al gallinero del Colón la noche en que dirigió Toscanini y desde allá arriba era emocionante ver cómo la calva del Maestro se ponía alternativamente blanca y roja de acuerdo al ritmo que impusiera Wagner, y en los prostíbulos de provincia se formaban largas colas de indigentes sexuales, y en la Boca los pescaditos eran mucho más sabrosos que ahora, y las baldosas en las veredas de Viamonte estaban todas flojas, y uno se enchastraba los pantalones con las salpicaduras de barro hijodeputa, y en Gath&Chaves sección Perfumes había una rubia descomunal que no me daba pelota, y un sábado llegó tío Esteban y me citó en el Cabildo y yo como un buenas noches estuve dos horas esperando en el Cabildo de Plaza de Mayo mientras él me esperaba en el café Cabildo, y una vez en la calle Charcas alguien me dijo mira ésa es Victoria Ocampo y yo dije quién es Victoria Ocampo, y fui mortalmente despreciado con el comentario: estos uruguayos, si los sacás del fútbol y la ruleta, son unos opas, y no pregunté qué quiere decir opa para no ser mortalmente despreciado por segunda vez, y en el Parque Japonés había un gran bólido mortal en que uno daba unas vueltas espantosas y bajaron dos muchachas y una de ellas estiró ostensiblemente una pierna como una sonámbula y le empezaron a caer del zapato de charol unas gotitas probablemente de pipí con pánico, y qué fenomenales los panqueques con dulce de leche de La Martona. La madre de uno de los subsecretarios de la secta Spatium tenía una pensión en la calle Tucumán, y allí fui a parar, porque entre Rosales y el Viejo se habían combinado para pagarme una miseria y sólo me alcanzaba para vivir allí, compartiendo una habitación con el mismísimo subsecretario Ceriani, que trabajaba en el Ferrocarril y se levantaba tempranito, echaba en la palangana agua de la jarra, y antes de lavarse los dientes ya se peinaba con gomina, bien tirante, y en seguida se ponía el gacho gris, y yo con un solo ojo abierto porque el otro todavía lo tenía dormido, lo veía así, en calzoncillos y con sombrero, y ahora debo reconocer que ése fue uno de los espectáculos más divertidos que presencié en ese Buenos Aires anterior a Perón. Cayó en la pensión una tarde y yo hablé con doña Josefa, la madre de Ceriani, y le pusimos un colchón en mi pieza, y después salimos a caminar, y la única diversión fue tomar cerveza y coñac en un bar de japoneses que había en Corrientes, y Rómulo sabía una sola frase en japonés y se la dijo de un tirón al mozo que nos había traído el cubilete con los dados, y entonces el nipón sonrió con una espléndida felicidad oriental y pronunció un discurso frenético, con grandes ademanes y saltos de ojos, hasta que Rómulo se decidió a decirle en español que aquélla era la única frase que sabía y el japonés nos arrojó violentamente el cubilete sobre la mesita de mármol. Qué le dijiste, le pregunté. Y contestó Rómulo: Desde que aprendí japonés, creo que su patria es una maravilla. Claro que nos fuimos antes de que el japonés-mozo se apareciese con el japonés-patrón. Pero a Rómulo la cerveza más el coñac se le habían subido al mate y cuando volvíamos por Tucumán sólo hablaba de cañoncitos, una verdadera obsesión, nada más que cañoncitos, algo así como una borrachera premonitoria de los Toranzo Montero y los Isaac Rojas, que ahora juegan a los soldaditos y amenazan a presidentes, todo dentro de la legalidad, por supuesto. Y nos acostamos, yo en mi cama, él en su colchón, Ceriani hacía rato que roncaba y soñaba seguramente con reencarnaciones, karmas y otros temas favoritos del Spatium. A las tres desperté y Rómulo no estaba, pero mi propia borrachera pudo más y me dormí. Por la mañana, Rómulo desayunó conmigo y le pregunté qué había pasado. Esperó que doña Josefa se retirara del comedor y dijo discretamente: Chinches. Haberlo sabido. Las chinches eran algo tan frecuente en aquella pensión, que yo ya me había acostumbrado. Lo más que hacía era levantarme a media noche, ir al baño, mirarme en el espejo, ver cómo estaban aplastadas en todo mi cuerpo, y pegarme una ducha de purificación. Salían de los zócalos, organizadas como regimientos. Una noche yo estaba acostado leyendo mi primer Dostoievski, y de pronto vi que por la parte superior de *Crimen y castigo*, asomaban dos patas peludas. Una tarántula, simplemente. Tiré al pobre Dostoievski contra la pared y la araña cayó sobre el sombrero de Ceriani. Allí la dejé; después pensé que acaso la pobrecita había recurrido a mí, perseguida por las chinches. Cuando el perseguido fue Rómulo, no encontró otro recurso que levantarse, vestirse, salir a la calle y tomar un tranvía cualquiera, en Reconquista y Viamonte. El tranvía iba hasta Chacarita, y durante el trayecto durmió sin chinches, como un bendito. Fue al llegar a Chacarita, que el guarda se le acercó y le dijo: Destino. Rómulo abrió los ojos y dijo: No importa, vuelvo al centro. Ah, dijo el guarda, así que esta noche se está haciendo la farrita. Cuando me lo contó en el desayuno, creo que lloré de tanto reírme. Para mejor, vino después doña Josefa y habló largamente de sus proyectos de vacaciones. Siempre trabucaba las palabras, y esa mañana se refería a los lagos de Nahuel Huapí, pero ella decía Cagüelpichí.

También el subsecretario Ceriani incurría en parecidas trasgresiones verbales. Una vez, delante de mí, le preguntó a un matrimonio mendocino (la mujer estaba como de ocho meses): ¿Y, cuándo llega el *bastardo*? El marido se defendió recalcando en la respuesta: Esperamos al nuevo *vástago* para dentro de un mes. Otra vez contó que habían ido de picnic y que junto a un arroyo habían visto a un zorrillo herido, y culminó el cuento: Estaba en el último *esternón*. Las veces que pude ver juntos a Ceriani y a Rosales, noté el indisimulado desprecio que éste reservaba para la gomina, el cuello duro y las chambonas intervenciones del subsecretario. En medio de sus discípulos, Rosales a veces se abstraía, como si de pronto alguna corriente astral estableciera comunicación con su mente privilegiada. En estas ocasiones, todos se quedaban silenciosos, algunos juntaban las yemas de los dedos, otros cerraban los ojos. Frente a mí Rosales no se mandaba tanto la parte, y a veces me hablaba de sus fieles como de Esos Idiotas. Los domingos, por lo general, me telefoneaba temprano para que fuera a jugar al ajedrez con Fermín, su hijo asmático. Fermín me resultaba agradable, pero jugaba muy mal al ajedrez y yo me aburría soberanamente. Al muchacho le brillaban los ojos cuando hablaba del padre, y a veces, mientras yo hacía un enroque, se vengaba diciendo: El Maestro hace llover cuando quiere. Era su hijo, pero lo llamaba El Maestro, igual que todos los fieles. Yo estaba lejos de sentir los desconfiados arranques del apóstol Tomás, pero seguramente mi expresión no era lo suficientemente devota frente a los ojos de Fermín, así que al primer jaque él volvía a insistir: El Maestro habla todos los idiomas del mundo. Sobre este rubro de los idiomas presencié un episodio realmente espectacular. Entre los discípulos de la secta era bastante general la creencia de que Spatium hablaba todos los idiomas del mundo. Un día vino a Turisplán uno de los discípulos más antiguos y pidió para hablar con Rosales. A éste no le gustaba que los fieles vinieran a verlo a la Agencia, pero ese día estaba de buen humor, así que lo recibió. El tipo se llamaba Galdós. La semana anterior había venido para comunicar que tenía un amigo árabe que quería entrar en la Escuela. Un árabe que sólo hablaba árabe. O sea que era una buena ocasión para probar el dominio que el Maestro Spatium tenía, entre otros idiomas, del árabe. Pero Rosales no perdió la calma. Simplemente, le dijo a Galdós que le comunicara a su amigo árabe que debía presentar una solicitud de ingreso, escrita en árabe naturalmente, y expresando cuál había sido hasta ese momento la trayectoria de su vida. Ahora Galdós venía precisamente con esa carta. Yo estaba en el despacho cuando le entregó el sobre a Rosales. Éste lo abrió, desdobló el papel, pasó atentamente su mirada por aquellos caracteres que seguramente le decían tan poco como a mí, luego volvió a doblar la hoja, la puso en el sobre y le dijo serenamente al escudriñante Galdós: Dígale a su amigo que quien ha sido en su vida lo que él fue, no puede ni debe entrar en mi Escuela. Pero, balbuceó Galdós. Nada de peros, dígale eso. Nunca me olvidaré de la cara de Galdós. Se fue con la carta y creo que nunca más volvió. Le falló la confianza, oí decir a los otros fieles, no sé si como expresión de envidia o de reproche. Creo que algunos de ellos tenían unas ganas tremendas de que les fallara la propia confianza. Rosales era asmático. No tanto como

Fermín, pero era asmático. En el despacho de Turisplán, en el cajoncito a la izquierda de su escritorio, tenía un inhalador. Yo trabajaba en la pieza contigua, pero el tabique era delgado y yo podía oír la seguidilla de bombazos y su ruidosa forma de aspirar. Él ocultaba siempre esa discreta claudicación física. Y tenía razón; era un poco ridículo que un Maestro, con suficiente poder como para hacer llover cuando quería, un Maestro que hablaba todos los idiomas del mundo, un Maestro que se comunicaba con cuanta corriente astral se le ponía a tiro, tuviera sin embargo que andar apretando la servicial perilla del inhalador para que el fuelle de sus pobres bronquios recuperara su ritmo normal. Algunas veces yo entraba de golpe en el despacho, y lo sorprendía en mitad de una inhalación, y era interesante ver cómo se las arreglaba para derivar la aspiración inconclusa hacia una tos completa, y para esconder el inhalador bajo una carpeta o dejarlo caer en cualquiera de los cajones. En esos casos, su mirada era de odio; la mía, de inocencia. La barba de Rosales era puntiaguda y tenía algún mechoncito de canas. Él solía apoyar la cabeza en la mano izquierda. Como el pulgar y el índice formaban parte del apoyo, empleaba el desocupado meñique para la subsidiaria atención de la barbita mefistofélica e incluso para subir su extremo hasta la boca; pero sólo mordía los pelos cuando estaba muy rabioso o muy excitado. Por ejemplo; siempre que yo entraba de sorpresa, empezaba a morderse la barba. Pero yo había inventado un contraveneno. Pestañeaba tres veces seguidas y pensaba: farsante. Sí, era la época del Presidente Ortiz y la revista *Nosotros* y Toscanini y la rubia de Gath&Chaves y el Parque Japonés y los dos Cabildos y el

212

Deutsche La Plata Zeitung y las colas en los prostíbulos y la Escuela Spatium. Fue en esa época cuando Rómulo Soria estuvo en la pensión de doña Josefa y ella venía después de la cena y preguntaba: ¿Qué quieren, té o café? Y uno contestaba: Té. Y ella decía: Qué lástima, no hay más que café. Lindos días, después de todo. Y aunque el Viejo en ese tiempo me tenía vigilado por medio de Rosales, yo me sentía bastante libre, y a los seis meses de estar allí, cuando me di cuenta de que Rosales me iba a llamar indefectiblemente todos los domingos para que yo fuese hasta Palermo, en un rasposo autobús que pasaba por Leandro Alem, a fin de propinarle a Fermín diez o doce variantes de jaque mate, cuando me di cuenta de eso, todos los domingos me levantaba temprano y, antes de que me llamara Rosales, me escapaba con un libro a la plaza San Martín, y leía, atropelladamente, pero leía, desde Tolstoi hasta Miguel Cané, desde *La letra escarlata* hasta *La cena de los cardenales,* desde *Las flores del mal* hasta *Versos a Negrita.* Leía, leía como enajenado, y sólo de vez en cuando levantaba la vista para ver allá abajo los árboles de Retiro, y los tranvías, y dos o tres mateos que daban vueltas a la plaza con alguna pareja de tucumanos o catamarqueños o mendocinos.

Montevideanos, jamás. Nuestro heroico sentido del ridículo nos mantiene inexorablemente alejados de todos los placeres que sean públicos, espontáneos y baratos. Nuestra máxima distensión es cantar la *Despedida de los Asaltantes.* Como cuando aquella delegación estudiantil que visitó un país europeo del otro lado de la Cortina, creo que Bulgaria, y fue invitada a grabar canciones folclóricas para algunos de esos Museos de las Canciones del Mundo a que son tan afectos los subdirectores de bibliotecas, las becarias en bailes regionales y los profesores de fonética; y los distinguidos compatriotas se pusieron de acuerdo y cantaron justamente eso, la *Despedida de los Asaltantes*. El día en que los búlgaros se den cuenta de que se trata de la característica de una murga, probablemente nos insultarán en búlgaro. Sin embargo, esto de nuestro folclore es un problemita, porque ¿dónde encontrarlo? El pericón, dicen los técnicos. Pero desde que Nardone lo pasa diariamente por Radio Rural, como introducción a su *saludo habitual de todos los días a los productores rurales de mi país, a los productores rurales de los países vecinos, a los amigos ruralistas de Montevideo y a los amigos de todas las localidades del interior*, desde entonces el pobre pericón ha dejado de ser folclore para convertirse en danza macabra. Mucho Chalchaleros, mucho Atahualpa Yupanqui, mucho Edmundo Zaldívar, pero todo eso es argentino.

Nuestro es el candombe; es decir, es de los negros. Hasta en eso nos parecemos a los Estados Unidos. También aquí los negros son los únicos que se divierten con ganas. El resto del folclore es quiniela, fútbol, contrabando hormiga, punga, tripletas, coima, las Tres Tareas de la Buena Voluntad. La alternativa es clara: caridad con bombo, o egoísmo a cal y canto. Sí, era lindo ver desde la plaza San Martín, junto a la sombra filosa del Cavanagh, aquellos mateos con parejitas provincianas, y en el banco de al lado, el cochecito con vagidos junto a la niñera coruñesa, y el policía de cara aindiada junto a la niñera, sonriéndose ambos con la preciosa, irrecuperable timidez de los seres primitivos, que para llegar al sexo no precisan dar, como nosotros, clase media frustrada y pretenciosa, tantos rodeos previos por zonas en que moran la religión y Jean-Paul Sartre y la carestía de la vida y el teatro independiente y vio el último asalto y su cara me resulta conocida y dónde pasará Carnaval y Turismo y los partidos tradicionales están caducos y hace años que no había un verano tan caluroso y esto del dólar siempre a once es una situación artificial e insostenible y viaja usted siempre en este trole y me daría su teléfono y me siento tan cómodo hablando contigo. Todo ese rodeo, o, de lo contrario, el piropo a quemarropa, mejor dicho a quemapollera, el piropo-pedrada, heredado tal vez de los andaluces pero despojado de su gracia, el piropo contundente, sin lugar a lirismos ni ambigüedades, el piropo-nalgada, de obscenidad casi táctil y obligación de palabrotas. Y esto no es la excepción. No vale decir que eso sólo lo hace y lo piensa la gente ordinaria, también llamada sin roce, los que no son socios del Jockey Club ni de Amigos del Arte ni del Rotary ni de los Leones. No, eso lo dice y lo piensa todo el mundo, con excepción de los maricas, que piensan en otro rumbo, y de los santos varones, que sin embargo ya no vienen como antes. Yo mismo, que no soy marica ni santo varón, miro ahora a la secretaria espléndida, carnosa, y no me importa que sea boba. Le hablo con toda la corrección que reclaman las convenciones sociales y la coexistencia pacífica.

—Déjeme ahí esos papeles, señorita, y pídale al señor Abella el informe semanal.

Pero la verdad es que, por más que disimule, no puedo apartar la vista de su pendular libra esterlina, y sigo atentamente las oscilaciones a fin de poder vigilar, aunque sea sólo así, con intermitencia y a las apuradas, ese glorioso nacimiento de sus senos henchidos y a la vez embretados, ese nacimiento frente al cual a uno se le van los ojos y las manos y la boca y el decaimiento. El hecho de que no le lance el piropo-pedrada, el hecho de que no apriete los dientes y le propine la nalgada feroz que su estupendo traste se merece, sólo significa que mi mediana cultura me ha dejado un buen surtido de inhibiciones y que, como resultado, soy excesivamente parco en mis homenajes.

—Bien, señorita, creo que por hoy ya alcanza. Me ha hecho firmar como diez cheques y treinta cartas.

Mejor me voy. Sé que esta noche tengo que pensar largamente el asunto Dolly, quiero decir Dolores, pero tengo que estar tranquilo, tengo que reservar toda mi tranquilidad para esta noche.

Abella dice que hace bien caminar todos los días, que así fue cómo él pudo bajar su panza. Yo además tendría que comer menos pan y no tomar cerveza en las comidas, y menos sal, y nada de dulce, y gimnasia todas las mañanas. En realidad nunca, ni en mis mejores tiempos, pude llegar a tocar las puntas de los pies con mis manos, pero dentro de poco creo que no podré, ni aun en mis genuflexiones más exitosas, llegar a los tobillos. Me siento a veces rígido, endurecido, o sea cuarenta y cuatro años.

—Adiós, escribano.

A éste lo conozco del asunto Zabala. Buen *cafisho* de los promitentes compradores.

—Qué suerte que lo encuentro. Fleitas, hoy le iba a hablar porque preciso un nuevo intérprete. El venezolano se nos va. Dice que somos muy provincianos. Siempre

216

el mismo asunto de las *calls-girls*. Parece que los yanquis quieren francesitas de la nueva ola. Dicen que las uruguayas son puaj, más o menos como las puertorriqueñas. ¿Qué le parece? Claro que usted y yo conocemos cada uruguayita, ¿eh? Lo que pasa es que son gerentes, vicepresidentes, supervisores regionales, tipos con poco tiempo disponible, acostumbrados a apretar un botón y entrepierna a la vista. Eso le dije yo: Qué quiere, Gabaldón, somos subdesarrollados. La cosa es que se nos va. El problema es que tiene que ser un tipo que por lo menos hable bien tres idiomas: inglés, francés y alemán. No, ruso todavía no. Los balleneros prescinden de nuestros inestimables servicios, Fleitas, y además no precisan intérpretes, ¿no le parece? Cuando quiera che. A la orden, como siempre.

Qué sed. Algo fresco, urgente, aunque me proporcione diez centímetros más de barriga. Cocacola, pomelo, *grape-fruit*, cualquier cosa, siempre que esté fría. Aaaah, siete cuadras y ya me cansé, ahora que me siento me doy cuenta. Qué casualidad, sólo una vez estuve antes en esta mesa, cuando Laredo me contó la defraudación. Pobre. Eso se llama ser víctima de una circunstancia. Y débil, claro. Porque cuando él se dio cuenta de que el otro, no sé cuánto Aguirre, estaba maniobrando con los cheques, su primera intención fue denunciarlo, pero el otro lloró la milonga, casado, dos hijos, otro por venir, voy a irlo reponiendo, te lo aseguro, no me fundas, si hablás me mato, etcétera. Y Laredo metido en deudas hasta el pescuezo, y los acreedores que todos los días aparecían en la oficina con ultimátum tras ultimátum, y la angustia de no poder cumplir ni repuntar ni ir amortizando de a poco, y Aguirre que todos los días le decía sacá vos también, es tan fácil, después vamos al Casino, mucha tercera docena y vas a ver cómo reponemos todo, y a la tarde siguiente igual, mirá que nadie se entera, y después lo reponemos, vas a ver cómo todo sale bien, y ahora por lo menos salvas el trance no ves que si no te ahorcan. Cuando entró en la primera maniobra, se condenó sin remedio, y entonces vino otra, y fueron a la ruleta y se patinaron como cinco mil en una sola noche, y la reposición cada vez más lejana. Hasta que el cajero entró en sospechas y una noche pidió permiso en gerencia y se quedó a verificar y saltó todo, es decir todo lo que sabía Laredo y mucho más que no sabía, porque dentro de la estafa hubo otra estafa, la que Aguirre le hizo a Laredo. Me contó todo, y de aquí se fue a entregar.

—Pero esta cocacola no está fría. Le dije fría. Vaya, tráigame otra cosa, cualquier cosa, pero que esté helada. No importa que estemos en abril. Igual hace calor.

Y después, al año, lo encontré en Misiones y Rincón, y era otro tipo. Diez meses en Miguelete, sólo eso. Mire, Budiño, ahora me convencí de que en el fondo no soy un crápula, porque si después de esos diez meses no me recibí de delincuente profesional, entonces creo que puedo levantar cabeza. Usted no sabe lo que es eso: la oferta y la demanda de maricas, los tipos que se encargan de conchabar gente para que, cuando salgan, se dediquen a la punga, al contrabando, a la falsificación, al *escruche*. Aquí, en la Argentina o en Chile. La organización es perfecta. Documentos falsos, certificados, recomendaciones, uno tiene la impresión de que no hay diferencia entre presos y guardianes, uno tiene la impresión de que todos son malandras. Con esta vez me curé para siempre. Nunca más, se lo aseguro, nunca más. La mineral sí está fría. Qué sed. Debe de haber sido aquel ajito que venía con el churrasco. Y ahora dos cuadritas más, hasta el auto. Pero, olvidé que había paro. Podía haberle dicho a la secretaria carnosa si quería que la llevara, creo que vive por el Buceo. Quizá haya sido mejor que no. Capaz que interpreta mal. Toda esa gente que camina conmigo, o está sentada en los bancos de la plaza dando miguitas a las palomas, o esos tipos que de pronto se detienen y miran en el vacío y después siguen caminando y hablan solos y hacen gestos. ¿Qué será cada una de esas vidas? Cada tipo camina con su mundo de problemas, con sus deudas, sus masturbaciones, sus rencores, sus nostalgias, las cosas que quiso ser, y esa poca cosa que es. Así como yo pienso y repienso, y siempre ando alrededor de seis o siete imágenes: el Viejo, Dolores, este país casi indescifrable, Gustavo, por supuesto Susana, la idea de la muerte, Dios o lo que sea; así como yo giro alrededor de mi centro, y creo que el mundo empieza y acaba en mí, que todo existe en función de mis dudas, así también cada uno de esos pobres diablos cree que su drama es el Gran Drama, cuando en realidad a nadie le importa un carajo, así en la tierra como en el cielo. Al fin el auto. Feliz de él. Todos sus problemas los soluciona el mecánico. Pero cuando a mí me falla un sentimiento, un pistón digamos, o mis válvulas de escape están gastadas, o la nostalgia, el sistema de encendido digamos, tiene atrasada la chispa, no hay mecánico que pueda arreglarme.

Hoy sí la Rambla. Nada de Canelones. Está lindo aquí, corre un vientito. Por lo menos este verano artificial se parece a nuestro verano verdadero: al atardecer refresca. ¿Y si, por ejemplo, pensara ahora en Dolores? Desde hoy me está dando vueltas en la cabeza el poema que hizo Vargas cuando se enamoró de aquella morochita de Arquitectura. Una miniatura, lindísima y simpática, pero casada. Después, cuando todo había pasado, me dio una copia a máquina y me dijo: Creo que es lo más verdadero que escribí y además no creo que escriba algún día nada mejor. Tenía razón, después de todo. En ese entonces escribía bastante, pero después se metió en el República, y más adelante consiguió unas representaciones y se casó y tiene un montón de hijos. Pero el poema es bueno, claro que sí. Me lo aprendí de memoria y me daba lástima no tener en quién pensar cuando lo decía. Ahora tengo. Pero no estoy seguro de acordarme. A ver.

Porque te tengo y no
porque te pienso
porque la noche está de ojos abiertos
porque la noche pasa y digo amor
porque has venido a recoger tu imagen
y eres mejor que todas tus imágenes
porque eres linda desde el pie hasta el alma
porque eres buena desde el alma a mí
porque te escondes dulce en el orgullo
pequeña y dulce
corazón coraza
porque eres mía
porque no eres mía
porque te miro y muero
y peor que muero

si no te miro amor
si no te miro
porque tú siempre existes dondequiera
pero existes mejor donde te quiero
porque tu boca es sangre
y tienes frío
tengo que amarte amor
tengo que amarte
aunque esta herida duela como dos
aunque te busque y no te encuentre
y aunque
la noche pase y yo te tenga
y no.

Me acordé y es para vos, Dolores. Lo hizo otro, para otra, pero también yo lo hice y es para vos. Lo hizo otro, porque yo no sé decir las cosas que siento, pero reconozco cuando alguno es capaz de decirlas por mí. Y es también un modo de decirlas. A lo mejor, Vargas ya no se acuerda de esto que escribió. Yo me acuerdo y es un modo de hacerlo mío. *Porque eres mía, porque no eres mía.* Nadie podría decirlo mejor, ¿verdad? *Corazón coraza.* Es para vos, Dolores. Ya no sé quién lo hizo. Acaso Vargas fue un robot que pensó por mí. Acaso yo soy Vargas, o Vargas era yo. Lo único seguro es que estás existiendo, Dolores, en algún rincón de este día, en algún lugar del mundo, sola o con alguien, pero sin mí. Lo único seguro es que sos mejor que todas tus imágenes, que todas las imágenes que yo tengo de vos. ¿Quise esperar este instante a solas, sin prisa exterior y sin testigos, para decirme, con todas las letras, que estoy enamorado? ¿A los cuarenta y cuatro años? Quizá sólo semienamorado. Porque ella dice que no, que no me quiere. Y para estar total, completa, absolutamente enamorado, hay que tener plena conciencia de que uno también es querido, que uno también inspira amor. De modo que semienamorado. Pero ¿en qué forma? No como en la adolescencia, por supuesto que no. Entonces era una especie de locura contenta, un frenesí, que llevaba en su propio énfasis el germen de la autodestrucción, una suma de juego más sexo. Ahora es otra cosa. El sexo está, claro, cómo no iba a estar. Dolores me atrae físicamente. Me toca apenas, apoya una mano sobre mi brazo, no como un gesto de amor sino como un simple acompañamiento de la conversación, y siento en mí un estremecimiento, acuso inmediatamente recibo de esa piel mansa, tibia, prometedora, que aplasta momentánea y suavemente los vellos de mi antebrazo o de mi muñeca. Pero hay mucho más. Mi conmoción interior es más viva aún cuando me mira que cuando me toca. Además, me ha tocado tan pocas veces y siempre por motivos tan triviales. En cambio, siempre me mira, nunca rehúye mis ojos. Tiene una formidable capacidad para estar íntegra en su mirada, para mirar viviendo, para mirar sintiendo, para mirar simpatizando. Ella simpatiza conmigo, de eso sí estoy seguro. Y su simpatía es tan cálida, tan vital, tan lúcida, que es casi el equivalente de un amor. Es probable que una mujer de intimidad más pobre o más rígida, en un instante de amor, en su mejor instante de amor, pueda alcanzar ese mismo nivel de comunicación y de intimidad afectiva. Dolores, sólo simpatizando, equivale a otra mujer en el cenit de su amor. Pero nada de eso es suficiente. Porque aunque yo capte, o crea captar, la intensidad afectiva de Dolores cuando simpatiza conmigo, demasiado sé que ése no es su máximo, que su máximo no es la mera simpatía, por intensa que ésta sea, sino el amor. Y no puedo evitar esta conjetura: si la mera simpatía de Dolores me conmueve así, ¿cómo no habría de conmoverme el amor de Dolores, el amor en su máximo, en plena ebullición? Y ante esa posibilidad tampoco puedo evitar sentir un vértigo, no puedo evitar que se me vaya la cabeza. Tal vez mañana o pasado me resigne. Pero hoy sufro como un condenado. Ayer mismo yo no sabía que podía querer así. Entonces ¿qué ha pasado? ¿Es simplemente porque hablé, porque se lo dije? Puede ser. Hoy, a medida que se lo iba diciendo, sentía que eso era más y más verdadero, como si al decirlo yo, fuera haciendo proselitismo conmigo mismo, convenciendo para siempre a mi corazón, este mismo corazón que ahora me duele, sí, físicamente, este órgano hueco y muscular que de algún modo se las arregla para ocuparse simultáneamente de la sangre y las emociones. Si por lo menos ahora, cuando llegue a casa, pudiera estar solo, si por lo menos nadie me hablara. Pero no, seguramente vendrá Susana a contarme los chismes de Laura o a quejarse de lo cansada que está debido a que se ha quedado sin muchacha, o a pedirme que le hable seriamente a Gustavo, porque cada vez tiene más amistades anarquistas o socialistas o comunistas, o a informarme de que llamó tía Olga para decirle lo buen tipo que soy, o, lo peor de todo, a sugerirme que hoy vayamos a cenar a Carrasco, porque no está como para ponerse a cocinar. Hoy no quiero ir a comer afuera. Quiero cenar muy frugalmente, tal vez una ensalada bien fresca y nada más, y después salir a caminar un rato, pero solo. Ojalá que cuando le diga a Susana si quiere venir conmigo, me diga como tantas veces que está muy cansada, que va a acostarse temprano. Quiero salir a caminar solo por la Rambla, o quizá ir a mirar las fosforescencias en las olas o tenderme boca arriba en la arena. Pero ya veo, Susana me está esperando junto a la verja, y esto no es precisamente un buen indicio. Todavía está bien Susana, pese a los treinta y nueve años que cumple la semana que viene. Pero no se trata de eso.

—¿Mucho calor en el centro?

—Horrible. En este momento, creo que lo más importante es la ducha que voy a darme.

—Eso es, duchate y ponete fresco. Vine aquí a esperarte para que no entres el auto al garaje. Estoy tan cansada ahora que no tengo muchacha, que, francamente, no tengo ganas de cocinar. ¿Qué te parece si vamos a cenar a Carrasco?

11

—Tengo que matarlo.

No hay otra salida para mí. Pero lo pienso y de inmediato siento una conmoción, un choque que no es sólo mío, individual, sino que es también coreado reproche. Seré el más despreciado, el más insultado, el más destruido. El país no tolera gestos trágicos. El país sólo tolera gestos insulsos o serviles; participar en la Gran Caridad televisada o abrir inhábilmente las nuevas manos de mendigo flamante. Dólares, por amor de Dios. Y sobre todo, no complicarnos la vida. Matarlo es, para mí, una complicación de la vida. Y qué complicación. Por eso me resisto, por eso me debato frente a la obligada decisión y trato de hallar otro camino. Pero no hay otro. Además, ¿cómo será eso de matar? Sólo una vez creí que había matado a alguien. El primo Víctor jugaba conmigo en el baldío de Ganaderos y Garzón. No lo vi más, pero no me importó demasiado y seguí jugando solo. Con piedritas, con caracoles, con un tablón de clavos herrumbrados. Pensé que él habría vuelto a su casa. De pronto vi la herradura. Tía Olga aconsejaba tirar las herraduras hacia atrás, sin mirar; eso traía suerte. Entonces yo tomé la herradura, para mayor garantía me tapé los ojos y la arrojé por sobre mi hombro. Oí a los dos segundos un grito agudo, y después nada.

Sí, le había acertado a Víctor en la cabeza. Y se había desmayado. Lo mataste, decía tía Olga cuando llegó corriendo, lo mataste a mi nene, a tu primito, chiquilín asesino. El cuerpo de Víctor estaba flojo y su rostro tenía una impresionante palidez cuando tío Esteban lo llevaba en brazos y yo corría detrás, llorando y reclamando a gritos: Que abra los ojos, decile que abra los ojos. Pero el bracito seguía colgando al costado de tío Esteban, como si la mano quisiera entrar en el bolsillo del saco *sport*. Lo depositaron en un sofá de la sala y yo lloraba, tratando de explicar que no sabía que él se había escondido. Decile que abra los ojos; decile, tío. Creí sinceramente que lo había matado y la idea me resultaba insoportable. Tía Olga le ponía compresas frías en la frente y tío Esteban le hacía oler amoníaco. Cuando, a los pocos minutos, Víctor abrió primero un ojo, después el otro, y dijo quejoso: Ay, cómo me duele, ¿quién fue?; cuando yo vi que vivía, estallé en una carcajada eléctrica y empecé a decirle a tía Olga: Viste, tía, yo no lo maté, él se había escondido, yo tiré la herradura para atrás sin mirar, como vos me enseñaste, pero a Víctor no le trajo suerte. Y ella rió, todavía llorando pero ya sin rencor, y me abrazó: Ay mijito, gracias a Dios que no pasó nada, ¿sabés qué horrible si hubieras matado a tu primito? Sin embargo, meses después, cuando Víctor realmente murió de no sé qué enfermedad vertiginosa, y yo fui el primero en verlo muerto, no me acordé para nada de aquella vez en que lo había visto flojo, vencido, con el brazo colgando y las puntas de los dedos a dos centímetros del bolsillo de tío Esteban.

—Tengo que matarlo, Dolores.

Ella también está floja, a mi lado. Pero vive, gloriosamente vive. Sólo que está dormida. Ahora sí que parece indefensa. Ha arrollado las piernas como una chiquilina y, quién iba a imaginarlo, respira con la boca abierta. ¿Por qué será que me conmueve tanto? Su desnudez no es espléndida, pero esos senos pequeños, de adolescente, me producen vértigo. Y todas esas manchitas, abundantes pero no tan nutridas como pecas, que tiene en la cintura, y el sexo casi rubio, y las rodillas infantiles y los hombros tan tersos. Todavía no puedo creerlo. *Porque te tengo y no.* Sin embargo, sigue siendo cierto. No la tengo, claro. Le pertenezco, pero ella no. Después de la tarde de la Goleta, no le hablé nunca más sobre ella y sobre mí. Fue ella la que habló. La encontré ayer, sólo ayer, feliz ayer. San José y Yaguarón. La traje hasta su casa, como siempre por la Rambla. Lo estuve pensando, dijo, noches y noches. Yo no dije nada, no quería hacerme ilusiones. Sé que estás sufriendo, dijo. Tampoco contesté. Ramón, dijo. De pronto pensé que iba a acontecer algo inesperado, una de esas estupendas noticias que infructuosamente me anuncian desde hace años todos los horóscopos, y no pude evitar hacerme ilusiones. Ramón, repitió, voy a acostarme contigo. Aun antes de admitir que el cielo se estaba abriendo, le agradecí mentalmente que no hubiera dicho: Vamos a hacer el amor, sino: Voy a acostarme contigo. Tuve que aminorar la marcha del coche y, antes de Larrañaga, arrimé el auto al cordón. Las manos me temblaban. Noté que me había olvidado de cómo tragar la saliva. Lo decidí esta mañana, siguió ella; es muy extraño lo que siento por vos; no sé si te quiero; es tan distinto de lo que siento por Hugo; es algo mucho más sereno, más tranquilo, también más agradable; quizá sea la seguridad de que me comprendés, de que sos bueno; no estoy proponiendo que seamos amantes en forma más o menos permanente; no puedo engañarlo así a Hugo; te propongo sencillamente que nos acostemos una sola vez; yo sé que es importante para vos y te aseguro que está siendo importante para mí; estás enamorado y sufrís; yo no estoy enamorada, todavía no al menos, pero también sufro; no puedo verte desgraciado, Ramón; quiero que tengas un recuerdo creado por mí, algo a que puedas asirte; me resulta insoportable que hayas perdido a tu madre, que odies a tu padre, que te sientas lejos de Gustavo, que no puedas comunicarte con Susana y que de vez en cuando sueñes conmigo; creo que tenés derecho a sentirte, una vez por lo menos, al día con tus emociones, con tu vida; creo que tenés el derecho de sentirte pleno; te confieso que para mí ha sido toda una crisis; pero de pronto vi claro, vi que la muerte se está vengando siempre de nuestras vacilaciones; nuestra vida se compone de tres etapas; vacilar, vacilar, y morir; la muerte, en cambio, no vacila frente a nosotros; nos mata y se acabó; y el gran espía, la formidable quinta columna que ha instalado la muerte en nosotros, se llama el escrúpulo; ya sé, yo tengo escrúpulos; vos también, entendeme que no estoy contra el escrúpulo; pero es la quinta columna de la muerte; porque gracias al escrúpulo, vacilamos, y se nos pasa el tiempo de gozar, de gozar ese minuto feliz que, como gracia especial, fue incluido en nuestro programa; nos pasamos toda la vida soñando con deseos incumplidos, recordando cicatrices, construyendo artificial y mentirosamente lo que pudimos haber sido; constantemente nos estamos frenando, conteniendo, constantemente estamos engañando y engañándonos; cada vez somos menos verdaderos, más hipócritas; cada vez tenemos más vergüenza de nuestra verdad; por qué entonces no puedo hacer posible tu minuto feliz; además, tengo curiosidad, lo reconozco, por saber si no podrá ser también mi propio minuto feliz; a lo mejor es el de ambos; quiero decir que no tenemos que darle ventajas a la muerte, porque ella no nos hace la mínima concesión; después que estés muerto y yo muerta, ya no habrá posible retroceso, no será posible volver a este instante en que vos me deseás desesperadamente y yo soy todavía dueña de mi decisión; esta mañana, cuando llegué a este planteo, no pude menos que reírme; ¿cómo podemos ser tan torpes que hasta ahora le hayamos estado ofreciendo a la muerte esta ventaja gratuita del escrúpulo?; ¿no te parece que es más o menos como si el condenado a la silla eléctrica se encargara personalmente de comprobar la perfección de los contactos, la buena calidad de los cables?

—Tengo que matarlo, Dolores.

Entonces ella preguntó: ¿Estás dispuesto? y yo sonreí tristemente. Primero, porque pensé en el pacífico orden con que ella enumeraba sus verdades y luego, porque tampoco yo estaba demasiado seguro de que el Minuto Feliz, así solo, sin estar seguido de muchas horas felices, de toda una vida feliz, fuera a mejorar en algo mi destino. Tal como ella lo planteaba, iba a ser un minuto feliz y condenado. Y ese recuerdo, ese algo a que asirme, tal vez amargara para siempre todas mis noches, todos mis insomnios. La historia de la muerte era rigurosamente cierta, pero. Por algo vacilamos. Tal vez sea porque no nos resignamos al minuto único y feliz. Preferimos perderlo, dejarlo transcurrir sin hacer siquiera el razonable ademán de asirlo. Preferimos perderlo todo, antes de admitir que se trata de la única posibilidad y que esa posibilidad es un solo minuto y no una larga, impecable existencia. Claro que sí, Dolores, dije. Y ella adivinó lo que yo estaba pensando. Naturalmente, dijo, puede suceder también que después seas más desgraciado y yo quede entonces con el remordimiento de haberte herido; pero eso no lo podremos saber hasta después; y creo que vale la pena correr el riesgo. Y yo pregunté cuándo, y ella dijo mañana.

—Tengo que matarlo, Dolores.

Mañana es hoy. Hoy, en esta cama de apartamento, Dolores ocupa el mismo sitio que tantas mujeres de Jorge, Juan y Jacinto, la sociedad sexual de las Tres Jotas, como se llaman a sí mismos; la sociedad que hoy me cedió la llave. Donde se han tendido y abierto de piernas tantas secretarias, actrices, modelos, cajeras, pitucas, viuditas, manicuras, locutoras, bachilleras, azafatas, nínfulas, turistas, maestras de primer grado, feligresas, nadadoras, poetisas, escribanas, taquígrafas, bailarinas, profesoras de corte y confección, morfinómanas, ex suicidas, ascensoristas, dueñas de *boutiques*, presidentas de comités, esposas de diputados, vendedoras de calzoncillos, lectoras de Henry Miller, postulantes a Miss Uruguay, *teenagers* del Crandon, *jeunes filles* de la Alliance, aquí donde tantas, con éstas u otras palabras, dijeron *tengo miedo de que después de esto me desprecies* y a continuación gozaron como Dios manda, aquí donde estuvieron las buenas, las malas y las regulares, está ahora Dolores, única, incanjeable, sonriente hasta en sueños; Dolores recogida por mí, traída en silencio por mí, siempre por la Rambla, y, después de haber dejado el coche en una callecita discreta, bajo árboles más discretos aún, acompañada por mí en un ascensor que compartimos con un viejo de boina y un perro salchicha, conducida por mí hasta este *penthouse* del noveno piso, llevada por mí hasta el espectáculo del mar con cinco velas desafiantes y erectas y una sola nube blanca afilada, apoyada sobre el lomo del horizonte; acariciada por mí, besada por mí casi sin palabras, contemplada por mí mientras en sus ojos brillaba, cada vez con menos frecuencia, es cierto, el recuerdo inoportuno de Hugo; despojada por mí de su collar, de sus *clips*, de su relojito, de sus zapatos, de su vestido que se atracó a mitad de camino y casi rompe el cierre, despojada de esto y de esto otro que ha quedado al pie de la cama, es decir, despojada por mí de todo menos del intermitente recuerdo de Hugo; abarcada por mí mientras yo me arrancaba la lentísima ropa, abrazada por mí con suavidad, con plena conciencia de que el Minuto Feliz debía ser estirado al máximo, de que el Minuto Feliz había empezado a transcurrir inexorable, irreversible, sin prehistoria ni similares en mi propia existencia, porque este abrazo era un abrazo total, que incluía y mejoraba todos mis abrazos anteriores, desde Rosario a Susana, un abrazo en que yo sabía que me iba la vida, y mi actitud ante el mundo, y el fondo último de mi ser; respirada por mí, absorbida por mí a través de mis manos, mis ojos, mi nariz, mis oídos, a través de cada milímetro de mi piel que tocaba su piel; poseída en fin por mí mientras sentía mis ojos obstinadamente abiertos y mientras me oía a mí mismo pronunciar pletóricas, repletas, angustiadas palabras que venían de un fondo oscuro pero exclusivamente mío, un fondo que por primera vez se revelaba a mi conciencia y desde ya me enriquecía y anonadaba; gemida por mí en el instante final, con una queja indefensamente animal que venía desde muy lejos, desde mi infancia quizá, cuando me sentía desvalido ante los monstruos de la noche, aunque en esta nueva oscuridad me estaba sintiendo más desvalido aún frente al terrible monstruo llamado muerte, acechante testigo de la pequeña derrota que aquí le infligíamos y dispuesto a vengarse mañana, pasado, cualquier día de éstos, con un solo zarpazo displicente; admirada, querida, renovada por mí, mientras la abandonaba para quedarme a su lado y consolarla, infinitamente agradecido, con mi brazo derecho bajo su delgado pescuezo y el lóbulo de su oreja entre mi índice y mi pulgar, como rezagada y última comunicación de nuestros pobres cuerpos, laxos, satisfechos, condenados, destruidos. Sólo entonces tuve conciencia de cuáles habían sido *mi* actitud y *su* actitud durante el último cuarto de hora. Y me vi a mí mismo como un reflejo de la más antigua de mis desesperaciones, como un detector del egoísta asombro que llegaba a borbotones desde mis propias raíces, como una inesperada irrupción de toda mi vida en este solo instante. Y la vi a ella, por el contrario, mucho menos ensimismada. La vi volcada hacia mí en una silenciosa piedad, en una entrega sin reproche y sin barreras, con todos sus sentidos generosamente dispuestos a la fusión más completa, preocupada por mis ojos, mis manos, mi gemido, como si en mí ella estuviera concentrando no un arranque, no una pasión que evidentemente no era tal, sino un estilo personal de amor al prójimo, consiguiendo así el milagro de que sus murmullos, sus abandonos, sus caricias, sin llegar a ser, si se los consideraba separadamente, señales verdaderamente amorosas, al integrarse y complementarse, formaran sin embargo un solo y sincero acto de amor. Entonces, al verme a mí tan concentradamente egoísta, y a ella tan generosa, tan abierta, tan dispuesta a lanzarse a mi vacío, tuve un poco de vergüenza y creo que hasta me ruboricé. Pero ella ya no podía darse cuenta, porque mi brazo sintió cómo su cabeza se abandonaba hacia un costado y su oreja caía sobre mi palma, y su respiración de sueño tranquilo, de plácida conciencia, se convertía en el único, casi imperceptible sonido de este limpio, aséptico ambiente con pinturas abstractas, chanchitos de Quinchamalí, afiches off-Broadway, ventanales con cielo.

—Tengo que matarlo, Dolores.

Ahora más que nunca. Sé que voy a tener fuerzas; sé que no correré el riesgo de la conmiseración. Me siento libre de una hostilidad frívola, armada con rabietas, rencores, pobres estallidos. Tengo que matarlo para recuperarme a mí mismo, para hacer de una vez por todas algo generoso, algo desprovisto de falso orgullo, de cálculo mezquino. Tengo que matarlo por el bien de todos, incluso por *su bien*. Serena, despiadada, conscientemente, debo preparar esta invasión de mi tranquila justicia sobre su crimen imperfecto. Para que el país tenga un descanso; para que yo tenga un descanso. Cerrar de un portazo la última ignominia. Y que todo se vuele: los papeles y los papelones, las condecoraciones y los prestigios, las mayúsculas y la oratoria. Con tanta hojarasca no sabemos de qué color es el suelo, dónde están los pozos, dónde el hormiguero, dónde el trébol de cuatro hojas, dónde la arena movediza. Tierra firme, por favor. Tengo que matarlo. Él es el asesino; no yo. Él es el asesino que arma mi mano, que no me deja escapatoria, que me obliga a salvarme, a no ser corrompido. Más exactamente, él es el suicida. Y yo tengo que salvar a Gustavo, este hijo que viene detrás de mí, tragando tierra con los ojos nublados, inseguro en su ira, mansamente terco, pobrecito. Si pudiera hablarle, convencerlo. Pero esto no puedo hablarlo con nadie, ni siquiera con ella, con Dolores. Si hablo, todos se sentirán en el deber de convencerme de que no lo haga. Y probablemente me convenzan. Estoy seguro de que por lo menos Dolores me convencería. Así que no le hablo. Porque debo hacerlo. En este trance que acabo de pasar, ella me ha dado el poder, ella ha permitido que yo me viera. Y así me he comprendido, sentido, interpretado. Y tengo que matarlo. Cada vez está más claro. Lo veo despabiladamente, sin escandalizarme, con mi palma ya húmeda por el sudor de su mejilla dormida, así, solo, sin aliados, sólo con enemigos, sin turbarme, dispuesto esta vez a obedecerme, aunque todavía no me haya acostumbrado a mi estupor.

—Tengo que matarlo, Dolores.

—¿Qué?

—Si yo no hablé.

—Es que estaba dormida. ¿Qué hora es?

—Las seis y diez.

—Ramón.

—¿Qué?

—¿Sabés una cosa? Creo que te quiero bastante más de lo que creía.

—Y eso ¿modifica tus planes?

—No. Simplemente los hace más difíciles.

—¿Primera y última vez, entonces?

—Sí, señor. Primera y última.

12

Cuando entra en el ascensor y aprieta el botón del quinto piso, tiene tiempo para exilarse de sus propios problemas y pensar: Pobre Ríos. En un gesto maquinal, que desde hace años está inscrito en su rutina de ascensores, se enfrenta al espejo y acomoda su corbata. Está despeinado, además, pero no hay tiempo para usar el peine. Cuando el ascensor se detiene, ve la mesita de la funeraria, con el libro de firmas. Extrae del bolsillo la lapicera fuente, pero antes de apoyarla recuerda que se le ha acabado la tinta. Se resigna entonces a firmar con la pluma cucharita que está junto al libro. Firma, y por primera vez se fija en qué ha venido a parar, a través de los años, su rúbrica que había sido tan prolija. Un escueto y desdibujado RamBudño es lo que queda de aquel Ramón A. Budiño que figuraba en la primera página de sus libretas de apuntes. No van a saber a quién enviar la tarjeta de agradecimiento, piensa. Y entonces agrega, con mayúsculas que imitan los tipos de imprenta, el nombre completo.

A los costados de la puerta del apartamento 503, que está abierta, hay dos mujeres de negro. Las cariátides, piensa Ramón. Una de ellas se pasa el pañuelo por los ojos secos. Luego suspira, intercalando un sollozo y un leve temblor de labios. Ramón se siente escudriñado cuando desfila entre ambas, pero no las saluda. Pasa mirando hacia adelante, hacia una buena reproducción del *Candombe* de Figari.

—Lo mató el viaje —oye decir a su izquierda.

—Claro que fue cáncer —oye decir a su derecha.

Los hombres visten casi todos de oscuro, están bien afeitados, llevan camisas blancas y corbatas de seda. No hay nada más parecido a un vestuario de fiestas que un vestuario de velorios, piensa Ramón. Y calcula que debe de haber unas ciento veinte personas en el apartamento. Sólo poniéndose de costado es posible infiltrarse y caminar hacia el segundo ambiente, donde está Rómulo Soria. Cómo ha envejecido, piensa Ramón. Soria está hablando en voz baja con dos tipos gordos, engominados. En realidad, todos hablan en voz baja, pero es curioso que tantas voces bajas formen un ruidoso murmullo colectivo. Alguien chista, discretamente escandalizado, y el murmullo se aplaca tan repentinamente que en el *living* queda sonando una sola voz desguarnecida: «¿Quiere otro cafecito?». En realidad, la vergüenza funciona después de la segunda palabra, y *cafecito* ya es dicho en un susurro.

De pronto la gente se aparta en un movimiento ondulante. Un hombre joven, de gris, con la corbata floja, pasa por el improvisado callejón, y todos le alcanzan manos, condolencias, palmoteos, consuelos. El hombre tiene los ojos irritados y por dos veces traga saliva. Desde su sitio, Ramón ve el sube y baja de la nuez.

—Es el hijo —advierten los enterados y los que en ese momento se enteran.

El hijo recibe dos abrazos más y después trata de alcanzar una puerta cerrada. Ya tiene la mano en el pestillo, pero una mujer setentona y delgada, con lentes y sombrero, se abalanza llorando.

—Asdrúbal, pobrecito, ay qué horrible, cómo te sentirás, un padre tan bueno, pienso en esta desgracia y no puedo creerla, Asdrúbal, pobrecito, ¿sufrió mucho Nicolás?

—Quédese tranquila, doña Sara —dice el hijo, pero ella no se desprende.

—¿Sufrió mucho Nicolás? Quiero saberlo, Asdrúbal. ¿Sufrió mucho?

El hijo hace tal esfuerzo por mantener la calma, que la seriedad se le transforma en una mueca.

—No, doña Sara, no sufrió mucho.

Al fin se desprende y consigue abrir la puerta.

Ni un solo conocido con excepción de Rómulo, piensa Ramón. No ha podido llegar hasta Soria, que sigue hablando con los engominados.

—Ahí el senador metió la pata —dice alguien, a su espalda—. Piense usted lo que había costado organizar el golpe. No lo digo por Aguerrondo, él siempre puso buena voluntad. Pero usted sabe lo que es la policía. Desgraciadamente, todavía hay allí mucha gente colorada, así que tuvo que hacerlo con personal de absoluta confianza. En este país de biógrafo, la Universidad es siempre la Universidad. Les parece una cosa intocable. Y mientras tanto, todo fermenta. El día que menos lo piensa, estamos hablando en ruso. Convénzase, Vázquez, para América Latina no hay alternativa: o Stroessner o Fidel. No valen medias tintas. Y yo, qué quiere que le diga. Me fastidia un poco lo del paraguayo, eso de que arroje opositores desde los aviones o tire cadáveres al río, pero ¿qué se va a hacer?

238

Somos pueblos muy atrasados, Vázquez, y la tortura es, cómo le voy a decir, una forma de aprender más rápido. Es así la cosa: Stroessner o Fidel. Y le confieso que, entre esos dos extremos, yo me quedo con Stroessner. Por lo menos está con nuestra civilización, que es la occidental y cristiana, y en su país ha impuesto el orden, y además dicen que ha hecho un aeropuerto que es estupendo, con pista para *jets* y todo. En cambio, fíjese aquí: en Carrasco, los Boeings tienen que hacer unas frenadas espantosas porque la pista es como para forchelas. Ah, y como le venía diciendo, había costado mucho organizar el golpe. Son cosas que llevan tiempo. El problema no es el dinero. Dólares no faltan nunca para estas empresas realmente positivas. Lo que falta es material humano. Y una vez que está todo pronto, una vez que la policía consiente en ubicarse a prudente distancia y en proteger la retirada de esos pibes tan simpáticos del Medl, una vez que sólo falta decir como en las películas: Cinco cuatro tres dos uno cero, ¡zas!, se nos escapa el senador y va a la puerta misma de la Universidad a preguntar por Torterolo. Naturalmente, se destapó el tarro. Se acabó el misterio. Mire qué bonito: por una pavada, por un capricho, por sacarse un gusto, nada más que por eso no se pudo tomar la Universidad, y ahora quién sabe cuánto habrá que esperar para otro ataque. No se puede trabajar con estas momias, que en estos tiempos de Ku Klux Klan todavía se las dan de Maquiavelos. Hoy hay que sacrificar la gozada fácil, la tomadura de pelo, para ir directamente al garrote. Yo ya se lo dije el otro día en la Subcomisión: a ver si aprenden y para la próxima lo dejan a Aguerrondo solo.

Otro movimiento ondulante. «Es la nuera», dicen los murmullos. La nuera dice temblorosas «gracias» a diestra y siniestra. Pregunta si no vieron a su hija. No, nadie la ha visto. Otra mujer la detiene. No se dicen nada, pero se abrazan llorando.

Ramón ha avanzado otro poco. El aire está enrarecido y no se atreve a fumar. Quisiera saludar a la nieta. Para eso vino.

—¿Cómo irá Peñarol a estas horas? —dice un susurro vergonzante.

—Diga mejor: ¿cómo irá Spencer? —comenta otro susurro.

—Ese veneno es nacionalófilo —murmura el primero.

Ramón ve cómo los hombros se sacuden al reírse en la forma más contenida posible.

Rómulo Soria lo ha visto y viene hacia él.

—Las ganas que tenía de verte. Lástima que sea en estas circunstancias tan penosas.

—Sí, claro. No pasan los años para vos. Estás igualito.

No, está terriblemente avejentado, pero la aceptada convención es hallarse jóvenes, siempre jóvenes, como un conjuro contra el tiempo.

—Pobre Ríos —dice Rómulo.

—Bueno, no tan pobre. Consiguió lo que se había propuesto.

—Eso sí. Pero nunca quise con tanto fervor haberme equivocado en un diagnóstico. Era un tipo macanudo.

—Así me pareció.

—Cuando fui a esperarlo al puerto, lo primero que me dijo, fue: No veía la hora de llegar, porque esto se está poniendo feo.

Ahora correspondería preguntar si sufrió mucho, piensa Ramón, pero siente como si fuera a profanar, peor aún, a vulgarizar, un hecho valiente, singular.

—¿Sufrió mucho?

—Mirá, bastante menos de lo que yo me temía. Tuvo la suerte de que el corazón no le respondiera. Y así murió antes de lo previsto. ¿Sabés lo que me dijo la noche antes de morir? Estábamos solos, abrió los ojos y me recalcó, bien consciente: Dígale a Budiño que se portó muy bien, dígale que me gusta mucho más que su padre. Te lo transmito porque me lo dijo, pero no sé, francamente. ¿Tenía algo contra tu padre?

—No, me imagino que no.

—¿Sabés de qué me estaba acordando el otro día? De aquella vez en Buenos Aires. Te juro que me reía solo. Al final tuve que contárselo a Nelly. ¿Te acordás cuando le dije la frase al nipón? ¿Y cuando tuve que escaparme de las chinches? Mirá que era mugrienta aquella pensión.

—Sí, era mugrienta, pero tenía una gran ventaja: yo era joven.

Alguien pone una mano sobre el hombro de Soria y éste se da vuelta.

—Doctor Estévez, qué gusto de verlo. ¿Cuándo llegó de Los Ángeles?

Pero el doctor Estévez es sordo, así que responde:

—Doscientos.

Soria abre tremendamente los ojos, le dice a Ramón: «¿Me permitís?», y se lleva al colega hacia el balcón, donde el grito no suene irrespetuoso. Ramón se sienta en un sillón forrado de plástico a rayas, y cierra los ojos. Hace rato que quiere estar así, para poder asegurarse tranquila y firmemente, como todos los días, como todas las horas: «Tengo que matarlo». Si el Viejo hubiera sido como Ríos. Pero ¿a quién quiso, a quién quiere, a quién querrá? Ni siquiera una amante estable; si la hubiese tenido, él lo sabría. ¿O quizá no? Imposible, el Viejo nunca quiso a nadie. Si hubiera tenido una amante, una querida estable, eso significaría que él lo conoce mal. Pero desgraciadamente lo conoce bien. Nadie. Sólo mujeres de presuntos amigos, mujeres de políticos, mujeres de alguien, mujeres para un par de veces y basta. No por amor, no por aventura, sólo por el placer de quitar algo a alguien. O por otra razón: negocios. Si se pudiera hacer la cuenta de los contratos que consiguió en la cama. El cornudo es el firmante ideal de los contratos más ventajosos, de los contratos realmente leoninos; el cornudo nunca tiene inconveniente en agregar a último momento, por el sabio consejo de su querida mujercita, una cláusula que *aparentemente* beneficia a la otra parte, pero que *con el tiempo* lo va a beneficiar a él. A veces el tiempo se demora, pero quién podía preverlo. El cornudo siempre se pasa de astuto.

—Señor Budiño.

Abre los ojos y allí está la nieta. Se pone apresuradamente de pie, pero las articulaciones no responden como hace diez años.

—Oh, perdón, señorita. No sabe usted cómo me ha impresionado lo de su abuelito. Quería decírselo, simplemente.

—Gracias, señor Budiño, usted ha sido muy amable con nosotros.

Increíblemente, la muchacha parece ahora más madura y a la vez más joven que antes del viaje. Será que hoy no tiene pintura en los labios.

—Todos sus consejos e indicaciones me fueron muy útiles, de veras se lo agradezco. Abuelo disfrutó realmente en ese viaje. Hoy me he pasado recordando las cosas que me decía. Me parece que ésa es la forma de conservarlo conmigo. Una tarde, en Toledo, en la casa del Greco, estaba tan nublado que nada hacía sombra. De pronto Abuelo me miró y dijo: Ésta es la casa de un hombre que pensaba en la muerte. Otra vez caminábamos por el Barrio Gótico de Barcelona, veníamos por una callecita angosta, creo que se llamaba San Honorato, y de pronto desembocamos en un gran espacio abierto, creo que la Plaza San Jaime. Abuelo dijo: A veces a uno le pasa como aquí, viene por una callecita angosta y un poco tortuosa y de pronto desemboca en la muerte, ese ancho espacio. Cuando fuimos a Capri, un argentino le aconsejó que visitara la isla en otra época, porque en plena temporada se ponía espantosa, a causa de los turistas. Abuelo dijo: Lo que pasa, señor, es que ésta es mi única temporada. En la Basílica de San Marco, el guía advirtió que el piso de la iglesia descendía un centímetro cada dos años. Abuelo sonrió y dijo: Mis temores alcanzan a menos de tres milímetros. En Ginebra nos sentamos en un banco de la islita Rousseau, a mirar el lago y también a contemplar la gente tan pulcra, tan correcta. Abuelo dijo: Es cierto que Ginebra es como el paraíso, menos mal que yo pienso ir al infierno. En París cenamos en un *bateau mouche* y los reflectores iban iluminando los edificios de valor histórico. Abuelo dijo: Es una suerte que no haya reflectores para iluminar a los muertos. Le digo ahora todas estas frases juntas, pero no vaya a creer que de su parte hubo una insistencia en el tema de la muerte. De ningún modo.

Abuelo reía, se divertía, gozaba realmente con lo que iba viendo, disfrutaba con una sinceridad que excluía todo disimulo. Cuando regresábamos en el barco, pocos días antes de que llegáramos, estábamos sentados una tarde en los perezosos de cubierta, y entonces, con enormes precauciones, dosificándome la noticia, me fue revelando su secreto. Pero llegó un momento en que no pude aguantar más y le dije que lo sabía, que lo había sabido desde antes de dejar Montevideo. Y esto sí nunca lo podré olvidar. Me miró, me tomó una mano, me la besó no sé cuántas veces, mientras me decía: Chiquita, chiquita, chiquita. Yo no sé si hice bien, señor Budiño. El doctor Soria dice que sí. Se lo dije, porque me di cuenta de que ya había empezado a sufrir, y yo no quería que, además del dolor, tuviera que preocuparse por fingir ante mí. Pero le juro que nunca sentí tanto cariño y tanta piedad por alguien, como cuando lo vi besándome la mano y diciéndome: Chiquita, chiquita, chiquita. Perdóneme, en este viaje aprendí a ser fuerte y siempre me contengo, pero cuando me acuerdo de ese solo episodio, tengo que llorar porque si no me parece que voy a estallar. ¿Usted cree que hice mal en decírselo?

13

Nada se mueve aquí. No hay ruido, ni siquiera bocinas. Las persianas dejan pasar una luz débil. ¿Estará nublado? Mejor. Hoy preciso como el pan un día nublado. Esta avalancha de silencio resulta insoportable. ¿Por qué elegí este día? Francamente, no lo sé. Algún día tenía que ser. La pierna de Susana, fuera de la frazada, aún me conmueve. Mejor dicho, desde hace una semana todo me conmueve. En la oficina, la secretaria carnosa me conmueve, pero no gracias a su carne pudorosamente ofrecida; más bien me conmueve por su sola categoría de viviente. En la calle, me conmueve cualquiera de esos asquerosos mendigos que exhiben su pierna con la llaga, convenientemente rodeada de moscas, esa llaga que constituye su capitalito. En mi día comercial, me conmueve cualquier cliente que me hable de lo maravilloso que debe ser Punta del Este, o el turista un poco menos impersonal que pregunta tímidamente qué significado simbólico tiene la fealdad abusiva del Palacio Salvo. En la tarde, cuando regreso por la Rambla, me conmueve ese murallón de grandes edificios que dan sombra a la playa y la cubren de una falsa melancolía. En la noche, cuando me instalo cómodamente en el insomnio, me conmueve mi paciente y pormenorizada reconstrucción de Dolores y su acto de amor, y pienso que desde entonces sólo la he visto dos veces, ambas en presencia de Hugo y de Susana, y apenas si he podido soportar ese suplicio que representa tenerla cerca y sentirla respirar y no atreverme siquiera a mirarla, porque no estaba seguro de que ella no se pusiera a llorar, o de que yo no me mordiera el labio inferior, o de que ambos no sintiéramos el repentino y simultáneo impulso de abrazarnos. En cualquier momento, cuando Susana se despierta y me toca, o viceversa, me conmueve su pobrecito cuerpo que conozco tan bien, el lunar chico que viene después del lunar grande, la zona áspera alrededor del pezón, la cicatriz a la altura del apéndice, la vértebra que forma un promontorio levemente mayor que el de las otras, el sexo tibio, las rodillas lustrosas. Y siempre, sobre todo cuando pienso que tengo que matarlo, me conmueve la transformación de Papá en el Viejo, esa transformación que para mí fue como una muerte, porque yo lo admiraba, lo quería, sentía que él era mi respaldo, mi protección, mi abrigo; me conmueve pensarme huérfano, no porque ahora tenga que matarlo, sino huérfano por la muerte de Mamá y también por esa muerte de Papá cuando se transformó en el Viejo, el extrañísimo extraño a quien temo y odio hasta límites realmente inaguantables. ¿Dónde estaré mañana? Hoy es el día. Y este ademán tantas veces repetido de estirar la mano hasta el despertador para que no suene a la hora marcada ya que estoy despierto y no es necesario que asuste a Susana, este ademán que hago con plena conciencia de que es el final de una rutina, se convierte por eso mismo en un acto importante, y también el despertador me conmueve, con su caparazón

246

negro y portátil, y pienso en las veces en que estiré la mano para apagarlo, o para que no sonara, en hoteles de Buenos Aires y Río, de Nueva York y Lima, de San Francisco y Valparaíso. Porque esto es la soledad, pero no mi primera soledad dolorosa. Aquella tarde, en Tacuarembó, cuando empecé a caminar y caminar por el campo, y anduve como tres horas saliéndome de los caminos y terminé por tirarme en el pasto, y el sol se borró de la última copa del último pino y todo se fue silenciando, apagando, dándose por vencido. Sentí entonces por primera vez esa recóndita y casi inmotivada tristeza que trae el atardecer, y me quedé ahí, en el pasto, boca y panza arriba, mirando las nubes salpicadas, cada vez más consciente de la ajenidad de todo ese contorno, y escuchando un solo mugido lejano que se repetía con la regularidad de una obsesión y que convertía el aire en algo espectral y a mi propio cuerpo en un objeto más, caído, desparramado ahí para cuando pasara algún rastrillo, o algún jinete, o alguna sombra. O aquella madrugada, en el aeropuerto de Maiquetía, donde tuvimos que quedarnos cuatro horas porque el avión tenía un desperfecto, y donde todos los pasajeros se fueron durmiendo en los sillones y perezosos, y la tripulación desapareció y sólo yo quedé despierto y de pie junto a aquellos largos mostradores con vitrinas y cajas de bombones, cerámicas y perfumes, botellas y botellitas, sólo yo entre grandes escaleras y espejos, con todas las barandas a mi disposición; me sentí como el único sobreviviente de un mundo que ese día había concluido y cuyos últimos habitantes eran cadáveres que simulaban dormir en una absurda espera; me parecía que no era el avión sino el universo el que había sufrido un desperfecto y que no valía la pena esperar porque nadie vendría, ya que en ese momento todos habíamos empezado a ser minuciosamente olvidados. O aquel domingo, en San Francisco, cuando compré un diario y fui a leerlo a Union Square, y no había ningún sitio en los bancos porque innumerables viejitos y viejitas se habían dado cita para tomar el sol, y muchos y muchas más caminaban lentamente, con los ojos vigilantes y voraces, en espera de que quedara algún sitio libre en que ellos pudieran a su vez sentarse y tomar el sol y dar migajas a las palomas, exactamente igual que en la modesta plaza Cagancha o en la celebérrima Piazza San Marco; entonces yo también empecé a caminar lentamente, al ritmo de las viejas y los viejos, yo también a la espera de un sitio, y así unos tres cuartos de hora hasta que al fin una vieja, armada de un oscuro New Testament, colocó, en el preciso momento en que yo me detenía a dos pasos de sus zapatones de predicadora, un galón deshilachado entre dos páginas de la segunda epístola de San Pablo a los Tesalonicenses, levantándose luego en tres etapas de acuerdo al reumatismo de sus bisagras, permitiendo entonces que yo me sentara para leer, en el *San Francisco Chronicle*, una nota que confundía objetividad con aburrimiento acerca de la novena o décima postergación de la muerte de Chessman; entre aquellos viejos y yo, entre aquellos viejos entre sí, sentí que no había comunicación posible, sentí que todos estábamos solos como ostras, que nos ignorábamos concienzudamente y que no nos importaba ignorarnos, que estábamos al sol pero que no lo recibíamos con gratitud o simplemente con alegría de la piel, sino con una suerte de resentimiento, sin reconocer frente a nosotros mismos el placer de que nos calentara y nos facilitara una mejor circulación sanguínea; sentí también que si de pronto cometía la locura, o por lo menos el exabrupto, de tender una mano a todos y cada uno de aquellos vejestorios, sólo conseguiría que se abalanzaran sobre mí, momentáneamente aliados en la fanática defensa de sus propios rencores, para herirme de todos los modos posibles con sus evangelios, sus agujas de tejer, sus bastones y sus perros; y no tuve más remedio que levantarme y huir, sin conseguir acumular coraje como para dar vuelta la cabeza, pues no quería comprobar cómo el viejo de quepis y pipa le ganaba por medio metro a una vieja de sombrero frutal, en la reñida provisión de mi sorpresiva vacante. Y, por último, aquella noche en Nueva York, cuando llegué a Washington Square, y vi a las parejas que bailaban silenciosamente, con las radios a transistores colgando del pescuezo, siguiendo cada una un ritmo diferente, como si quisieran exhibir públicamente el provisorio enclaustramiento elegido, el falible, pasajero convencionalismo en que sus respectivos pares de soledades parecían coincidir; nosotros dos nos entendemos, parecían decir, nosotros dos escuchamos la misma melodía, oímos el mismo mundo, desciframos las mismas palabras, nosotros dos y el resto que se pudra; y me sentí formando parte de ese resto, y por lo tanto en proceso de putrefacción; me sentí como destinatario universal de ese rechazo; me sentí asquerosamente solo.

Mejor que no se despierte. Tengo que evitar toda tentación que me haga vacilar. Tengo que ser duro e inflexible, y lo más probable es que, si desayuno con Susana, llegue a serme particularmente difícil permanecer sereno frente a las tostadas con gusto a hostia, y la manteca blanduzca que anoche olvidaron poner en la heladera.

El agua está más fría que de costumbre, pero hoy es un día especial. Hoy no quiero usar agua caliente, hoy no quiero usar el confort, porque aquí se termina. Hoy tengo que salvar y salvarme. ¿Por qué este espejo me devolverá ese rostro cargado de ironía? ¿Dónde está lo divertido? Les presento a Ramón Budiño, al comenzar la jornada en que ha resuelto matar a Edmundo Budiño, un crápula que provisoria y casualmente es su padre. Se ruega no inquirir por circunstancias atenuantes, porque no las hay. Se trata de un crimen largamente rumiado. La única suerte es no creer en Dios. Así hay menos complicaciones. Les presento a Ramón Budiño, vivisector de las relaciones con su padre, insomne fuera de foco, cobarde que se juega su última carta de valentía, desnudo con incipiente panza, inminente huérfano por propia decisión y meditado fogonazo, enamorado sin besos y sin lengua, pobre diablo inteligente y con ceño, inesperado criminal sin embargo, estúpido con exceso de memoria, creador de la propia absolución, izquierdista pálido sentado a la derecha, acaudalado poseedor de escrúpulos eléctricos, curioso de la propia muerte y también de la ajena, aburrido de órdago, padre desolado y sin norte, animoso sexual, perplejo incurable, yo. Digamos que mañana despierte en un calabozo. Si quieren tapar el crimen, juro que lo destaparé. Nada de contemplaciones. Para no declararme culpable, tendrían previamente que declararme insano. Pero no conozco un ataque de locura tan largamente preparado.

—Buen día, papá.

—Buen día.

Que me hable lo menos posible. Mañana Gustavo pensará: Nunca lo hubiera creído capaz. Mañana la muerte del Viejo habrá pasado a ser algo inusitado pero irrevocable. Gustavo mirará llorar a su madre, pero él tendrá los ojos secos y orgullosos. Estará todavía envarado por la sorpresa, pero pensará en mí. Compasiva, tiernamente, pensará en mí.

—¿Supiste que a Larralde lo echaron de *La Razón*?

—¿Quién te lo dijo?

—Mariano. Parece que Abuelo exigió que lo despidieran. ¿Vos sabés el motivo?

—No.

Entonces el Viejo se equivocó. Entonces no lo pudo comprar. ¿Dónde queda ahora aquella teoría de que Larralde era un periodista inteligente, etcétera, pero también un tipo que quería vivir tranquilo? ¿Y aquello de que no era un idiota y por eso en seguida comprendería? No lo pudo comprar. O sea que Larralde hizo lo que yo no hice. El Viejo me compró cuando me prestó la plata para la Agencia. Pero yo permití que me comprara. Ahora Larralde se acabó, ningún otro diario lo admitirá. Tendrá que vender televisores a plazos, o libros de oficina en oficina, o ballenitas a cinco reales la docena. Pero qué bueno saber que alguien ha tenido suficientes cojones como para no venderse. Claro que su pobre felicidad es inútil, porque, como decía Walter, siempre hay un modo de tapar las porquerías y enterrar a denuncia y denunciante. Cuando la cena del Tequila, Larralde estaba en el otro extremo de la mesa. Casi no hablé con él, y hasta me pareció que me examinaba con desconfianza. Pero cuando aquella imbécil, creo que se llamaba Sofía no sé cuánto, lo desafió

251

a que dijera dónde había más libertad que en los Estados Unidos, él dijo: En las selvas del Amazonas, y conste que allí no hay democracia representativa. Me gustó Larralde. Estuvo toda la noche a disgusto, tanto cuando todos encontraban espléndido a Estados Unidos y asqueroso al Uruguay, como cuando llegó la falsa noticia del desastre y dieron comienzo a la jeremiada y al conmovedor obituario sobre el paisito querido y cadáver.

—¿Querés que te lleve al centro?

—No, me quedo. Tengo que estudiar.

—¿Dónde vas a estar esta noche?

—Creo que con Mariano. ¿Por qué?

—¿No podrías quedarte alguna vez a cenar con tu madre?

—Pero.

—Prometeme que esta noche cenarás con Susana.

—Pero, papá.

—Nunca te lo pido. Sólo hoy. Tengo mis razones.

—Está bien.

No me atrevo a besarlo. Nadie debe sospechar nada. Cualquiera podría convencerme y no quiero correr ese riesgo. Éste es mi hijo. Se me escapó de las manos. No sé lo que piensa. No sé quién es verdaderamente. A veces me mira con cariño, a veces con sorpresa, a veces con desaliento, a veces con rabia. Empezó a ser otro, es decir, a mirarme con cierta perplejidad, después de la primera vez que le pegué. Yo dormía la siesta y Susana le ordenó que me despertara. Él, que tenía seis años, lo hizo dándome un golpe en la nariz. Abrí los ojos y lo vi sonriente, creo que su expresión era increíblemente de inocencia, de juego, pero así y todo no pude dominarme y, contra mi costumbre, contra mis principios, le propiné una soberana paliza. Él no lloró, pero a partir de ese momento su mirada fue otra. Días después lo llamé, le expliqué cómo ahora había advertido que él había querido hacerme una broma, y que yo, al despertar tan bruscamente, no me había dado cuenta de esa intención. Está bien, dijo él, pero creo que nunca me lo perdonó. A menos que.

Me faltan cinco cuadras para llegar a lo de Hugo. Tengo que decidir si bajo allí, por un instante, nada más que para ver a Dolores. Pero también puede acontecer que, si la veo, mi decisión pierda consistencia. Y no puede ser. Tengo que matarlo. Creo que Gustavo nunca me lo perdonó. A menos que el secreto esté en otra parte. Sin embargo, se siente más cerca de mi temperamento que del de la madre. De eso estoy seguro. Quizá esperaba algo más. Quizá esperaba que yo nunca hubiera aceptado plata del Viejo. Bueno, no sólo Gustavo; yo mismo esperaba eso de mí. Pero era tan fácil, tan prodigiosamente fácil. Y además encontré tantos argumentos para aceptarla. Llegué al colmo cuando me dije: De todos modos, esto representará una más justa distribución de la riqueza.

—¿Está mi hermano?

—No, señor Ramón. El señor Hugo salió hace un momento.

—¿Y la señora?

—La señora Dolly sí está. ¿Quiere que la llame?

—Bueno, si no está ocupada.

Mejor que no esté Hugo. Seguramente, no me habría resultado agradable ver la despreocupada cara de mi hermano, ese otro huérfano inminente. Sí, Gustavo se me escapa, se me escapó. Pero ¿quién no? A los seis

253

años, me gustaba dibujar, y tío Esteban siempre me traía lápices y papel. Yo hacía, muy sucintamente, casas, autos, caballos, árboles, vacas. Mamá se divertía. Una tarde vinieron dos monjas, a pedir una ayudita para el colegio. Me acuerdo borrosamente del episodio, pero Mamá lo ha contado tantas veces y tía Olga se ríe cada vez con tanto estruendo, que mi memoria se ha tonificado. Estaban en el *living* las monjas y Mamá. Yo me asomé y una de las monjas le preguntó a Mamá: ¿Es suyo el pequeño? Mamá hizo entonces mi elogio y recalcó especialmente lo bien que dibujaba. Una monja era flaca y joven y llevaba lentes muy redonditos, con aro metálico. La otra era baja, cincuentona, con bolsones violáceos bajo los párpados y unos ojos terribles. En realidad, no me gustaba ninguna de las dos. La flaca dijo: Haznos un dibujito, hijo. Era la primera vez que alguien me decía *haznos* en lugar de *hacenos*. La de ojos terribles agregó: ¿Qué nos vas a dibujar, hijo? Yo dije: Una vaca. Pero cuando volví a ver aquellos ojos terribles, decidí vengarme y dibujé una vaca, pero con su bosta. Las dos monjas se levantaron y nos envolvieron, a Mamá y a mí, en una mirada admonitoria. Mamá trató de sonreír, pero las monjas se fueron, agraviadas y olímpicas. Yo esperaba la gran reprimenda, pero Mamá me miró desconcertada y sólo dijo: Ramón, cómo has crecido. Probablemente era un modo de decir: Cómo te escapas.

—Ramón.

—Me desconcerté un poco cuando la muchacha me dijo que estaba la señora Dolly. Yo sólo conozco a Dolores.

—¿Cómo estás?

—Horrible, ¿y vos?

—Llena de dudas.

—¿Arrepentida?

—No. Sólo llena de dudas.

—¿Se refieren al pasado o al futuro?

—Se refieren simplemente a mí.

—¿Y a mí no?

—Es casi lo mismo.

—¿Interpreto mal o me estás dando alguna esperanza?

—Interpretás mal.

—No entiendo.

—Lo que pasa es que no puedo desdoblarme, Ramón. Primero creí que lo quería a Hugo, sólo a Hugo. Ahora sé que también te quiero a vos. Pero lo más terrible es que no he dejado de querer a Hugo. Es espantoso, pero es así.

—Sigo sin entender.

—¿No te pasa algo parecido con Susana?

—No.

—Cada vez que me acuerdo de aquella tarde.

—Dolores.

—Pero no puede ser. De eso estoy segura.

—Voy a hacerte una pregunta importante. Así que pensá bien antes de contestarme. A eso vine.

—No me mires así.

—¿Crees que alguna vez solucionarás tus dudas y podrás venirte conmigo?

—¿Tengo que contestarte hoy? ¿En este momento?

—Sí.

Es mi última oportunidad. Y también la última oportunidad para el Viejo. Tengo que matarlo, claro. Sólo sacrificaría este sacrificio si Dolores me dijera: Vamos.

Qué encanto es. Qué ojos. Si me acepta, me quedará una frustración: la de haber dejado que el Viejo siga contaminándolo todo, la de ser consciente de mi odio y de mi temor. Pero, por otra parte tendré una plenitud: por lo menos en un aspecto habré vencido. Y uno necesita ser mínimamente vencedor de algo. Ella me quiere ahora. Y Hugo es cada vez menos importante. Si ella acepta, sé que voy a vencerlo. Pobre Hugo. Si ella no acepta, si ella no acepta. Sé que va a aceptar.

—No, Ramón, no puedo.

Sólo ahora tengo conciencia de que el revólver está en mi portafolio. Sólo ahora el Viejo está condenado. Pobrecita. Se le han llenado los ojos de lágrimas, pero no sabe que en este momento está decidiendo mi rescate, mi salvación, mi reencuentro conmigo mismo. No puedo decírselo, porque sería chantajearla, sería presionarla para que dijera *sí*. Ella no sabe que, gracias a ese *no*, rescataré la imagen de Mamá, propinaré al fin ese castigo que él empezó a merecer la tarde en que castigó a Mamá detrás de la mampara. El Viejo es un crápula y sin embargo la justicia lo respeta, porque él hace todas sus trampas dentro de la ley. Pervierte, compra y vende conductas, corrompe. Pero la justicia quiere documentos. Mientras los estafadores sean tan reacios como ahora a colaborar con la justicia, es decir, mientras no presenten un completo administrativo junto con el testimonio del calote, esa justicia, como no puede condenarlos, los admira, los elogia, los defiende, pone a su servicio el complicado mecanismo. Hay una segunda justicia, la que administra Dios. Pero yo no creo en ella y presumo que el Viejo tampoco cree. Descartada, pues. Pero hay una tercera: la que administro yo. Sé positivamente que el Viejo es un mal tipo, un delincuente de alto y bajo vuelo, un personaje funesto. Tengo que matarlo. Además, su mayor delito es haber dejado de ser Papá, para convertirse en el Viejo. Y eso es imperdonable. Lo condeno.

—Está bien, Dolores.

—No me mires así.

—Te miro como siempre.

—No, no es como siempre. Me mirás como...

—¿Como qué?

—Como un derrotado.

—Es que soy un derrotado, ¿no lo sabías?

—¿Me prometés algo?

—No, Dolores, no te prometo nada.

¿Por qué se queda ahí, junto a la verja, mientras doy lentamente marcha atrás? Que se vaya, que entre de una vez en la casa. A duras penas puedo soportar el vestido blanco, pero no esas sandalias, no ese collar, no esos *clips*, los mismos que una vez le fui quitando, que le sigo quitando, desvelado o dormido, siempre. *Porque te tengo y no.* Ya no te tengo. Definitivamente no. Que se vaya. Que desaparezca. Que se encierre. Que se esconda a llorar. Yo no me escondo.

Secretaria espléndida, carnosa. Hoy no tengo ganas de mirarla. Estoy demasiado decidido, demasiado frenético. Sólo en estos momentos de tensión excepcional, me convierto en un ser desprovisto de curiosidad, de admiración, creo que hasta desprovisto de sexo. Sólo en momentos así me desprendo totalmente del ritual de las apariencias, penetro a través de ellas, y, exactamente como un radar, con la indiferencia y la fidelidad de un radar, denuncio la verdad. Bueno, tampoco es así. La verdad es que me desprendo de todas las apariencias en beneficio de una sola: la de que hoy es un día normal, como cualquier otro, y no el día en que mataré a mi padre, es decir, al Viejo que antes, hace mucho tiempo, fue Papá. Pobre secretaria. Todavía no lo sabe: mañana se enterará de que hoy se estuvo inclinando frente a un asesino, mientras conseguía que la blusa rosa se abriera discretamente y, con frenada concupiscencia, mostrara esa hendidura que es comienzo y bifurcación, esa famosa hendidura tan fresca como dos labios y que seguramente ha de ceder vorazmente, casi como una drosera, bajo la presión de otros dos labios propiamente dichos, digamos los del novio. Pobre secretaria, para ella es una suerte ser tan boba y tener novio que la masajee, no pensar en nada que no sean las cartas que le dicto y las obligatorias calenturas del lunes, miércoles y viernes en la madrugada del zaguán, porque ni ella ni el novio tienen cara de liberación sino de vivir su cotidiana y católica tortura de pulcro relajo y contención horrible. A estas almas primitivas, saludablemente egoístas, sublimes de tan mojigatas, eficaces sólo para excitarse, a estas almas que sólo son cuerpos pero no admiten frente a sí mismas ese dichoso monopolio, quizá el tabú sirva para salvarlas, pero no debido a un supuesto rechazo frente a lo diabólico, sino a causa de la obsesión que ese tabú instala en ellas. Él pensará en cómo se excita recorriéndola, ella pensará en cómo se excita siendo recorrida, y entonces, claro, no tienen por qué existir, ni en rigor existen, la bomba de hidrógeno, las crisis del Caribe, los pueblos de ratas, la amenaza del cáncer, los padres crápulas. Después de todo, también el sexo pudo salvarme si Dolores hubiese contestado: Sí. El sexo es el único sucedáneo de la imposible felicidad, esta que sólo alcanzan los moluscos; el sexo es lo único que da, por instantánea que sea, la sensación de plenitud. Pero Dolores no es sólo sexo. Más aún, creo que para mí Rosario fue sexo con más derecho, más potencia, más naturalidad. Me refiero sólo a eso: sexo. Dolores es sexo y algo más. Y sólo ese algo más convierte lo sexual en el deleite torturado, condenado y urgente, que viene a ser el amor, ya que hay que nombrarlo de algún modo. Precisamente porque su cuerpo no es exuberante, sino más bien desvalido, precisamente porque no tiene senos imbatibles, avasalladores y contundentes como los de la secretaria, sino dos pechitos pálidos y mínimos, casi prepúberes, cada uno de los cuales cabe cómodamente en una mano, precisamente por eso me conmueve y me convierte en un ser increíblemente tierno, ignorado hasta ahora por mí. De ahí que la tremenda satisfacción sexual que me brindó la sola unión con Dolores sea, sobre todo, un derivado de aquella conmoción previa. Me mira, y su mirada no es sexo sino vida; sonríe, y su sonrisa no es sexo sino hondura, tristeza, palpable socorro. Pero su mirada y su sonrisa, al recorrerme, estrujan mi corazón, lo aceleran, lo lanzan, y una vez que mi corazón es lanzado a querer, a urgir, a necesitar, somete al sexo, y éste pasa a proceder como mera filial orgánica y sus modos de amor dejan de ser los propios para convertirse en subsidiarios de los modos de amor del corazón. O sea que *mi tipo* sexual puede ser, por ejemplo, una mujer de piernas bien torneadas, pelo oscuro, ojos verdes, manos afiladas, caderas tangibles, pero cuando la mirada y la sonrisa decisivas me alcanzan y fulminan, el resto ya no importa, y a partir de ese instante mi sexo sólo se hallará satisfecho en la asunción de ese cuerpo que me miró y sonrió, aunque los nimios detalles (manos, piernas, cabello, ojos, caderas) no correspondan a los de *mi tipo*. Por eso, si Dolores hubiera dicho sí, estoy seguro de que su aceptación habría borrado todos mis dictámenes, mis irritaciones, mi justicia. O también puede ser que mis dictámenes, mis irritaciones, mi justicia, es decir, mi sentencia contra el Viejo, hayan sobrevenido a partir del convencimiento, a partir de la vislumbre de que ella no iba a aceptar, porque a esta altura quizá me sea insoportable estar libre y sin ella, tranquilo y sin ella, inocente y sin ella. Quizá esté yo fabricando urgentemente una gran culpa, un absorbente remordimiento, sólo para cubrir una ausencia, para justificar mi soledad.

—Señor Budiño, aquí están los cheques.

Pero no, no es sólo eso. Al Viejo tengo que borrarlo. Qué extraño tenerlo a mi merced. Qué extraño poseer la decisión. En cierto modo es una especie de felicidad, oscura sí, y también malsana, esto de saber que hasta el último momento podré oprimir el gatillo o perdonarlo, y saber además que no lo perdonaré. No lo perdonaré. Lo único seguro es ese no-perdón. Si estuviera tan seguro acerca de Dios como de ese no-perdón, me estaría condenando. Pero no hay condena. No hay nada. Y la nada puede no ser condena sino liberación. No hay condena pero hay un antiguo interés en provocar a mi conciencia, en comprobar cuál es su fondo último, en verificar cómo se llama su escozor frente a una culpa de las grandes. ¿Y si después no me siento culpable? No descarto esa posibi-

260

lidad. La culpa puede venir enganchada al odio. Porque siento odio, y no es incómodo. Sólo quisiera desprenderme del odio, en el instante en que apriete el gatillo, no antes. Quisiera que mi crimen se convirtiera en un acto de amor. Matar al Viejo para que resurja Papá, el que me compró en lo de Oddone diez cajas de soldados, el que entendió que yo había visto la muerte de Víctor, el que acudía todas las noches a liberarme de la oscuridad. Ahora el Viejo es tan abyecto que no me deja pensar en Papá, tapa con su presencia odiosa la presencia querida de Papá, desaloja con su espesa prepotencia la sensación de seguridad que Papá me otorgaba. Si consigo que mi parricidio (qué ridículo llamar así a un acto de liberación), si consigo que mi parricidio sea un acto de amor filial, sé que no tendré culpa, sé que aguantaré los ojos de Gustavo sin desviar la mirada, porque el sacrificio también será por él. Ojalá lo comprenda. Y si puedo soportar los ojos de Gustavo, ya no me importarán los ojos de Hugo o los de Susana, que estarán estupefactos, pero no me perdonarán jamás esta explosión en el centro mismo de sus hábitos más sagrados, de su confort más intocable. Gustavo es el juicio que me importa, el perdón que me salva. También está Dolores, pero ella sí comprenderá, aunque en el primer instante permanezca aterida e inmóvil, y en el segundo convenza a todos de que está llorando por el trágico destino de su pobre suegro, y en el tercero arribe casi enloquecida a su huidiza soledad, y en el cuarto se sumerja en el bienvenido arrepentimiento, porque mi acto, que será de amor hacia Papá, hacia el recuerdo de Mamá, hacia el país inclusive, será también y sobre todo un acto de amor hacia ella, ya que, pese a toda su magnitud, a toda su importancia, hubiera sido sin embargo el acto que yo habría sacrificado nada más que por ella, nada más que por el derecho de tenerla conmigo, de mirarla dormir, de penetrar en ella, de verla sonreír, de llamarla, de ser llamado, de tender mi mano en mitad del sueño y saberla ahí, de ver sus ojos, por Dios, cómo podré vivir sin ver sus ojos, pero también, cómo podría vivir viendo sus ojos y no tenerlos, no poder tildarlos al hacer un inventario de lo que es mío. Su arrepentimiento comenzará a crecer cuando sepa que pudo haber dicho sí, cuando sepa que ella pudo mover en otro sentido la palanca de eso que algunos llaman destino. Y entonces me querrá, definitiva y poderosamente, sobre todo teniendo en cuenta que no habrá retroceso, porque una muerte no se borra con una pormenorizada congoja, y también teniendo en cuenta que yo, al llevar a cabo mi acto de salvación, estaré definitivamente perdido para el ámbito familiar, político, social, comercial, nacional, o sea para todo ámbito; su arrepentimiento crecerá noche a noche y en ese proceso sé que reconstruirá minuciosamente nuestro único encuentro, y se desesperará, como me he desesperado yo en estas semanas, recordando palabras, gestos, contactos, caricias, gemidos, silencios. Yo no quiero que se destruya como yo me he destruido, pero después de todo acaso sea justo que también ella sienta su corazón en un cepo. Yo no quiero que se destruya, pobrecita, sólo quiero que me quiera, pero desgraciadamente el amor es sentir el corazón en un cepo.

—Señorita, lo más probable es que hoy yo no regrese. Si alguien pregunta por mí, dígale que vuelva mañana.

Tengo la sensación de estar haciendo aquella vieja prueba de baraja basada en las palabras: Mutus, Nomen,

Dedit, Cocis. Habré de pasar el día manteniendo conversaciones, realizando actos, haciendo gestos, que parecerán iguales a los cotidianos, a los opacos actos, palabras y gestos de todos los días, pero que en cambio serán un solo naipe de cada grupo. Sólo yo tengo el secreto de la prueba, sólo yo conozco dónde debo colocar el otro, es decir, sólo yo conozco el significado que esas conversaciones, esos actos, esos gestos, habrán de tener mañana, cuando yo tenga una muerte sobre mi espalda, y, a pesar de (o, mejor, a causa de) esa muerte, pueda echar mis hombros hacia atrás, en un gesto de buena respiración y libertad recuperada, y mirar sin rencores el prodigioso cielo vacío. Sí, será mejor que esperen todos hasta mañana: los deudores, los acreedores, los turistas, los intérpretes, los guías, las viejas que quieren ver la Semana Santa de Sevilla y después morir, los calaveras que quieren consejos sobre cómo correrla en Estocolmo sin hablar sueco, los exigentes que se inscriben en la excursión de noventa y dos días siempre y cuando la Agencia les brinde garantías de que la Aduana no dificultará ese espléndido y minucioso contrabando que es el motivo cultural de su viaje. Sí, mejor que vengan todos mañana, con el diario abierto en su gran titular a toda página: TRÁGICA MUERTE DE EDMUNDO BUDIÑO. Mi gran curiosidad actual es cómo se las arreglarán, blancos y colorados, para revelar que el hijo, nada menos que el hijo, de uno de sus próceres, mató nada menos que al Prócer. La inmunidad del procerato es, para blancos y colorados, tan inconmovible como el contrabando, como el matrimonio, como la venerada Ley de Lemas. En eso están de acuerdo. En este país en que los escasos revolucionarios vocacionales suspenderían su revolución a causa del mal tiempo, o la postergarían hasta abril para no perderse la temporada de playas, en este amorfo país de andrajosos que votan a millonarios, de peones rurales que están contra la reforma agraria, de una clase media que cada vez encuentra más dificultades para imitar los tics y los cócteles de la alta burguesía y sin embargo piensa en la palabra solidaridad como si se tratase del séptimo círculo infernal, en este país de tipos como yo mismo, desacomodado en mi apellido porque reniego de toda la inmundicia que hoy lleva implícita el nombre Budiño; desacomodado en mi clase porque mi bienestar económico me duele como una culpa, como una mala conciencia, en tanto que mis iguales disfrutan del confort como podría hacerlo una hembra regalona; desacomodado en mis creencias, sobre todo políticas, porque extraigo mis recursos de un sistema de vida totalmente opuesto al que prefiero; desacomodado en mis relaciones, porque quienes participan de mi nivel social me consideran poco menos que un bellaco, y quienes participan de mis creencias políticas me consideran poco menos que un tránsfuga; desacomodado en mis sentimientos, en mi vida sexual, porque he conocido la plenitud y desde entonces soy consciente de que lo demás es un pobre sucedáneo; desacomodado en mi profesión, porque el malón de turistas y candidatos a tales me apabulla con su grosería, con sus contrabandos, con su guaranguería esencial, con su gloriosa estafita, con su obsesión de rebaja, con su alma de picnic; desacomodado frente a mi memoria, porque las buenas cosas que anunció mi infancia, las protecciones, las esperanzas, las osadías, se han quedado todas en el camino, y el recordar se me vuelve así un mero registro de frustraciones.

Está linda la calle. Ni frío ni calor. Un sol bien amarillo, pero tibio. Una brisa que mueve apenas los banderines del caramelero y las hojas de los plátanos. Es bueno tomar una decisión grave en un día así, que no repele, más bien invita a que lo disfrutemos. Me gusta mi ciudad; siento que de algún modo formo parte de ella. Miro a estos hombres y mujeres opacos, mezquinamente calculadores, fanáticos del detalle, eufóricamente miopes, de corazón explosivo pero imprevisor, que desfilan, dos de cada cinco, a dejar su barata caridad en la mano sucia y extendida de la gorda y prepotente lisiada, la mendiga única, la mendiga-excepción que, más tarde, con su impecable pierna artificial, se convertirá en la floreciente dueña de inmuebles varios; miro a esos cultores de la limosna, a esos filántropos de a vintén, y aunque yo no aporto mi moneda, siento que de algún modo ellos me representan y representan el país, porque todos queremos el cielo como pichincha, el trabajo como pichincha, el poder como pichincha, la jubilación como pichincha, todos queremos que la vida nos salga más barata que al común de los mortales, y para ello no importa si el medio es la estafa, la limosna, el acomodo, la inválida promesa o la falsa invalidez. Todos queremos sacar la ventajita, trampear a alguien para salvar el honor; la única forma de adquirir conciencia de las propias fuerzas es cometer la mínima indecencia que nos ponga al amparo de la más agresiva de todas las sospechas, la módica incorrección que impida a los demás hablar de nuestra bobera, la insoportable bobera del honrado. Una cosa es ser bueno, y otra muy distinta que lo tomen a uno por idiota. Esa frase debería estar inscrita en el escudo nacional. El resultado es que en el pasado, en algún remoto pasado chambón, todos fuimos buenos, pero ahora que sabemos el secreto, hemos dejado de serlo para que los demás no nos tomen por idiotas. Con respecto a cada uno, todos somos los demás; todos pretendemos tomar por idiota a cada uno de los otros. Pero como ninguno quiere dejarse tomar por idiota, la consecuencia es que todos somos lumbreras, y estamos por lo tanto gloriosamente situados por encima de ese ser hipotético, caduco, superado, inexistente, ese uruguayo en quien todos pensamos cuando decimos: *una cosa es ser bueno*.

—Budiño, ¿se acuerda de mí?

—Pero si es Marcela, Marcela Torres de Solís.

—Qué memoria. ¿Cómo le va?

—Me parece que en cierto viernes de abril del año mil novecientos cincuenta y nueve, no nos tratábamos de usted.

—Puede ser. Pero fueron sólo dos horas.

—Sí, pero repletas de catástrofes.

—¿Te acordás qué susto?

—Bueno, nosotros lo tomamos con bastante serenidad, ¿no?

—Vos lo tomaste. Yo no. Me asusté espantosamente. Todavía me acuerdo y se me pone la piel de gallina.

—¿Y cómo encontraste a...? ¿Cómo se llamaba?

—César. Vivito y coleando.

—¿Y?

—Estamos viviendo juntos. De nuevo.

Esta mujer tiene algo. En el Tequila me dijo que para ella había sido horrible darse cuenta de que sólo inspiraba a su marido una atracción sexual. ¿Y eso qué tiene de malo? También a mí me inspira lo mismo. Claro que

266

no soy su marido. Pero evidentemente tiene algo. En la boca, tal vez. O en las orejas. Qué sé yo. Algo que atrae. Y cómo. No sería capaz de enamorarme de Marcela, pero sí, por supuesto, de acostarme con ella. Debe de funcionar estupendamente en la cama. Ave César Solís. Las buenas hembras por lo general son sólo eso: buenas hembras. Ésta tiene, como atractivo, que es buena hembra y además una tipa simpática. Y hasta tiene un destello inocente en la mirada. Ya lo enseñaron los clásicos: la inocencia es el mejor condimento de la lujuria.

—¿Tomamos un café?

—Tomamos un café.

Y yo tengo en el llavero la Yale de la sociedad de las tres Jotas.

—Así que, después de la inundación, todo se arregló como en los cuentos. Fueron muy felices, comieron perdices, y colorín colorado, este cuento se ha acabado.

—No.

—¿No se ha acabado?

—Eso tampoco. Pero mi *no* se refería a que fueron felices.

—¿Qué pasa? ¿Otra vez no marcha?

—Otra vez.

—Sin embargo, creo recordar que en el Tequila dijiste que lo querías, que lo necesitabas.

—Y era cierto.

—¿Ya no lo es?

—Es probable que todavía siga siendo cierto.

—¿Entonces?

Además, es joven. Agresivamente joven. En el cincuenta y nueve tenía veintitrés, así que ahora tendrá veinticinco. Pero no sólo no parece que hubieran pasado dos años sino que la encuentro más joven que entonces. El peinado tal vez. El color de las mejillas puede ser prestado, pero la piel de los brazos es suya. Lindos brazos. Debe ser una buena experiencia que esos brazos lo aprieten a uno. Y tengo la llave de las Tres Jotas.

—Prácticamente, sólo nos entendemos en la cama.

—Te voy a decir: no es una mala manera de entenderse.

—No te burles.

—¿Y el resto?

—El resto son grandes espacios en blanco. O más bien en negro. Como si no supiéramos de qué hablar.

—¿Y por qué, en ese momento en que no se entienden, no hablan de los momentos en que se entienden?

Si me tiro el lance, me puede decir que no, naturalmente. Pero ¿qué importancia tiene eso en un día como hoy? Además, la deseo. Y cada minuto que pasa, la deseo más. Si me dice que sí, será un buen recuerdo para mañana y para pasado. Dos días en que seguramente precisaré los buenos recuerdos.

—Eso va creando rencores, incomodidades.

—No puede tratarse exclusivamente de algo tan abstracto. Debe haber además un motivo concreto.

—No, eso es lo peor. Ojalá hubiera un motivo concreto. César es un tipo hosco, empecinado, impenetrable.

—Y vos sos alegre, extrovertida.

—Cada vez menos. Es terrible. Se aluna. A veces no me dirige la palabra en todo el día. Y aun de noche, se me acerca con las manos, no con la voz. Lo peor es que no sé si son celos, o rabia, o antipatía, o simple aburrimiento.

No puede ser. No puede ser que me mire de ese modo y yo permanezca impávido. Tengo que decírselo porque de lo contrario reviento.

—Marcela.

—¿Sí?

—¿Te acordás que en el Tequila me preguntaste algo?

—No sé. Creo que te pregunté varias cosas.

—Puede ser, pero yo me refiero a una sola. Me preguntaste si te estaba llevando la carga.

—¿Yo te pregunté eso? Sería el efecto del Chianti.

—Quizá. Y yo te contesté: ¿Sabés que no se me había ocurrido? Pero es una idea buenísima.

—Sería efecto del Chianti también.

—En mi caso, no.

—Bueno bueno, ¿me estás llevando la carga?

—¿Sabés que no se me había ocurrido? Pero es una idea buenísima.

Salió bien. Cómo se ríe. Le gusta que la deseen. Qué cosa. Es linda de veras. Y ahora ya está medio camino hecho.

—¿Ves esta llave?

—Sí, señor.

—Es del apartamento de unos amigos.

—Ah.

—Ellos no están ahora en Montevideo.

—Menos mal.

Dijo menos mal. Así que ella también estaba a la espera.

—Mi coche está en la esquina.

—¿No puede ser un taxi?

—Claro.

—Yo sabía.

—¿Qué?

—Que íbamos a terminar acostándonos.

Años atrás ya lo había intuido, pero sólo ahora lo confirmo: cuando uno desea a una mujer, sólo conoce la mitad del propio deseo. El deseo completo sobreviene en el instante en que se tiene conciencia de que también la mujer lo desea a uno. Entonces sí la presión se vuelve insoportable.

—¿Vamos?

Aquí estuve con Dolores. ¿Por qué hago esto? ¿Será que en el fondo quiero comparar? ¿O acaso intento borrarla, acabar con su imagen? No. Es algo mucho más sencillo. Es casi un rasgo nacional. Quiero acostarme con una mujer que está buena, que tiene lindos ojos, lindas piernas, lindo todo. Y un agregado más reciente: que es espléndida cuando besa. Me gusta más este cuerpo que el de la secretaria carnosa, pero además Marcela le lleva la ventaja de que no es imbécil. Para mí siempre ha sido una tortura acostarme con una de esas mujeres que en el trance penúltimo, y sobre todo en el último, lo miran a uno con ojos de hipopótama o de nodriza. Cuando el acto es de unión total, como con Dolores, no exijo nada; no exijo nada, simplemente, porque está todo. Pero cuando la atracción es antes que nada sexual, como con Marcela, exijo una mínima complicidad, que implica, entre otras cosas, descartar la comedia del enamoramiento y saber que ese descarte nos otorga una camaradería esencial. A otros les parecerá un refinamiento inútil, pero para mí es importante que una mujer, en los tres minutos previos a la entrega, tenga el suficiente coraje como para no decir, bajando la mirada y como última cuota de sus escrúpulos de *Sacré-coeur:* «¿Qué vas a pensar de mí?».

—¿Te gusto?

—Una barbaridad. Hubiera sido un crimen no haberte visto así.

—¿Y la imaginación para qué está?

—No creas, mi imaginación funciona bien. Sobre todo, funciona prolijamente. Pero como realidad, sos algo tremendo.

—¿Querés que te diga una cosa? Ésta es mi primera infidelidad. Pero es también la más antigua.

—¿Cómo?

—Sí, porque empezó en aquella comida. Sólo una catástrofe pudo postergar otra catástrofe.

—Yo me siento muy a gusto en la hecatombe actual.

Mutus Nomen Dedit Cocis. Ahora estoy colocando un nuevo naipe, pero sólo yo conozco donde debo colocar el complemento. Mañana. ¿Qué cara pondrá Marcela? Sufrirá la tortura de tener la más emocionante aventura de su vida y no poder contársela a nadie. Nada menos que haberse acostado con el asesino del día. Si por lo menos hoy pudiera mirarla de algún modo tan peculiar que mañana le ahorrase la necesidad de sentir el escalofrío tradicional: *Dios mío, pudo haberme matado a mí.* En este día-clave en que el Viejo está condenado, en este día trascendental en que yo ejecutaré la condena, es curioso lo tranquilo, casi diría lo feliz que me siento en una cama ajena, con una mujer ajena, a quien provoco una felicidad momentánea, que en el fondo también es ajena. Porque mientras acaricio, con la mejor disposición, con tanto deseo en libertad, estos senos henchidos y conmovedores, mientras repaso con tanta ternura sexual esta piel gloriosamente joven, soy consciente de que algo en mi corazón se retuerce de pena, de soledad, de vacío. Algo en mi corazón detecta ininterrumpidamente la ausencia de Dolores; algo en mi corazón quiere morir. Y no hay contradicción entre esta segura pena y aquella casi felicidad, porque Marcela es estupenda, es prodigiosamente linda, es un lujo táctil que pocas veces conocieron mis manos. Pero la ausencia de Dolores es una tristeza que circula en mí; la ausencia de Dolores es más o menos lo mismo que mi sangre, y como ella me recorre, me colorea, paradójicamente me hace vivir. Y si la mínima realidad me hiere como un alfilerazo, ahí surge un hilo de esa sangre-tristeza, que algunas veces se coagula en rencor, otras veces en agresividad, y otras, por último, en desaliento. Lo misterioso, incluso para mí, es cómo a pesar de todo puedo disfrutar. Y bien que disfruto.

—¿En qué pensás?

—En que sos estupenda.

—No. Estás como absorto, distraído. Con el cuerpo aquí y la cabeza quién sabe dónde.

—La pobre cabeza no sale de su asombro. En realidad, ella ignoraba que el cuerpo podía disfrutar tanto. Ahora lo sabe, pero necesita acostumbrarse a la idea.

—No creas. También mi cabeza se llevó su sorpresa.

—Pobres cabezas.

—¿Cuándo aprenderán?

—Probablemente nunca.

—Por lo pronto, vamos a dejar que se repongan. Y no hablemos de ellas. Tienen sus inhibiciones como cualquier hijo de vecino.

—Son poco francas.

—Y contabilizan las vergüenzas.

Aquí habría que agregar que, como desquite, amonestan al cuerpo. Pero no digo nada más. Quiero que se sienta satisfecha con su última frase, y para eso lo mejor es dejar que ésta quede en el aire. Es una pequeña contribución, por otra parte tan fácil de otorgar. Sí, la cabeza amonesta al cuerpo. Y el pobre cuerpo es feliz, pero qué frágil. Ahora mismo tengo un dolor que empezó repentinamente a la altura del riñón derecho. Y no cede. Es un dolor no demasiado intenso, pero incómodo, y también alarmante. Como si algo hubiera empezado a triturar suavemente mi riñón y desde ya se supiera que el ritmo de trituración habrá de ir en aumento hasta hacerse insoportable. Tengo la superstición (pese a mis alardes frente a Susana) de no decir en alta voz palabras tremendas. Pero en cambio puedo pensar: ¿cáncer? ¿nefrosis? En realidad, sería una broma macabra si, tan luego en el instante en que me creo brazo ejecutor de una condena, algo, alguien, Dios, hado, Karma, azar, cualquier cosa, estuviera ejecutando sobre mí otra condena, ésta sí inapelable y definitiva.

—¿Vos también tenés tus problemas, verdad?

—¿Quién no?

—Pero no hablás de ellos.

—¿Para qué?

—Uno se libera un poco.

Ahí están los afiches, los cuadros abstractos, los chanchitos de Quinchamalí. Todo eso ya lo recorrí, con Dolores dormida a mi lado. Si sólo se tratase de afinidad sexual, sería tan fácil. Porque en ese aspecto, Marcela es incomparable. Pero la ausencia de Dolores dura todo el

273

día, cuando hay deseo y cuando no. ¿Cómo será haber nacido en la miseria? No sé por qué pienso esto ahora. ¿Cómo será haber nacido en la miseria, pasado hambre, odiado las vidrieras con *spiedo*, corrido descalzo, extendido la mano abierta? ¿Cómo será haber trabajado día tras día como una bestia? ¿Cómo será caer reventado en el sueño, sin ánimo ni energía para sentir deseo, para sentir el lujo del deseo? ¿Cómo será gastarse así, sin una tregua de ocio, y advertir un día que el plazo se acabó, que la muerte está aquí, digamos, en un riñón que aprieta? Algo funciona mal. ¿Dónde gané yo, por ejemplo, el derecho a mi cadena de ocios, a mi linda casa en Punta Gorda, a mis cuatro largos viajes, a este espectáculo tonificante y lustral que es el cuerpo desnudo de Marcela?

—¿Y tu padre?

—No muy bien.

—¿La salud?

—Al Viejo le queda poco tiempo de vida.

Mutus Nomen Dedit Cocis. Ya no me duele el riñón. Y, con el cese del dolor, advierto que soy infantilmente fácil de conformar. Porque ahora, en este momento, las malas palabras Cáncer y Nefrosis vuelven a parecer lejanas, sólo apropiadas para que Otros las padezcan y las teman. Es cierto que al Viejo le queda poco tiempo de vida. Las tres menos veinticinco. Digamos que le quedan dos horas y media. O quizá un poco más, porque Marcela comienza otra vez a acariciarme, a formular acuciantes preguntas a la veteranía de mi piel, y sus lindas manos, cuidadas y cuidadosas, son guiadas por una intuición tan certera, tan infalible, que todas mis células se van sintiendo progresivamente comprometidas en la segunda de mis respuestas.

Allá abajo los plátanos. Hoy las hojas no están inmóviles. Algo nos agita, a ellas y a mí. Aquí mismo, hace unos cuantos meses, pensé: Yo nunca fui Ramón Budiño sino el hijo de Edmundo Budiño. ¿Podré ser hoy Ramón Budiño? Por lo menos, haré el desesperado intento. Aquí mismo, hace unos cuantos meses, pensé: Como todo el mundo, nosotros los Budiño tenemos una historia. Ahora el revólver está en mi portafolio. O sea que depende exclusivamente de mí escribir la página más viva de esa historia. ¿La escribiré?

—Vino muy temprano, don Ramoncito. El doctor va a demorar por lo menos media hora.

—No se preocupe, Javier. Me viene bien sentarme un rato.

—Este aire de tormenta es fatigante, ¿no?

—Deprime un poco. La familia ¿bien?

—No tan bien, don Ramoncito. Mi mujer anda cada vez peor de los pies.

—Es la tormenta, Javier.

—No. También le duelen con buen tiempo. El médico insiste en que es albúmina, pero en el análisis no da albúmina.

—Entonces no será albúmina.

—Pero el problema es que no sólo le duelen; también se le hinchan. Se le ponen así.

—¿No le convendrá adelgazar?

—¿A quién? ¿A mí?

—No, a su señora.

—Claro que le convendría. Pero le gustan tanto los dulces. Toda la vida fue muy golosa. Yo también soy

275

goloso, pero no engordo. Fíjese que nos conocimos en una confitería, comprando bombones.

¿La escribiré? ¿La escribiré? No puede ser que justamente ahora me lo pregunte. Desde temprano estuve decidido a hacerlo. Gozosamente decidido. Entonces ¿por qué esta vacilación? ¿por qué este comienzo de duda? Él se lo ha ganado. Mil veces pensé y repensé todo el asunto, y siempre llegué a lo mismo. Tengo que matarlo. Pero no alcanza con llegar al dictamen. Además de dictaminar, hay que matarlo. ¿Podré? Estuve seguro, tan alegremente seguro. ¿Por qué esta agitación?

—Perdóneme, don Ramoncito. Lo voy a dejar solo.

—Atienda nomás, Javier.

—Tengo que aprontarle al Doctor varios datos del registro.

—Atienda nomás, Javier.

Quizá Marcela tenga la culpa. Hizo que me sintiera tan vital. Pero no. Marcela nada tiene que ver con esto. Además, eliminar a un crápula debe ser otra forma de sentirse vital. Si pudiera aferrarme al odio, y nada más que al odio. Pero el odio también agota. Pongamos que él abra esa puerta. No, antes de que abra la puerta, voy a sentir el ruido del ascensor. Pongamos que sienta el ruido del ascensor. Y que, mientras tanto, yo abra el portafolio y extraiga el revólver y apunte a la puerta. Aquí está el revólver. Y ésta es mi mano. Mi mano. Qué ridículo. Pensado así, es ridículo. Pongamos que él abra esa puerta y yo. No. Para que estas actitudes tengan sentido, quizá no haya que pensarlas tanto, que ensayarlas tanto. Pongamos que él abra esa puerta y yo alcance a ver sus ojos. Ése es el peligro. Porque no siempre me mira con los ojos del

Viejo; alguna vez me mira con los ojos de Papá. Todavía no están definitivamente muertos los ojos de Papá. O, si están muertos, la capacidad histriónica, la magistral hipocresía del Viejo, le permite imitarlos. Pero ¿cómo puedo yo saber si es sólo falsificación? Sé que si me mira con los ojos de Papá, no podré apretar el gatillo. Y entonces todo estará perdido para siempre. Me habrá derrotado definitivamente y desde ese instante seré una basura. Pongamos que abra esa puerta y me mire como de costumbre, con sus ojos de crápula. Y yo dispare. Con esta mano. No. Antes de disparar tengo que hablarle, tengo que explicarle por qué un hijo puede llegar a estar tan rebosante de odio, tengo que decirle que no le perdono haberme destruido y, sobre todo, que no le perdono haber destruido la imagen suya que admiré, que quise, que necesité. Lo único que me faltaba: llorar. Pero sucede que si se lo explico, no lo mataré. Me mirará a los ojos, seguro de su poder, me derrotará a través de mi monólogo inútil, y no lo mataré. Pongamos que abra esa puerta y yo tire sin darle tiempo a que me mire, sin darle tiempo a que me derrote mirándome. Entonces, aunque caiga delante de mí, igual me habrá vencido. Porque sólo yo sabré que mi violento laconismo habrá sido una variante de mi cobardía. La única forma de vencerlo es decirle por qué lo mato, y después matarlo. Ah, si no lo hago hoy, sé que nunca más lo haré, porque cada vez que programe mi acto, éste habrá sido de antemano corroído por esta postergación. Pongamos que. No. Se acabó. Se acabó. Llegó el espantoso momento de decírselo. No puedo matarlo. NO PUEDO. Todo el día estuve apuntalando el proyecto, arrimándole sostenes. Todo el día estuve desparramando indicios. Yo mismo creí que lo hacía para que mañana los ávidos pudieran reconocerlos y completar su cuadro y confirmar las más morbosas de sus explicaciones. Pero en realidad construía indicios para obligarme a mí mismo, para que la decisión fuera irrevocable. Hice igual que Hänsel y Gretel, uno de los cuentos que nos dictaba Herr Hauptmann. Por donde pasé fui dejando migajas, para que luego todos supieran por dónde había pasado. Pero de pronto me di vuelta, es decir, ahora me doy vuelta, y los pájaros o los escrúpulos o la cobardía se han comido las migas o las huellas o los indicios. Quizá perdí mi propio rastro. Los indicios ya no conducen a mí. No puedo matarlo. Todo es más fuerte que yo. El Viejo, los lugares comunes, los tabúes de mi clase, los prejuicios. *Después de todo, Ramón es mi hijo.* Lo vomitó aquí mismo, delante de Javier, cuando recibió a los jovencitos y les repartió armas. Y quedó sonando. *Después de todo*, el Viejo es mi padre. Es horrible, pero quedó sonando. Es mi padre. Los hombres de mi clase, de mi generación, de mi país, no matan a sus padres. Los hombres de mi clase, de mi generación, de mi país, no destruyen su pasado. No lo destruyen, porque son una mierda. Honra a tu padre y a tu madre. Me lo ordenó hace tantos años el cura viejo de la iglesia de Ellauri. No me agregó: Honra a tu padre y a tu madre, siempre y cuando ellos merezcan que los honres. Pero quizá eso estaba implícito en el mandamiento. No lo agregó, de modo que honro a mi padre aunque él no merezca que lo honre. Honro a mi padre por pereza, la pereza de no haberme negado a que me diera la plata para la Agencia. Por pereza, por no escupirlo, por no revelarle que aquella tarde yo estaba detrás de la mampara, por no desaparecer de este sitio y enterrarme en algún lejanísimo purgatorio terrestre, porque me ha contagiado del dinero, porque soy un leproso del confort, porque los ochenta mil tipos que diariamente se mueren de hambre en este mundo me importan menos que la falluta mácula de mi pudibunda conciencia, porque, porque. Honro a mi padre porque me deshonro.

No están inmóviles las hojas. Ni siquiera las caídas y secas, allá abajo, mezcladas en el mismo remolino con pedazos de diario y jirones de afiches. Allá abajo. ¿Y si me asomara lentamente, cautamente, distraídamente? Allá abajo.

¿Y si me estrellara?

¿Eh?

¿Y si me estrellara?

caer por ejemplo entre el plátano robusto y el otro raquítico a medio metro de los policías que vigilan la entrada del diario para que los inexistentes conspiradores no se arrimen en medio de todo sería una solución, lo extraño es que no se me haya ocurrido antes o quizá estuvo siempre en el fondo de mis falsos proyectos

eh eh y si me estrellara eh la idea empieza a tentarme y esto a lo mejor es peligroso porque evidentemente sería una solución no ver nunca más la cara del Viejo borrar la imagen de mi retina mediante el procedimiento de convertir en nada mi retina no ver más mi propia cara en el espejo no recordar mi cadena de derrotas mediante el procedimiento de convertir en nada mi memoria no reprocharme la aceptación de la plata del Viejo no ser consciente de que Larralde tuvo el coraje que a mí me falta no sentir nunca más nostalgia de Dolores mediante el procedimiento de convertir en nada mi nostalgia no temblar de pánico si algo empieza a triturar suavemente mi riñón no retener el vómito cada vez que veo a los andrajosos votar por los millonarios no inmovilizarme en el insomnio fulminado por la repentina conciencia de que mis decisiones están para siempre enajenadas no estar obligado a sonreír a los candidatos a turistas y a su alma de picnic no acostarme junto a Susana y sentirla increíblemente remota ajena indiferente no pensar en la muerte de Mamá con sus uñas clavadas en mi mejilla no escuchar que el Viejo me diga torpe más que torpe no volver a proyectar nunca más ni para mí ni para nadie aquella película de terror y de asco con la voz de Mamá diciendo no pueeedo no llorar en la noche ni sentirme un imbécil no no no cada vez más no tal vez sería una solución o por lo menos un modo de negar esta pobre mugre que soy este sofocante fracaso en que he venido a parar

y si me estrellara eeeh qué macanudo desafío qué tentación y qué pasa después allá abajo a medio metro de los policías y si me estrellara y si me estrellara eh eh, nunca pensé que esto podía crecer en uno como un éxtasis como un espasmo como un goce desesperante eh Dolores nunca más porque te tengo y no nada de nada eh y después qué pasa después y Gustavo pobre hijo hijito si comprendiera si él pudiera romper con el pasado si él pudiera no ser derrotado sí él pudiera apretar el gatillo todos los gatillos y si me estrellara

allá abajo eeeh Dolores mi Dolores de otro si yo también pudiera clavar mis uñas en su mejilla pero no hay mejilla no hay nadie solo como nunca Dolores ya está de una vez por todas basta de lágrimas

cómo era ah sí asomarse lentamente cautamente distraídamente allá abajo

allá

entre el plátano robusto y el plátano raquítico ni siquiera puedo verlos dije basta de lágrimas

eeeh

suerte que no hay Dios qué mala suerte eeeh Dolores eeeh porque te tengo y no eeeh dije basta de lágrimas dije basta de lágrimas

basta

basta

basta

baaaaaaaaaaa

14

Tonto, tontísimo. Me hubieras convencido, claro. Sólo una vez dije Ramón adentro de tu boca, debajo de tu lengua. Ahogada, feliz. Tonto. Pobrecito. Ahí, en ti, estaba el niño, la criatura. Y tus ojos oscuros, qué susto, qué estupor. Con esta mano pasé por ellos, los cerré cuando estaba segura de que era un juego, de que en seguida ibas a abrirlos. Después no. Alguien los habrá cerrado. Yo no te vi. Es decir, no vi a Eso que decían eras tú. Los ojos, Tus Ojos. Es todo el recuerdo, o casi todo. Me mirabas ansioso. Fue así que empezaste a convencerme. Ramón tonto. Viejito. Seguramente soy culpable. ¿Quién no lo es? Si hubiera dicho Sí. Pero no podía decirlo. Ahora sí puedo y para qué sirve. Ahora ya vi la odiosa cara de Hugo cuando me trajo la noticia. Pero cuando me preguntaste, yo no la había visto, no sabía que existía. Hugo no es bueno, nunca lo fue. Pero yo no sabía. Ahora será imposible quererlo, y además será difícil tenerle piedad. Como ves, todo es una trampa, una cochinada. El Viejo ha vencido. Pero quién sabe. Tonto, tontísimo, ¿qué nos importa el Viejo? Ni siquiera tuve tiempo de contarte nada. Todas esas cosas que Hugo ignora; que no sabrá jamás. Mi

282

verdadera, insignificante vida que nunca dije a nadie. Cuando en la cuadra había una sola casa, y era la nuestra, la de mis padres. Cuando yo iba corriendo hasta las rocas y dejaba colgar mis piernas flacas, y el agua empezaba a crecer y me mojaba hasta los tobillos, y un frío agradable, cómplice, me subía por la espalda y se instalaba en la nuca, y yo me ponía a temblar, pero sin temblor, en una levísima conmoción que era como un goce, el primero tal vez. No hubo manera de contarte nada. Cuando en los tiempos de la primera regla, yo cerraba violentamente los ojos y cruzaba más violentamente aún los brazos sobre el pecho e inventaba así una noche inexpugnable pero recorrida por chisporroteos, y entonces comenzaba a volar sin alas, como un bólido rígido, y sintiendo una fuerte presión en las sienes. Y cuando la abuela gallega me pasaba la mano, floja pero segura, por la frente, y yo iba moviendo lentamente la cabeza para que la palma inmóvil recorriera obligatoriamente mis ojos, mi nariz, mi boca, mis orejas, mi pescuezo. Y cuando por primera vez vi un hombre desnudo, un pobre tipo que se ponía los pantalones entre los tamarices, y vomité al descubrir esa insolente y asombrosa versión del sexo. Y cuando me recomendaron que no mirara el sol durante el eclipse y yo igual miré, aunque por las dudas con un solo ojo, y nunca más volví a ver como antes. Y cuando y cuando y cuando. Nada de eso pude contarte. Querido. Claro que puedo imaginarte, pero no sirve. No puedes tocarme y sin embargo mi piel está a la espera. No puedes tocarme porque no puedo convencer a mi piel, y es horrible. Puedo imaginarte, claro, en aquella única vez. Parecías tan desesperadamente feliz. Hubo un instante de silencio, con una confusa crispación de voces allá abajo en la playa, pero de todos modos era silencio. Hubo un instante en que estuvimos inmóviles, sin tocarnos.

Y ése es el momento que mejor puedo ahora instalar aquí, en el vacío, porque el silencio concreto, la imagen concreta, son sucedáneos de algo tuyo, pero en cambio no hay nada que sustituya a tus manos. Y si paso mis propias manos por mis muslos, por mi cadera, por mi vientre, por mis pechos, si me recorro con mis manos, cerrando los ojos y tratando de convencerme de que son las tuyas, sé que terminaré en una gran vergüenza, en unos pobres sacudones de angustia, en una soledad miserable y grotesca. Tengo que matarlo, dijiste cuando yo dormía. Y tu voz se introdujo en mi sueño, en ese sueño donde estaba derrumbándose un tabique y detrás de él había un cielo deslumbrante y atroz, y yo podía mirarme sin conmiseración. Tengo que matarlo, dijiste una y otra vez, y la frase empezó a salir por los altavoces, y yo me tapaba los oídos pero igual veía cómo los altavoces movían los labios y estaba segura de que siempre repetían lo mismo. Tengo que matarlo, dijiste la última vez, pero entonces yo estaba despierta y sin embargo me hice la entredormida y simplemente te pregunté: ¿Qué?, y me contestaste: Si yo no hablé. Claro que la mía no fue una buena pregunta. Tampoco la tuya fue una buena respuesta. Yo estaba alelada, y tú no tenías ni me tenías confianza. Éramos dos seres débiles y heridos. Si pudiera recoger los escasos recuerdos diseminados. Pero, además, ¿de qué sirven? No soy una morbosa, soy un ser normal. Hasta los doce años dormí abrazada a mi muñeca, mi pobre muñeca tuerta y renga. Fue el perro que le rompió una pierna y se comió

284

el ojo, pero no quise que mamá la mandara al taller. Dormí abrazada hasta los doce años, y mucho después vino Hugo, que de algún modo era, es, un muñeco y también un inválido. Pero sólo una noche dormí abrazándolo, y él apenas dijo: Hace demasiado, demasiado calor. Soy un ser normal que quiere asirse a algo. No me importa que después vengan el desencanto y la muerte, sólo pretendo un consuelo temporario, un consuelo de la piel. ¿Por qué será la piel tan importante? ¿Por qué mi palma se ahueca, sola e impotente, cuando pienso en tus hombros caídos, en tus piernas fuertes y velludas, en tu nuca indefensa, de chiquilín? Había dos lunares, abultados como cicatrices. Y allá abajo el vello era suave y enredado. Una podía pasar los dedos como un peine, presionando levemente para deshacer los pocos nudos, y seguir. Oh, seguir. Ramón, Ramón, Ramón. ¿Y ahora? ¿Qué hacer con esta desesperación, con esta podredumbre? El Viejo, en el entierro, como un irrisorio monumento, como un prócer tóxico, dosificando sus estremecimientos para que el público, trepado sobre los canteros o apoyado en las lápidas, tomara buena nota de su dolor de padre conmovidamente famoso. Y Hugo sin llanto, con el odio inmóvil sobre los pómulos. Y el Viejo poniéndole una mano despreciativa sobre el hombro cobarde, resentido. El Viejo. ¿Por qué no lo mataste? Claro que si lo hubieras hecho, ahora estaría preguntándote con la misma ansiedad: ¿Por qué lo mataste? Al menos no sería una pregunta en el vacío. Eso suele ocurrir cuando alguien se pone a comparar la desgracia mayor con la desgracia menor, y ésta parece entonces una suerte feroz, sólo porque no fue, sólo porque lo acontecido fue la desgracia mayor. Ramón tonto, tontísimo, claro que prefería saberte asesino, parricida, antes que saberte esto. Iba a pensar Cadáver. Pero quién sabe qué eres. Espíritu, alma en pena. O nada, estrictamente nada. Sería tan cómodo creer en Dios y saber que de algún modo resides en su seno, en su inmensa voluntad, en su vieja urdimbre. Sería tan cómodo imaginar que ahora respirás con otro aliento, desprendido de esta mugre, sin angustia ni dicha, como un simple poro o como una gran ocasión flotante, provisto de siglos antes y de siglos después, con un pasado que es amarga experiencia necesaria y un futuro que es eternidad sin sobresaltos. Sería tan cómodo, pero no puedo. Y es una lástima, porque es horriblemente inconfortable pensar que, en vez de eso, eres nada, nada, nada. Se acabó la sangre fría. Quién sabe, a lo mejor puedo enloquecer. A lo mejor, si me miro al espejo fijamente, abriendo bien los ojos y apretando los labios hasta lograr una perplejidad desproporcionada a mis orejas, a mi boca, a mi nariz, a mis cejas; a lo mejor puedo así inundarme de un zumbido interior que me impida escuchar la letanía de los pésames, las maldiciones de Hugo, aquella radio que aturde, esa sirena de los patrulleros; a lo mejor puedo así evadirme a una región que no tenga memoria, que no tenga Ramón, que no tenga mi piel acariciada por Ramón. Pero tampoco. Nunca podré enloquecer. Ni siquiera matarme. Tengo la espesa, desgraciada suerte de ser normal. Y aun dentro de esta desesperación, aun así, con la cabeza ahogada por la almohada, soy capaz de pensar que dentro de una semana, o un mes, o más tarde aún, abriré el ropero y miraré todos mis vestidos, y elegiré uno, claro que no podrá ser aquel que Ramón me fue quitando, y escogeré después el collar y los *clips* que vayan bien con el vestido, y me pasaré el

286

lápiz por los labios que él, oh, que él, y veré si están en la cartera el llavero, el carné y los cigarrillos, y vigilaré otra vez el peinado antes de otorgarme el visto bueno final, y bajaré al estudio de Hugo y rozaré apenas su mejilla y él me dirá: Me alegro de que estés más animada. Y le preguntaré si puedo llevar el coche, y él dirá que sí, y la muchacha sonreirá de lejos y correrá a abrirme el garaje, y yo daré vuelta a la llave y escucharé el ronquido familiar del motor, y pondré primera, y apretaré suavemente el acelerador, y saldré a la luz, que será una luz extraña y metálica, con las verjas estriadas como en un aguafuerte, y los árboles quietos, con sus copas en triángulo, secos. Y tomaré por la Rambla y bajaré el vidrio, y el aire me golpeará en la cara, y por debajo del maquillaje sentiré que tengo arrugas y terribles ojeras, y hasta varios proyectos de muecas, pero estaré tranquila y a pesar de todo sonreiré, aunque se trate de una sonrisa opaca, sin convicción, porque naturalmente hay que vivir y hay que guardar bajo siete llaves el furor por legítimo que sea, y junto con el furor hay que guardar el espanto. Y sin embargo no podré evitar el recuerdo de otro viaje por la Rambla. Guardar el espanto. Porque soy una hembra destruida. Lo soy aquí en la cama, con la cara llorosa escondida en la almohada, y lo seré ese día, con la piel maquillada y sin poros. Guardar el espanto, pero con urgencia. Porque soy una hembra destruida y solitaria. Y la nostalgia llegará a mi cabeza como le llega ahora, desde abajo. El aire golpeará en mi cara y mis arrugas existirán, no hay duda. No sólo las que tengo desde ya, sino las que sólo están diseñando sus pliegues. Y acaso todo vaya más o menos bien hasta que me acerque a La Goleta. Porque allí me llevó. Me llevaste. Tontísimo. Allí dijiste: Es una barbaridad, claro, pero te quiero. Guardar el espanto. O tal vez sea imposible. Porque al llegar a La Goleta es casi seguro que no podré soportarlo y estallaré, o me echaré a llorar tan convulsivamente como ahora, o perderé el sentido y mi cabeza caerá sobre el volante, y la bocina empezará a sonar, y acaso suene un rato largo, como una pobre alarma en el desierto.

15

—No valía la pena.

Recostada en la pared, Gloria Caselli enciende un cigarrillo y mira con ojos bien abiertos al hombre acostado en la cama de dos plazas. El pantalón a medio abrochar, la camisa suelta en un costado, sobre la colcha un pie con su chinela, y el otro, dentro de su calcetín negro, colgado fuera de la cama. Pero el asombro de Gloria no nace de ese desorden, sino de otro espectáculo: el rostro del hombre, por primera vez inseguro, agobiado, descompuesto.

—Yo sé por qué lo hizo.

Edmundo Budiño hace un gesto con la mano, un gesto que puede ser fatiga y también resignación. Sin embargo, el tono no es plañidero. Así, despeinado, sin corbata, con el cuello abierto que deja ver la piel arrugada y añosa, con los ojos más chicos que de costumbre y los pómulos grises, Budiño le parece por primera vez a Gloria el viejo que efectivamente es.

—Lo hizo por no matarme. Se mató él, por no matarme a mí.

Es el único que habla. Desde hace rato, Gloria siente que debe decir algo, pero cada vez que se le ocurre un comentario, acaba por desecharlo. Todo le parece falso, artificial, rebuscado. Y ella quisiera decirle algo franco, algo cruelmente verdadero.

—Él no vino a mi despacho para tirarse de un noveno piso. Él vino a verme a mí.

—Eso es probable.

—Además, se lo dijo a Javier.

—O Javier lo inventó.

—No. Vino a matarme. Lo bien que hubiera hecho.

—Eso lo imaginás. Te gusta imaginarlo.

—Dejó un revólver sobre la mesa. Un revólver que apuntaba hacia la puerta. Es decir, hacia mí.

—Eso nada prueba.

—Nunca iba armado.

—Eso nada prueba.

—Es como si lo estuviera viendo. Primero vaciló. Después no aguantó su propia vacilación.

—No creo que matar sea más difícil que matarse.

—Para Ramón, sí. Era bueno.

—No sé. Si hubiera sido realmente bueno, te habría cambiado.

—Oh, yo soy incambiable. Un monolito. Tampoco vos pudiste cambiarme.

—Yo no soy buena.

Gloria sabe que tendría que acercarse a él, quizá pasarle una mano por el pelo, buscar alguna forma de contacto solidario. Pero no puede. También dentro de ella algo se ha quebrado. Y de la quiebra se ha rescatado a sí misma, se está extrayendo con una desconocida sensación de urgencia. Hasta aquí había aprendido a sobreponerse. Pero ahora se acabó. Se ha olvidado de todo su aprendizaje. Claro que se acabó. Muchos años atrás, cuando él le había propuesto ser su amante, había empezado por sobreponerse a su vergüenza-susto-júbilo. Luego, se sobrepuso a la traslúcida decepción, a la falta de reciprocidad, a la convicción lentamente adquirida de que la aventura casi cinematográfica se transformaba en rutina y clandestinaje, en escondites y sordidez. Más tarde aún, se sobrepuso al eclipse sexual de ese único hombre que le había enseñado todo, el sufrimiento y el goce, ese hombre que había puesto una tapa de silencio sobre su melancolía, ese hombre firme, egoísta, distante, que después de haberla usado años y años como instrumento, ahora era capaz de decir sin sonrojarse: «Tampoco vos me cambiaste». Esta vez ella no puede sobreponerse. Es una sensación hecha de fragmentos de sensaciones. Una confusión, en fin, porque algunos fragmentos se contradicen con otros. Después de todo, es la primera vez que ve a un Edmundo Budiño inerme, débil, perplejo; la primera vez que lo mide en su exacta dimensión, sin la bambolla de su inteligencia, sin la simetría de su crueldad. Lo lógico sería que este nuevo espectáculo la atrajese, la conmoviese, comprometiera para siempre su adhesión. Y sin embargo ocurre lo contrario. Tiene una loca urgencia por dejarlo, por obligarlo a que se arregle solo, por salvarse ella misma, si es que todavía está a tiempo. Sucede que esta debilidad, esta perplejidad inédita que ahora ve, este hombre que se interroga vergonzosamente tratando de imaginar por qué el hijo se tiró de un noveno piso y salpicó con su última sangre a los policías que vigilaban la entrada del diario, este viejo que repite «No valía la pena», no ha hecho un solo ademán para borrar siquiera el menos recordable de sus oscuros actos del pasado. Además, ha perdido la fuerza, el empuje, el prodigioso temperamento que sostenía su abyección. Hasta ahora, Gloria nunca se había arrepentido de haber encadenado su vida a un Abyecto Mayor; por lo menos era único, original, entero. Pero si ese Abyecto Mayor se convierte de pronto en un viejo doblado, vencido, caviloso, es razonable que a ella le suba una bocanada de desprecio. Comprende que debería pensar: «Menos mal que el suicidio del hijo lo conmueve; eso quiere decir que es sensible; eso quiere decir que no es un monstruo». Pero sólo piensa: «Desgraciado». Sólo piensa: «Qué asco». Siente que su obligación, la que ella decreta para consigo misma, es dejarlo solo, aunque sea allí tirado en su cama, mientras repite como un reblandecido: «No valía la pena».

—No valía la pena.

—Bueno, basta. Ahora levantate.

—No valía la pena.

—Por favor, dejá ese estribillo.

—¿Por qué no me mató?

—Quizá también pensó que no valía la pena.

—Yo le quería, ¿sabés? ¿Cómo no se dio cuenta?

—Era difícil darse cuenta.

—Cuando era chico, tenía miedo a la oscuridad y gritaba de noche. Entonces yo venía a su cuarto, encendía la luz, lo arropaba, y él se quedaba tranquilo.

—Todos tenemos miedo a la oscuridad. Pero no nos matamos.

—Y él me quería, ¿entendés? Él me quería. Yo sé que me miraba y se sentía protegido. Un día, cuando Ramón era un muchacho, me di cuenta de que me odiaba, y además me di cuenta de que el odio no era nuevo.

—El odio nunca es nuevo. Siempre nace viejo, gastado, repetido.

El calcetín negro se ha aflojado y cuelga del pie. En la cama el hombre habla apretando los labios, entornando los ojos. Gloria mira su reloj. Las seis y veinte. Nunca sintió tanta urgencia. Es como si creyese que, de un momento a otro, la última posibilidad de vida va a pasar junto a ella, como un ferrocarril o un autobús; es como si creyese que si pierde esa posibilidad, estará condenada a quedarse junto a este viejo que sigue tan egoísta y reseco como siempre, pero sin la justificadora entereza de su crueldad. Nadie tiene derecho a arrepentirse después de los cincuenta años. Sería demasiado cómodo, piensa Gloria. A los sesenta y pico, la única salida es afirmarse en lo que se ha sido. Lo contrario es algo así como el repentino misticismo de los ex putañeros.

—¿Habrá sido por la madre?

—No me hables de la madre.

Lo único que faltaba: que le hablara de su mujer, que le hablara de lo que él prefirió, de todas las cosas que la relegaron. Pero ¿cómo no se da cuenta? El hijo se tiró de un noveno piso, pero ella, Gloria, vive. Es decir, quiere vivir. Además, la urgencia no es para después de un intervalo. Es definida, concreta: rige desde ahora. Acostarse con un hombre de su edad, olvidarse de este viejo tendido y de sus pulpas flojas, sus pómulos grises, su calcetín colgante, su pantalón desabrochado, su ombligo indecente, su boca apretada, su estribillo, su estribillo.

—No valía la pena.

—Callate.

—No. Tengo que decirlo. Si no, me vuelvo loco.

—No importa. Callate.

—Vale la pena matar, pero no matarse.

—Callate.

—Yo vi su cabeza contra las baldosas. Había un charco de sangre. Cuando yo llegué al diario, hacía tres minutos que se había estrellado.

—Ya me lo contaste.

—Pero no te había dicho lo del charco de sangre. Había una ranura, entre dos baldosas, y cuando yo llegué, todavía corría un hilo rojo, despacito. Hacía tan poco tiempo que él se había estrellado, que la sangre no había tenido tiempo de detenerse. Todavía corría ¿te das cuenta?

—¿Y qué?

—O sea que si yo hubiera llegado diez minutos antes, a lo mejor no pasa.

—Pero no llegaste. Y pasó.

—Sólo allí, cuando lo vi, sólo allí me di cuenta de que tenía el pelo exactamente del mismo color que cuando era chico, cuando yo lo arropaba de noche cada vez que él tenía miedo de la oscuridad. Nunca me había fijado. Cuando tenía diez años, a él le gustaba peinarse con el pelo bien tirante. Y entonces la madre...

—No me hables de la madre.

—Entonces la madre le hacía presión con la mano y le formaba una onda. Y él rabiaba. Pero la onda le quedó. Y cuando vi su cabeza contra las baldosas, el pelo era exactamente del mismo color. No usaba gomina, ni brillantina, nada. Agua, nada más. Y cuando se le secaba, tenía un tono casi rojizo.

—Levantate.

—No hace mucho tiempo vino y me dijo: Usted está en negocios sucios con Molina.

—Y era cierto.

—Claro. Usted está en negocios con Molina y hay un periodista que lo va a denunciar. Era Larralde. Me denunció y lo hice echar. Y no pasó nada. Usted está en negocios sucios con Molina, me dijo. Y quizá fue en ese momento cuando perdí la oportunidad, la única oportunidad que quedaba. Si yo hubiera cedido...

—Pero no cediste.

—Le dije de todo. Le recordé la plata que le había dado para la Agencia. Claro, con eso lo reventé.

—Callate.

—De todos modos, no valía la pena.

—Callate.

—Él quería otro mundo, otro tipo de vida. Yo sé. Se sentía asfixiado. Me detestaba, pero su asco iba más allá. Abarcaba mi clase, mi generación, mi plata. Sólo le faltaba valor para romper con todo. Pero yo no lo detestaba. ¿A vos te parece que yo lo detestaba?

—Ahora es fácil decir que no.

—¿Me creerás si te digo que, en el fondo, todas mis arremetidas contra él eran provocaciones para ver si se decidía a ser él mismo, si conseguía fuerzas para cumplir lo que verdaderamente quería? ¿Me creerás eso?

—No. No te creo. Te advierto que va a ser un poco difícil convencerme de que has sido un padre ejemplar.

—Si yo no lo pretendo. Confieso que el otro, Hugo, no me importa mucho.

—No te importa, porque todavía no se ha matado.

—Gloria ¿qué te pasa?

Cuando él levanta la cabeza para indagar en su mirada, ella piensa que Budiño ha envejecido diez años.

Pero no a raíz del suicidio de Ramón. Simplemente, ha envejecido diez años en los últimos diez años. Pero ella no lo había advertido. Ahora sí. Está unida a un viejo, a un repelente viejo que, a los cuatro días de la muerte de su hijo, ya tiene suficiente cinismo como para justificarse, como para brindar el conmovedor espectáculo de su incomprendido amor paternal. A la mierda con él.

—Gloria ¿qué te pasa?

—Que estoy harta.

Él no pregunta de qué. Simplemente, apoya otra vez la cabeza en la almohada. Introduce una mano por entre la camisa desprendida y se rasca pausadamente una tetilla. Ella se acerca a la cómoda para aplastar el último resto del cigarrillo en el cenicero de Murano.

—¿Querés decir que te vas?

—Exactamente.

—¿Te parece bien hacerme esto, en este momento?

—No voy a entrar en este tembladeral de razonamientos. Me importa un comino que esté bien o esté mal. Me voy, simplemente.

—¿En el momento que más te necesito?

—Vos no necesitás a nadie. En todo caso, necesitás a Edmundo Budiño, y a ése lo tenés. Que te aproveche.

Ahora él se rasca la tetilla con las dos manos, pero siempre pausadamente. Aprieta otra vez los labios y en las comisuras se le forman dos arrugas profundas. Gloria lo mira un instante, pero en seguida aparta los ojos.

—Las ratas abandonan el barco ¿eh?

Gloria no puede evitar el lejano recuerdo de Giraldi, aquel compañero de la Facultad que siempre daba vueltas los lugares comunes. Giraldi decía, entre dos carcajadas:

«Los barcos abandonan a la rata». Él trata de escrutarla a través de su silencio. Ella sonríe, pero él no se hace ilusiones. Sabe que ella está sonriendo para sí misma.

—La muerte de Ramón me ha golpeado fuerte. ¿No lo creés?

—Lo creo.

—¿Y eso no te importa?

—No.

Budiño respira hondo. La picazón se ha calmado. Una de las manos vuelve a caer, laxa, junto al muslo; la otra queda apoyada en el vientre. Hasta ayer, Gloria creía que, verdaderamente, el suicidio de Ramón lo había golpeado fuerte. Pero esta mañana abrió el diario, leyó el editorial, y éste destilaba la misma hipocresía, el mismo veneno, el mismo menosprecio. Quizá aquella muerte lo haya golpeado fuerte, nunca puede saberse, pero en todo caso él sigue cumpliendo su ritual, manteniendo su apariencia, y ésta alcanza para amedrentar, para corromper, para destruir. Hace diez minutos parecía franco, quizá era sincero; hasta donde puede ser sincero Edmundo Budiño. Pero en este instante, Gloria advierte que él está tratando de sacar partido de la situación. Hasta su gesto aparentemente preocupado es una mueca convencional. Sin embargo, el conjunto es una cosa extraña. Es falluto, es deshonesto, pero ha perdido fuerza. Ya no inspira temor. Eso es. Al fin lo descubre Gloria. Este viejo ya no inspira temor.

—No valía la pena.

—Pero ¿qué es lo que no vale la pena? ¿Que tu hijo se haya matado? ¿Que yo te deje? ¿Qué, por Dios?

—Nada vale la pena. Este país es una porquería. La prueba la tenés en que nadie haya tenido suficientes

297

cojones como para matarme. Anota esto. Si algún día alguien me mata, entonces puede ser que este país tenga salida, tenga salvación. Tampoco es seguro, pero al menos habrá una posibilidad. Si en cambio muero tranquilamente en mi cama, asistido por el imbécil de mi médico, el tarado de mi hijo, las lindas de mis nueras, el avispado de mi nieto, el avenegra de mi albacea, y también por los ojos brillantes de mis presuntos legatarios, si muero tranquilamente de mi coágulo cerebral o de mi infarto privado, entonces querrá decir que este país está frito, que ha perdido para siempre sus reflejos.

Ahora Gloria está segura. Ya no inspira temor. Más bien tiene miedo, aunque no lo diga, aunque jamás se resigne a decirlo. Las palabras son más o menos las mismas de siempre. Tanto las del editorial como estas que ahora está diciendo. Pero antes estaban rellenas de un poder, de una invencibilidad, que ahora no tienen. Ahora están vacías. Acaso el pobre Ramón, piensa Gloria, se mató por cobardía, acaso se tiró desde el noveno piso por no matar al padre, pero de todos modos consumó su venganza. Porque esa muerte ha vuelto vulnerable a Edmundo Budiño. Esa amenaza que no se cumplió ha colocado muchas amenazas en el aire. Gracias por el fuego.

—¿Te acordás aquella tarde en el Salón Nacional? ¿Y después en el Tupí? ¿Te acordás cuando me dijiste: Soy tan feliz, profesor?

No puede ni quiere contestar. No puede ni quiere aguantar el impudor de esas preguntas. Cualquier cosa, menos el chantaje de la cursilería. ¿Cómo no advierte el viejo hipócrita que esa evocación, tan antigua, hoy la hace morirse de vergüenza? ¿Cómo no advierte que sólo el amor, presente o pretérito, puede despejar el ridículo de tales éxtasis distantes? ¿Cómo no advierte que en vez de amor hubo novedad y sexo, luego sexo y rutina, luego sólo rutina?

—¿Te acordás cuando te dije: Qué lindos hombros, como para apoyar las manos cuando uno está cansado?

Lindos. Ya no lo son. Ahora la piel tiene más de cuarenta. Ahora los hombros tienen pecas. Y están caídos. Y ella está cansada. Y tiene urgencia. Y aunque los hombros tengan pecas y su piel tenga más de cuarenta años, ella necesita que un hombre, no un viejo, use esos hombros, no para apoyar las manos cuando esté cansado, no para hacer frases famosas, sino para atraerla, para usarla a ella toda, no sólo sus hombros, para usarla a ella en alma y cuerpo, no como instrumento, no como un mueble; un hombre, no un viejo que dice aspirar a que lo maten y sin embargo está loco de miedo; no un viejo sino un hombre verdadero y común, un hombre que no se crea infalible, poderoso; un hombre y no un viejo relleno de plata y de rencores.

—No valía la pena. Yo lo quería a Ramón. ¿Acaso no sabés que lo quería? Tenía miedo a la oscuridad y me miraba con una carita agradecida cuando yo venía a auxiliarlo, a confortarlo. Y una vez le compré diez cajas de soldados de plomo. Y tenía una expresión de asombro. No, si yo no me olvido. ¿Sabés por qué no me mató, a pesar de que puso el revólver sobre la mesa? No me mató, porque en el fondo me seguía queriendo, me seguía necesitando. Era mi hijo, era mi hijo. Y yo lo vi allá abajo, con la cabeza en un charco de sangre.

Edmundo Budiño se da vuelta en la cama, hacia la derecha, y apoya los ojos contra la almohada. Gloria al principio no quiere creerlo. Luego se da cuenta de que aquel cuerpo se sacude, en una especie de convulso temblor, como si sollozara, acaso efectivamente sollozando. Pero ella no quiere llegar a comprobarlo. Si es verdad que solloza, ese arrepentimiento le parecerá tardío, senil y repugnante. Si sólo aparenta sollozar, esa hipocresía le parecerá burda, ofensiva y también repugnante. Por un momento Gloria siente un vahído, un comienzo de arcada. Luego se repone. Abre una puerta del *placard*, pero se encoge de hombros y la cierra, sin sacar nada. Después sale lentamente de la habitación.

En el *living* recoge su cartera, descuelga el saco de la percha y se lo pone. No vuelve a mirar hacia el dormitorio, y sus movimientos van siendo cada vez más rápidos. Cuando abre la puerta del apartamento, parece a punto de gritar, pero se contiene. Por un instante, los sollozos del hombre acostado llenan todo el silencio disponible.

Luego suena el portazo.